Der Nebelmann

Die Autorin

Edda Rönckendorff (eigentlich: Janus) wurde 1924 in München geboren. Sie verbrachte ihre Kindheit im Allgäu und am Bodensee. Nach dem Studium von Thai und Chinesisch an der Universität Berlin arbeitete sie als freiberufliche Übersetzerin und Lektorin. Bis zu ihrem Tod 1989 lebte sie in Essen.
Im Scherz Verlag sind erschienen: *Die Enkelin, Die Erinnerung, Fahrt nach Leopoldsbad, Ein Familientreffen* u. a.

Edda Rönckendorff

Der Nebelmann

Roman

Scherz

Besuchen Sie uns im Internet:
www.scherzverlag.de

Taschenbuchausgabe Scherz Verlag, Bern, München, Wien, 2002
Deutsche Erstausgabe Scherz Verlag, Bern, München, Wien 1989

ISBN 3-502-51865-3
Umschlaggestaltung: ja DESIGN, Bern: Julie Ting & Andreas Rufer
Umschlagbild: Tim Davis/Getty-Images, Stone, München
Gesamtherstellung: Ebner & Spiegel, Ulm

I

Am Rande des Böhmerwalds, irgendwo in der Nähe von Zwiesel, mußte sich Stephan Pfändler im dicken Nebel verfahren haben. Die Scheinwerfer seines Wagens trafen auf eine graue Wand, aus der nur hin und wieder der Ast einer Fichte über ihm aufragte. Er hatte schon lange kein Straßenschild mehr gesehen, und auch die schwarz-weiß unterteilten Stangen – für die Wegmarkierung bei hohem Schnee – verrieten ihm nicht, wohin er fuhr. Es war nach sechs Uhr abends, draußen nichts als undurchdringlicher Nebel und finstere Dezembernacht, im Auto leise Radiomusik und Wärme. Er suchte nach einem Platz zum Anhalten, mochte nicht einfach am Rand der schmalen Straße stehenbleiben, weil es dort zu leicht zu einem Unfall hätte kommen können. Er wollte parken, aussteigen und auf ein Auto warten, dessen Fahrer sich in der Gegend auskannte. Er dachte an den Freund, der ihn im Hotel bei Furth im Wald schon erwartete oder aber – und das schien ihm wahrscheinlicher – selbst im Nebel steckte und nicht vorwärts kam. Als rechts von ihm der weiße Randstreifen plötzlich aufhörte, bog er vorsichtig ab, spürte die Räder über weichen Waldboden rollen und entdeckte eben noch rechtzeitig die dicht neben dem Beifahrerfenster aufgestapelten Baumstämme, die schon lange dort liegen mußten, denn sie waren mit bärtigen Flechten und Moos überwachsen.

Er stellte Motor und Radio ab und öffnete die Tür. Um ihn war geisterhafte Stille, denn der Nebel verschluckte alle Geräusche. Nur der Motor tickte noch dann und wann, und wenn neben ihm ein schwerer Tropfen aus den Zweigen fiel, hörte er den leisen, dumpfen Aufprall.

Das Auto, auf das er gewartet hatte, kam unerwartet schnell. Als er es wahrnahm, stand er neben seinem Wagen. Er sah mattes Scheinwerferlicht, eine graue, vorübergleitende Form und für eine kurze Zeit rote Rücklichter. Ohne langes Überlegen stieg er schnell ein, ließ den Motor an und machte sich an die Verfolgung, als hinge alles Heil am Wiederauftauchen der roten Lichter. Er glaubte die Spur schon verloren, als er nach einer Kurve den Wagen vor sich mehr ahnte als sah.

Eben noch unzufrieden, weil der Nebel ihm seinen Willen aufgezwungen und seine Pläne durchkreuzt hatte, sah er auf einmal das Abenteuerliche an dieser Fahrt. Ein Mann verirrt sich in dieser überorganisierten Welt im Nebel und folgt roten Rücklichtern, die ihn irgendwohin führen, an ein unbekanntes Ziel.

Stephan Pfändler erwog viele Möglichkeiten. Ein Grenzposten, denn die Tschechoslowakei war nicht weit, vielleicht auch ein Dorf mit einer Tankstelle, ein einsamer Bauernhof oder ein Sägewerk, aber das Auto konnte ihn auch zu einer Kreuzung mit einer größeren Straße führen, zu Wegweisern und Ortsschildern.

Woran denkt man bei einer so merkwürdigen Fahrt? Der Tank, mehr als halb voll. Die Strecke, allenfalls zehn Kilometer, seit er die Verfolgung aufgenommen hatte. Die

Zeit, zwanzig Minuten, wenn nicht mehr. Der vor ihm kroch auch. Ein vorsichtiger Fahrer. Die Bilder aus dem Fernsehen von Massenkarambolagen tauchten in seinem Gedächtnis auf. Aber das war auf Autobahnen gewesen. Sein Abstand? So etwa dreißig Meter, nicht gut zu schätzen, aber wenn er weiter zurückblieb, verlor er die Rücklichter aus dem Blick. Wenn er zu nahe heranfuhr wie eben jetzt, konnte es gefährlich werden. Der Fahrer vor ihm bremste und blinkte nach links. In einer Rechtskurve nach links? Ein Hindernis, eine Einfahrt? Ja, das mußte es sein. Noch eine leichte Wegbiegung und dahinter dann Lichter. Ein kaum zu erkennendes, langgestrecktes Gebäude. Vorn ein offenes Scheunentor, durch das der andere Wagen fuhr. Pfändler hielt auf dem Hof an. Die Lampen am Haus streuten einen schwachen, milchigen Schein und sahen wie durchsichtige Untertassen aus.

Sein unfreiwilliger Lotse kam inzwischen auf ihn zu. Ein älterer Mann mit grauer Mähne, groß und breitschultrig, der nicht wartete, bis er ausgestiegen war, sondern sich zu ihm herunterbeugte, während er erst ein Bein auf dem Pflaster und das andere noch im Wagen hatte. Er sagte, er habe sich schon gedacht, daß es sich bei ihm um einen Ortsfremden handeln müsse, der nicht mehr weiterwisse. Und wie er ihm denn nun helfen könne.

Nun auf zwei Beinen und gerade aufgerichtet, stellte Stephan Pfändler fest, daß die Sprache des anderen kaum eine Spur von Dialekt erkennen ließ.

Er nannte seinen Namen, erklärte, wohin er unterwegs sei, beschrieb die Irrfahrt durch den Nebel und seine Freude über das Erscheinen eines Retters. Als dies alles gesagt war, blieb ihm nur geduldiges Abwarten.

«Kommen Sie mit ins Haus.» Der Mann drehte sich um, ging vor ihm her wenige Schritte über den Hof und dann einige vom Milchglaslicht schwach beleuchtete Stufen hinauf, öffnete die schwere Holztür und rief: «Marianne! Ich bin zurück und habe Besuch mitgebracht.»

Vor ihnen ein Flur mit einer breiten, ausgetretenen Treppe und geradeaus eine geschnitzte Tür. Hinter ihr Wärme und der überraschende Zauber eines großen Raums mit blanken Holzbohlen, bunten Teppichen, wenigen Möbeln, Inseln sanften Lichts und einem ausladenden grünen Kachelofen. Vor dem Ofen lag auf einer Decke ein ergrauter, zottiger Jagdhund, der mühsam aufstand, um seinen Herrn zu begrüßen und von ihm gestreichelt zu werden.

«Das ist Theo», erklärte der Mann und lachte dann leise auf. «Und ich heiße Altenberg, Lebrecht Altenberg.»

Die erste leichte Befangenheit Stephans erhöhte sich noch, als eine dunkelhaarige, sehr schlanke, hochgewachsene Frau durch die Tür neben dem Kachelofen eintrat. Ein kleiner Junge folgte ihr. Die Erwartung auf den beiden Gesichtern erlosch beim Anblick des Fremden.

«Ich dachte schon, Katharina wäre gekommen», sagte die Frau leise.

«Nein, es ist ein Gast, den ich im Nebel gefunden habe. Herr Pfändler –» Er machte eine winzige Pause, um dem Fremden die Möglichkeit zu Ergänzungen zu geben, die dieser aber nicht ausnützte. Dann eine knappe Handbewegung: «Meine Frau und mein Enkel Peter.»

Die Verneigung über einer kühlen schmalen Hand, ein Händeschütteln mit dem Kind und die gemurmelte Entschuldigung, so plötzlich einzudringen.

Noch immer kam Pfändler nicht zur Frage nach dem Weg, denn die nur angelehnte Tür öffnete sich einen Spaltbreit für eine Katze. Keine Katze, ein Kater, orangegetigert, riesengroß, mit breitem Kopf und leuchtenden gelben Augen. Er umkreiste den etwas abseits stehenden Fremdling, ohne zu schnuppern oder sich an ihm zu scheuern, schritt zu einem Stutzflügel, der offen an der Fensterfront stand, sprang auf die kleine Bank und von ihr auf die Tasten, die gehorsam schrille Töne von sich gaben.

«Das ist Chopin», erklärte der Junge.

Pfändler lachte.

Peter hatte ein offenes, kindlich weiches Gesicht. Er mochte etwa acht Jahre alt sein. «Meine Mutter hat ihn Chopin getauft, weil er so gern Klavier spielt. Früher hieß er Maunz.»

«Wie kommt das?»

Der Kater war den Altenbergs zugelaufen, obwohl er ein festes Zuhause hatte. Er war im Wirtshaus in Eisenstein aufgewachsen, hatte dort zwei Jahre verbracht und war zum Biertrinker geworden. Als er seine Liebe zu den Altenbergs entdeckte, begleitete er sie über mehrere Kilometer bis zu ihrem Haus, blieb einige Male über Nacht zu Besuch, adoptierte dann die ganze Familie und zog endlich bei ihr ein. Dem Wirt war es egal, an Katzen kam man leicht.

«Wir müssen ihn auf dem Klavier spielen lassen», sagte Peter, «sonst schreit er. Wenn wir ihm kein Bier geben, schreit er auch.»

Ob Chopin sich denn mit Theo vertrage, fragte Pfändler, froh über die Überbrückung, weil er beobachtet hatte, daß die Großeltern sich zum Ofen zurückzogen, um leise miteinander zu reden. Sie sollten sich seinetwegen nicht gestört fühlen.

«Sehr gut. Theo ist alt. Chopin legt sich zum Schlafen vor ihn und wärmt ihm den Bauch.»

Altenberg kam nun zurück, umfaßte die Schultern des Jungen und zog ihn nahe an sich heran. Es war keine besitzergreifende Gebärde; sie drückte eine selbstverständliche Zärtlichkeit aus, auf die das Kind einging, sich zurückfallen ließ, den Kopf in den Nacken legte und schräg nach oben fragte: «Glaubst du, daß die Mama kommt?»

«Heute wohl nicht mehr, Peter. Der Nebel ist zu dicht. Wir wissen ja nicht einmal, ob das Flugzeug in Frankfurt landen konnte.» Immer noch das Kind schirmend, wandte er sich Pfändler zu und erklärte, es sei ausgeschlossen, daß er noch weiterführe. Er müsse bei ihnen übernachten. Jeder Kilometer bei der miserablen Sicht wäre sträflicher Leichtsinn.

Pfändler berichtete von dem Freund, der ihn erwartete, erkundigte sich nach dem Wirtshaus und früheren Domizil des Katers und fügte zögernd hinzu, daß er auch telefonieren müsse. Gleichzeitig wußte er, daß er sich nichts sehnlicher wünschte, als bei diesen Menschen, in diesem Haus und in diesem Zimmer bleiben zu dürfen. Seine Nebelfahrt hatte ihn hierher geführt, und wenn einem der graue Alltag ein Abenteuer schenkt, sagt man doch nicht nein. Er ließ sich, vielleicht eine Spur zu schnell, von den Gastgebern überreden.

Altenberg mußte wohl die Freude über die Einladung auf seinem Gesicht gelesen haben. Er drehte sich zu seiner Frau um, die auf der Ofenbank saß und den alten Hund streichelte, sah ihr Lächeln, und führte den Gast zum Schreibtisch und dem Telefon.

Pfändler suchte den Brief des Hotels aus der Brieftasche heraus, wählte die Nummer, mußte warten, weil das Besetztzeichen kam, und sah währenddessen auf dem mit Papieren überladenen Schreibtisch einen Umschlag, aus dem hervorging, daß es sich bei dem Hausherrn um einen Professor Altenberg handelte. Beim zweiten Wählen ruhte sein Blick auf dem Foto einer ernsten jungen Frau, deren Ähnlichkeit mit Frau Altenberg und Peter so auffallend war, daß er sie zu kennen glaubte. War das die erwartete Katharina? Die Mutter des Jungen? Sie mußte es einfach sein.

Das Hotel meldete sich, und eine freundliche Stimme zeigte Verständnis, gab an, daß schon mehrere Gäste ihre Ankunft auf den nächsten Tag hätten verschieben müssen. Sie habe den Namen nicht richtig verstanden, ob er Herr Doktor Pfändler sei? Ein Herr Doktor Weber aus Nürnberg habe eine Nachricht für ihn hinterlassen. Er könne ebenfalls erst morgen kommen.

Pfändler legte mit einem Gefühl der Dankbarkeit den Hörer wieder auf.

Er müsse vorliebnehmen und bekäme nur ein schlichtes Abendbrot, sagte der Professor. Seine Frau und Peter kümmerten sich gerade darum. Auf dem Holztisch standen schon Teller und Tassen. Die Hängelampe war angeknipst und durch die Tür seitlich des Kachelofens drangen Küchengeräusche und Gesprächsfetzen.

Die beiden Männer setzten sich an das Ende des langen Tischs, an dem nicht gedeckt war. Als Altenberg ihn fragend ansah und dann zwei Gläser Korn einschenkte, gestand Stephan Pfändler, er habe das Verlangen, sich unentwegt zu bedanken, aber das könne zu monoton werden.

«Dann lassen Sie es. Wir leben hier in unserem Wald recht einsam. Ein unerwarteter Gast ist für uns eine willkommene Abwechslung.»

Trotzdem war es nicht einfach. Stephan hätte gern nach seinem Zimmer gefragt, sein Gepäck geholt und sich statt der dicken Autojoppe einen leichteren Pullover angezogen, denn der Ofen strahlte Hitze aus. Auch das Bad wäre sehr nötig gewesen. Aber fragt man das, wenn man mit jemandem am Tisch sitzt, der selbst zu höflich ist, die Fragen zu stellen, auf deren Beantwortung er bei einem Hereingeschneiten ein gutes Recht hat? So tastete er sich vorwärts, erklärte den Anlaß der Nebelfahrt, den Altenberg nach dem mitgehörten Telefongespräch schon wissen konnte. Er käme aus München, sein Freund, ein Arzt, aus Nürnberg. Beide wären sie beruflich sehr eingespannt, sähen sich nur selten und hätten dieses Wochenende schon lange geplant. Endlich doch eine Frage des Professors. Ob er auch Arzt sei. Nein, er habe Volkswirtschaft studiert und arbeite bei einer Werbeagentur. Ein Holperweg zum nächsten Thema, das keine Konturen annahm. Lieber der Griff nach dem kleinen Schnapsglas.

Die Rettung kam durch die Tür; die Hausfrau mit einem Tablett, der Junge mit einer bauchigen Teekanne. Pfändler konnte aufstehen, von Händewaschen und Gepäck aus dem Auto holen sprechen. Er erntete Entschuldigungen, und Lebrecht Altenberg Vorwürfe, nicht längst daran gedacht zu haben. Peter begleitete ihn auf den Hof, nahm die Aktentasche und den Mantel von der Rückbank des Wagens, erklärte, daß man hier das Auto nicht abzuschließen brauche, und sagte, ein Volvo wäre ein Pfundswagen, aber seine Mama führe einen BMW. Dabei ließ er den Mantel, der zu lang für seine Arme war, über den Hof schleifen. Pfändler mochte nicht eingreifen und hoffte, daß der Schmutz sich abbürsten ließe. Wieder im Haus, führte ihn Frau Altenberg in den ersten Stock in ein schlichtes, freundliches Zimmer, zeigte ihm das Bad und forderte ihn auf, gleich zum Essen zu kommen.

Die Mahlzeit am langen Tisch, ein Salat vorweg, dann Brot, Wurst und Käse und Tee, wurde vom Telefon unterbrochen, an das Peter erwartungsvoll stürzte.

«Mama?»

Aus seinen Antworten ging hervor, daß auch sie im Nebel festsaß, zwar in Frankfurt gelandet war, aber die Heimfahrt über die Autobahn nicht mehr machen könne. «Aber morgen ganz früh, ja?» fragte der Junge, um dann hinzuzufügen: «Wir haben einen Nebelmann hier. Großvater hat ihn mitgebracht. Er fährt einen Volvo und er hat Chopin schon gehört.»

«Nebelmann! Ein guter Name, finden Sie nicht auch?» sagte Marianne Altenberg lächelnd.

Pfändler stimmte zu, mußte sich am Gespräch beteiligen und hätte doch viel lieber gehört, was Peter seiner Mutter erzählte. Die Altenbergs erwähnten die Dumpingpreise der Holzeinfuhren aus der Tschechoslowakei, die der heimischen Holzwirtschaft großen Schaden zufügten, beklagten den Niedergang der Glasindustrie und gingen zu Wackersdorf über, einem Thema, das sich weit über das Ende des Abendessens erstreckte und noch nicht zu Ende war, als Peter ins Bett mußte. Er zögerte den Abgang hinaus, kauerte bei Theo, nahm den widerstrebenden Kater auf die Arme und warf ihn Pfändler auf den Schoß. Chopin schien die Behandlung gewöhnt zu sein, denn er rückte sich bequem zurecht und legte den Schwanz ordentlich um die Pfoten und die Nase.

«Gute Nacht, Herr Nebelmann», sagte der Junge kichernd. «Jetzt habe ich einen guten Namen für Sie.»

Die Großeltern griffen nicht ein, versprachen, zum Gutenachtsagen noch zu ihm zu kommen, und erklärten, als er endlich die Tür hinter sich zugezogen hatte, er müsse morgens früh aufstehen, habe zwanzig Minuten bis zum Schulbus zu gehen, leider auch samstags.

Stephan Pfändler war den Umgang mit Kindern und Tieren nicht gewöhnt. Er wagte nicht, seine Beine zu bewegen. Um die Oberschenkel als Ruhelager für den schweren Kater waagrecht zu halten, mußte er die Fersen anheben und das Gewicht auf die Fußballen legen. Er streichelte ängstlich über den getigerten Rücken, dessen Fell knisterte, und empfand das laute Schnurren dankbar als lobende Anerkennung.

Er dürfe sich ruhig gemütlich hinsetzen, sagte Marianne Altenberg amüsiert. Das dicke Biest sei viel zu schwer, um es lange auf dem Schoß zu behalten. Als er hastig abwehrte und erklärte, daß er sich mit Katzen nicht auskenne, ihm die neue Bekanntschaft aber sehr willkommen sei und er es ruhig noch eine Weile aushalten könne, begegnete ihm ihr verwunderter Blick. Noch nie eine Katze auf dem Schoß? Und was wäre mit Hunden?

Er holte Luft und wollte zu erklären beginnen, als sich ihre Hand auf seinen Arm legte. «Warten Sie noch ein bißchen. Mein Mann und ich müssen noch zu Peter. Danach haben wir mehr Ruhe.»

Woher wußte sie, daß er das Verlangen hatte zu reden? In ihm hatte sich zuviel Einsamkeit aufgestaut, die er mit sich getragen hatte, bis er den Freund wiedersehen würde. Aber sie wollte sich jetzt schon auflösen und nicht noch einen Tag länger warten. Er verglich diesen Abend unter fremden Menschen mit jenen seltsamen Zufallsbegegnungen während nächtlicher Zugfahrten oder auf langen Flügen. Ausgetauschte Lebensberichte zwischen Namenlosen, die sich schon aus den Augen verloren, sobald das Flugzeug gelandet war und die Eiligen zum Ausgang drängten. Vielleicht noch ein Augurenlächeln am Kofferkarussell, dann verflüchtigte sich die Vertraulichkeit der Nacht bei einem Fremden, der nichts mehr mit ihr würde anfangen können. Auch die Geständnisse des anderen, die man selbst mitnahm, vermischten sich mit den unzähligen neuen Eindrücken und Bildern, bis sie alle Konturen einbüßten und zu schemenhaften Erinnerungen wurden. Was war schon an solchen Lebensgeschichten dran? Jeder hatte eine. Sie glichen sich alle: gute und schlechte Zeiten, für Glück wurde teuer bezahlt, Armut oder Reichtum fraßen an der Seele, nur der Tod unterschied sich, aber von dem wußte keiner, der sein Leben noch erzählen konnte. Nein, was er soeben gedacht hatte, stimmte nicht, denn er wollte die Altenbergs nicht aus den Augen verlieren; er wollte sie als Freunde gewinnen, weil er sich zu ihnen hingezogen fühlte wie seit langer Zeit zu niemandem mehr.

Als das Ehepaar zurückkehrte, setzten sie sich an einen niedrigen Tisch, um den drei Sessel standen. Der Kater verlor dabei seinen Platz und schritt steifbeinig zur Hundedecke, wo er es sich zwischen Bauch und Läufen von Theo bequem machte.

«Da haben Sie die berühmte Urfeindschaft», sagte der Professor mit dem schönen Namen Lebrecht, der so stark dazu reizte, ihn zu fragen, wie es ihm denn mit diesem Imperativ ergangen sei. Der Hund, so erfuhr Stephan, war schon zehn Jahre alt gewesen, als der Kater einzog. Anfangs mieden sie sich, aber als es Winter wurde und beide den Platz am Kachelofen suchten, mußten sie sich einigen. «Wir haben nichts getan, nur beobachtet. Nach drei, vier Tagen hatten sie herausgefunden, wie bequem es zwei Leute mit dickem Fell haben können.»

«Leute!» wiederholte seine Frau und lachte leise darüber. Ihre grauen Augen richteten sich fragend auf den Gast.

Das genügte, um den Damm zu brechen. Er begann zu erzählen.

Der Vater kurz vor der Geburt im Krieg gefallen, das Kind, immer mit der Mutter allein, auf der Flucht vor den Bomben. Erste Erinnerungen an zwei kleine Zimmer in einer Kleinstadt. Der kleine Junge, behütet, verhätschelt, von der jungen Frau, die mit Nähen Geld verdiente, im Haus gehalten. Eine Schulzeit ohne Ereignisse. Nach dem Abitur zwei Jahre Arbeit, um das Geld fürs Studium zu verdienen, bei dem ein Stipendium half. Volkswirtschaft. Dann der plötzliche Tod der Mutter, die sich aus dem Leben davonstahl. Nach der Doktorarbeit ein Ausbruchsversuch und die Arbeit bei einer Werbeagentur in New York. Die Liebe zu Barbara, einer zarten, sanften Kollegin, die dem ruppigen Handwerk so gut gewachsen war. Als die Agentur ihn nach Deutschland zurückschickte, heirateten sie. Ein bescheiden glückliches, ein wenig versponnenes Leben, weil ihnen Kinder versagt blieben. Die

Krankheit seiner Frau, von ihr anfangs kaum wahrgenommen, verlor die Harmlosigkeit und führte zu einem langsamen Sterben. Stephan Pfändler war mit sechsundvierzig zum Witwer geworden. Das war mehr als zwei Jahre her.

An diesem Abend wurde es spät. Marianne Altenberg brachte eine zweite Kanne Tee und Weihnachtsgebäck aus dem Vorrat.

Der Professor hatte in Tübingen Mathematik gelehrt, war seit zwei Jahren emeritiert und mit seiner Frau auf den vom Vater ererbten Hof gezogen. Jetzt war das Land verpachtet; er bewirtschaftete nur noch den Wald. Der Enkel lebte bei ihnen, weil die einzige Tochter als Modefotografin ein unstetes Leben führte und ein Kind eine feste Bleibe brauchte. Über den Vater Peters wurde nicht gesprochen, und Pfändler mochte nicht fragen.

In den Gesprächspausen, die nie schmerzten, weil die drei Menschen einander wohlgesonnen waren und jeder dem anderen Zeit ließ, den eigenen Gedanken nachzugehen, spürte der Gast manchmal den Blick Marianne Altenbergs. Die grauen Augen schienen ihn ergründen zu wollen, obwohl er nichts verborgen hatte. In den dunklen Haaren war keine Silbersträhne, und sie hätte sehr jung sein können, wäre nicht ein feines Faltengeflecht über ihr Gesicht gespannt gewesen. Es waren Falten des Alters, nicht der Verbitterung, keine heruntergezogenen Mundwinkel oder tiefe Furchen zwischen Nase und Mundrand. Sie trug lange Hosen, ein weißes Hemd und darüber einen dunkelblauen Pullover. Eine eindrucksvolle Frau, schön anzusehen, auf die Entfernung alterslos, aus der Nähe rätselvoll.

Gegen Mitternacht bat Pfändler, sich zurückziehen zu

dürfen. Die Altenbergs wollten nicht, daß er ohne Frühstück abreiste, verabredeten die Zeit und sagten, er solle sich nicht stören lassen, wenn Peter schon früh im Hause herumgeistere, denn er müsse um Viertel nach sieben zum Schulbus. Zuletzt ging er mit dem Professor auf den Hof, um frische Luft zu schnappen und nach dem Nebel zu sehen. Hund und Kater begleiteten sie.

Die Nacht war immer noch undurchdringlich, aber ein leichter Wind bewegte die Tannen bei der Scheune.

Die beiden Männer gingen auf und ab, leicht nach vorn gebeugt, mit den Händen tief in den Taschen, und nach einem langen Abend, an dem viel geredet worden war, nun schweigsam.

Als der Hund Theo sich zu ihnen gesellte und Chopin schon wartend vor der Haustür saß, kam es doch noch zu ein paar Sätzen.

«Es wäre schön, wenn Sie wiederkämen, Herr Pfändler. Wir sind viel allein. Die Zahl der alten Freunde nimmt ab, und von den jungen verirrt sich selten einer in diese abgelegene Gegend.»

«Ich möchte nichts lieber als das. Ich hatte nicht den Mut, Sie darum zu bitten, aber nun werde ich sehr gern kommen.»

Stephan Pfändler fand lange keinen Schlaf. Die Stille, ungewohnt nach dem nie nachlassenden Verkehrslärm seiner Wohnung in der Stadt, wollte genossen werden. Dabei war es nicht still, nur die Geräusche unterschieden sich. Tropfen auf dem Fensterbrett, das Ticken der Standuhr auf dem unteren Flur, das Knarren unsichtbarer Balken, als hole das nächtliche Haus tief Luft, und dann endlich ein leises

Trappeln oder Huschen, vielleicht von Mäusen auf dem Dachboden...

Er durchlebte die Ereignisse des Abends, suchte sich die Gesichter der neuen Freunde zusammen, die ihm allzu schnell entglitten und neu geformt werden mußten. Der Mann mit der grauen Mähne, dem kantigen Kopf und den unter hohen Jochbögen tiefliegenden Augen. War das Kinn gekerbt, war der langgezogene Mund mit den fleischlosen Lippen früher voller gewesen? Wie alt mochte er sein, zweite Hälfte Sechzig? Wie würde er, Stephan, wohl in zwanzig Jahren aussehen? Sicher nicht so gesund. Als Pfändler versuchte, sich Marianne Altenberg vorzustellen, versagte er. Ihr Gesicht wollte keine Form annehmen und löste sich in einzelne Züge auf. Ein Zusammenziehen der kleinen Falten an den Augen, wenn sie lächelte; die Querfalte auf der Stirn, wenn sie nachdenklich nach Worten suchte; der empfindsame Mund. Leicht war es nur mit Peter, der sich in sein Gedächtnis eingekerbt hatte.

Als der Schlaf sich ihm immer noch versagte, obwohl er müde war, nahm er Zuflucht zu einer Methode, die meistens half. Er streckte sich lang auf dem Rücken aus, achtete darauf, daß sich die Füße nicht berührten und die Hände glatt auf dem Laken lagen. Dann suchte er tief zwischen den Hüftknochen und dem Rückgrat seine Mitte und ließ Schwere in sich einziehen. Er wog eine Tonne, konnte keinen Finger mehr heben, den Kopf nicht mehr bewegen und die Beine nur noch wie zwei Säulen fühlen. Er spürte den Schlag seines Herzens, dumpf und gleichmäßig, war warm und schwer und kaum mehr bei Bewußtsein. Aber nun, wo er sich gleich zur Seite drehen und richtig einschlafen würde, gelang ihm das auf einmal nicht mehr. Er war hellwach und ganz darauf konzentriert, das Geräusch zu hören, das zu ihm drang. Das Weinen eines Kindes, bitterlich, mit langen Schluchzern und japsendem Atemholen. Pfändler saß auf der Bettkante und suchte mit den Zehen nach seinen Pantoffeln. Er wartete, ob jemand über den Flur ging, ob sich eine Tür öffnete, ob er Stimmen hörte. Aber es kam kein anderes Geräusch, nur das Schluchzen blieb. Er trat auf den Flur, horchte, fand die Tür, hinter der der kleine Junge so herzzerreißend weinte, und ging hinein.

«Peter?»

Er tastete in der Dunkelheit nach dem Lichtschalter, fand ihn nicht, folgte den Schluchzern, stolperte über einen Stuhl, der umstürzte, suchte Halt und fand ihn am Fußende des Bettes. Er setzte sich seitlich auf die Matratze, glitt mit der Hand über das Bündel unter dem Federbett, bis er eine Schulter berührte, und fragte ins Ungewisse: «Peter, was ist denn? Warum weinst du? Soll ich deine Großmutter holen?»

«Neiein!»

Wie tröstet man ein Kind, das man kaum kennt, von dem man nichts weiß, wenn man selbst gar keine Erfahrung mit Kindern hat und sich höchstens auf dunkle Erinnerungen an längst vergangene Kümmernisse verlassen kann?

«Ich kann nicht schlafen. – Meine Mama ist nicht gekommen. – Der Papa kommt nie mehr... Er darf nicht...» Unter Schlucken und Schniefen gegebene Auskünfte.

Pfändler ließ eine Hand auf der schmalen Schulter und suchte mit der anderen nach der Nachttischlampe, die doch irgendwo sein mußte. Als er endlich gegen einen Metallfuß stieß, war die Bewegung zu heftig gewesen. Er hörte ein Wackeln, Kippen und den Aufschlag auf dem Fußboden. «Verdammt!»

Das Weinen verstummte, und der Junge setzte sich auf.

«Wo ist der Lichtschalter, Peter? Wenn das so weitergeht, zertrümmere ich noch dein ganzes Zimmer.»

Das Kind glitt aus dem Bett, tapste mit nackten Füßen zur Tür, und gleich darauf strahlte unangenehm helles Licht aus einer Deckenlampe. Kind und Mann bückten sich zugleich nach der Nachttischlampe, stießen mit den Köpfen zusammen, und Stephan konnte nicht anders, er begann zu lachen.

«Entschuldige, Peter», sagte er endlich, «du hast dir einen sehr ungeschickten Tröster ausgesucht. Es würde mich nicht wundern, wenn die Nachttischlampe kaputt wäre.»

«Die fällt dauernd runter. Ich probier mal.»

Sie ging tatsächlich an. Das Licht unter dem roten Schirm war warm und freundlich. Pfändler stellte den Stuhl wieder auf, häufte die auf den Boden gefallenen Kleidungsstücke darauf, ging zur Tür und löschte das grelle Licht. Er setzte sich wieder auf die Bettkante.

«So, jetzt weinst du wenigstens nicht mehr. Daß deine Mama heute im Nebel nicht mehr kommen konnte, ist doch nicht so schlimm. Morgen, wenn du aus der Schule zurück bist, wird sie vielleicht schon hier sein. Sie hat es dir versprochen. Das habe ich gehört, als du mit ihr telefoniert hast.»

Peter legte sich zurück, verschränkte die Arme hinter dem Kopf und sagte nun tränenlos und viel zu erwachsen:

«Ich weine manchmal nachts. Da kann mich keiner hören. Die Großeltern schlafen hinten im Haus.»

«Hilft es was, wenn ich bei dir bleibe, bis du eingeschlafen bist?»

«Keiner will mit mir schlafen», sagte der Junge. «Die Großeltern wollen mich nicht in ihrem Zimmer haben, und die Mama sagt auch, daß ich zu alt bin, um in ihr Bett zu kommen.»

«Weißt du was? Wir machen es andersherum. Ich komme in dein Bett. Das erfährt keiner. Wenn du richtig fest schläfst, gehe ich in mein Zimmer zurück. Morgen kommt es dir dann so vor, als hättest du geträumt.»

Peter rutschte zur Seite und machte Platz. Stephan legte ihm den Arm um die Schulter, spürte den Kinderkopf auf dem Ellbogengelenk, schauderte ein wenig, weil ihm im Schlafanzug in den ungeheizten Räumen kalt geworden war, zog das Federbett hoch und stopfte es unter die schmale Seite des Kindes.

«Gute Nacht, Peter.»

Nach wenigen Minuten hörte er den Atem leise und gleichmäßig werden; er befreite den Arm, der einzuschlafen drohte, blieb ganz still liegen, dachte an den Hund und den Kater, die einander auf ihrer Decke vor dem Kamin wärmten, schmunzelte über den Vergleich und gab sich dankbar dem Schlaf hin, der ihn in seine tiefe Wärme zog. Als er wach wurde, brannte die Nachttischlampe noch, und auf dem Wecker stand der Zeiger kurz vor sechs Uhr. Er rutschte vorsichtig aus dem Bett, öffnete die Tür zum Gang, kehrte zurück, um das Licht auszuknipsen, und bedauerte den kleinen Schläfer, der in einer halben Stunde geweckt werden würde.

Gleich darauf kroch er in das kalte Bett im Gästezimmer, mußte es erst wärmen und wachte und schlief, bis es an die Tür klopfte. «Ja?»

«Viertel nach sieben», sagte Peter. «Großmutter hat mich geschickt. Ich soll Sie wecken.» Er zögerte einen Augenblick unter der offenen Tür, lachte verlegen und sagte: «Servus, Nebelmann. Ich hab nicht geträumt. Komm bald wieder.»

«Wiedersehen, Peter.» Aber die Tür war schon zu, und dann folgte Gepolter auf der Treppe und das Zuschlagen der Haustür.

Stephan stand auf und zog die Vorhänge zurück. Es war noch ganz dunkel, aber der Nebel hatte sich verflüchtigt. Soweit er es sehen konnte, verhieß der Wolkenhimmel Schnee.

Das Frühstück gab es in der Küche. Marianne Altenberg setzte sich zu ihm, trank zur Gesellschaft eine Tasse Kaffee und entschuldigte ihren Mann, der morgens immer länger schliefe, wenn er so spät ins Bett kam. Stephan konnte sich nicht entschließen, ihr von dem nächtlichen Erlebnis mit Peter zu erzählen. Es kam ihm wie ein Verrat vor, aber andererseits war es traurig, wenn ein Kind nachts weinte und von niemand getröstet wurde. Wäre die Mutter dagewesen, hätte er es bestimmt erwähnt, aber bei dieser stillen, distanzierten Frau empfand er Hemmungen, die er sich nicht erklären konnte. Sollte er Frau Altenberg nach dem Vater fragen? Aber das ging nicht; ein Vater, der seinen Sohn nicht besuchen durfte, war doch nicht jemand, nach dem man sich als Fremder erkundigen konnte.

«Ich mag Peter», sagte er unvermittelt.

«Er Sie auch.» Sie lächelte ihr seltsames Lächeln, das

nicht an ihn gerichtet war, sondern sich im Raum verlor. «Er nennt Sie den Nebelmann und möchte, daß Sie wiederkommen.»

«Das möchte ich auch sehr gern. Aber dazu muß ich mir erst Ihre Adresse aufschreiben. Ich wollte es gestern schon, aber wir hatten soviel anderes zu erzählen.»

Sie tauschten die Adressen aus. Sie hielt seine Visitenkarte von sich fort und suchte sie mit weitsichtigen Augen zu entziffern. «Wo ist das? In Schwabing?»

«Ja. Nicht weit vom Englischen Garten.»

Sie nickte, als wäre dies eine befriedigende Auskunft.

Als er seine Tasche und den Mantel zum Auto trug, begleitete sie ihn und erklärte, wie er fahren müsse, um auf die große Straße zu kommen. Er verabschiedete sich mit einem Handkuß, bedankte sich abermals für die Gastfreundschaft, aber sein Dank wurde leise und bestimmt abgewehrt.

«Nein, nein. Es war für uns eine Freude. Gute Fahrt und auf Wiedersehen.»

Er wendete den Wagen, wollte ihr noch einmal zuwinken, sie kehrte ihm jedoch den Rücken zu und war schon auf dem Weg zur Treppe und zur Haustür.

2

Das dritte Weihnachten ohne seine Frau überstand Stephan Pfändler besser als erwartet. Am Heiligen Abend hatten ihn Freunde eingeladen, deren fröhliche Kinder keine Wehmut aufkommen ließen. An einem der beiden Feiertage war er in der Oper gewesen, und in der übrigen Zeit hatte er viel mit dem Videorecorder gespielt, den er sich selbst zu Weihnachten geschenkt hatte. Zwischen den Jahren war er zweimal mit dem Auto an den Stadtrand gefahren, hatte die milden Wintertage zu stundenlangen Spaziergängen ausgenützt, nach denen er müde und gutgelaunt zurückgekommen war. Trotzdem atmete er auf, als es endlich Januar wurde; er genoß die Betriebsamkeit der Agentur und den mit Menschen bevölkerten Arbeitstag. Eine Folge von Feiertagen ist nichts für Einsame.

Von den Altenbergs hatte er auf seinen Dankbrief hin noch nichts gehört und rechnete auch nicht damit, bevor es Frühling wurde. Aber die Erinnerung an die Nebelfahrt und die Begegnung mit dem Ehepaar und dem kleinen Jungen stand frisch in seinem Gedächtnis, beschäftigte ihn oft und eignete sich gut, Träume an die zukünftigen Begegnungen zu knüpfen. In der Phantasie setzte er die Freundschaft mit Peter fort, strolchte mit ihm durch den Wald, suchte nach Haselstecken, um einen Bogen daraus zu machen und mit Pfeilen nach einer Scheibe zu schießen. Er würde mit ihm Ameisenhaufen erforschen, eine Grille ausgraben oder Waldvögel beobachten. Wenn er sich bei diesen Überlegungen ertappte, wurde ihm sehr klar, daß er im Grunde nur ein Stück eigener Kindheit nachholen wollte, um das ihn die vaterlose Jugend gebracht hatte. Auch Peter hatte keinen griffbereiten Vater, und daß der Mathematiker-Großvater sich eignete, Bäche zu stauen oder der Entstehung eines Maulwurfshaufens zuzusehen, schien ihm fraglich.

An einem naßkalten Abend ging er zum Essen in sein Stammlokal, in dem er die Wirtsleute und die Kellnerin gut kannte. Er aß Hausmannskost, trank Bier, las ein bißchen Zeitung und unterhielt sich mit dem Wirt, bis es Zeit für die Fernsehnachrichten wurde. Erst danach machte er sich auf den Heimweg, freute sich auf einen gemütlichen Abend, an dem er Musik hören und lesen wollte. Er hatte sich gerade einen alten Pullover und Hausschuhe angezogen, als es Sturm klingelte. Er erwartete keinen Besuch. Wahrscheinlich war es nur ein Hausbewohner, der seinen Schlüssel vergessen hatte und nun sein Glück am Klingelbord ausprobierte. Solche Störungen kamen gelegentlich vor, manchmal erbarmte er sich auch, aber heute war es ihm lästig, sich aus dem Sessel zu bemühen und zur Wohnungstür zu gehen, nur um über die Sprechanlage zu erfahren, daß Herr Meier aus dem vierten Stock ausgesperrt war.

Aber das Klingeln setzte sich beharrlich fort. Zwei-, dreimal, dann eine Pause und ein erneuter Ansturm.

Erst als er aufgestanden und zur Tür gegangen war, erkannte er am Ton der Flurglocke, daß der Klingler schon vor der Wohnungstür stand. Durch den Spion sah er nur ein Stück eines nassen Regenmantels. Der zum Mantel gehörende Mensch mußte seitlich der Tür warten. Es klingelte schon wieder.

«Ja, schon gut», murmelte Stephan und machte auf.

Er erkannte sie sofort, obwohl er sie nur einmal auf einem Foto gesehen hatte. Die Ähnlichkeit mit der Mutter und dem Sohn war zu auffallend. Kurze, dunkle, jetzt vom Regen strähnige Haare, die in die Stirn fielen, grüne Augen. Das ernste Gesicht aus dem Silberrahmen auf dem Schreibtisch mit den vielen Papieren, nur schmaler.

«Frau – Altenberg?»

«Nein, Reiners. Aber es stimmt schon. Ich bin Peters Mutter. Darf ich hereinkommen?»

Sie ließ ihm keine Zeit für eine Antwort, trat an ihm vorbei und hatte sich aus dem Mantel geschält und ihn achtlos über einen Stuhl in der Garderobe geworfen, bevor er ihr behilflich sein konnte. Sie stand schon unter der Tür zum Wohnzimmer, ehe sie sich umdrehte und zu sprechen begann.

«Peter schwärmt von Ihnen. Er nennt Sie ‹seinen› Nebelmann. Darum bin ich gekommen. Ich wollte Sie sehen.»

Hinter dem ernsten Gesicht, das er von dem Foto kannte, sah er, daß sie aufgebracht war. Der Tonfall ihrer Stimme und die Bewegung der Schultern verrieten einen Ärger, mit dem er nichts zu tun haben konnte. Die Situation war ihm unsympathisch, und er reagierte ebenso unhöflich. «Nun haben Sie mich gesehen. Reicht das noch nicht?»

Sie lachte zornig auf. «Ja, ich weiß. Ich hätte vorher

anrufen müssen. Unangemeldete Besuche gehören sich nicht. Dafür bitte ich um Verzeihung. Und wenn meine Eltern von Ihnen angetan sind und mein Sohn von einer nächtlichen Zwiesprache und Trost erzählt, müßte ich liebenswürdiger sein. Das fällt mir im Augenblick schwer.»

Stephan hatte sich gefaßt. Hinter dem Zorn dieser Frau spürte er Verzweiflung und Ohnmacht. Als er eine einladende Handbewegung machte, wurde ihm bewußt, daß er nun zu hören bekommen würde, was bei den Altenbergs unausgesprochen geblieben war. Ein bißchen schämte er sich seiner Neugier, aber es fiel ihm leicht, sie zu überspielen.

«Nun setzen Sie sich erst mal, Sie sehen so aus, als wären Sie ganz durchgefroren und könnten einen Kaffee vertragen. Oder möchten Sie lieber etwas Alkoholisches?»

«Kaffee wäre schön.»

Er bat sie, sich zu gedulden, verschwand in der Küche und trödelte beim Kaffeekochen, um ihr Zeit zu lassen. Vielleicht faßte sie sich allein schneller. Er kehrte erst wieder ins Wohnzimmer zurück, als der Kaffee fertig war.

Sie hatte sich im Sessel zusammengekauert, saß gekrümmt, mit überkreuzten Beinen und aufgestützten Armen, und er stellte jetzt erst fest, daß sie nicht schlank, sondern extrem mager war. Die auffallenden grünen Augen wirkten in dem ausgemergelten Gesicht riesig; die Hand- und Fingergelenke standen knochig hervor. Er setzte das Tablett ab und warf dabei verstohlen einen Blick auf seine Hände. Mit ihren verglichen, kamen sie ihm gedrungen und muskulös vor. Da ihm nicht einfiel, wie er ein Gespräch in Gang bringen könnte, schenkte er Kaffee ein, rückte Zucker und Milch in ihre Reichweite, setzte sich ihr gegenüber in den zweiten Sessel und wartete ab.

Sie nahm die Tasse in beide Hände, als wolle sie sich wärmen, und trank dann in kleinen, hastigen Schlucken. Erst als sie die leere Tasse wieder auf die Untertasse stellte, begann sie zu sprechen. Sie wisse nicht, was ihre Eltern und Peter über sie erzählt hätten, fände es aber todtraurig, daß ihr Sohn so unglücklich sei, daß er einem Fremden sein Leid geklagt habe. Ja, er hätte sehr an seinem Vater gehangen, könne die Trennung von ihm nicht verwinden und verstünde nicht, warum er ihn nicht sehen dürfe...

«Warum darf er ihn nicht sehen?» fragte Stephan und füllte ihre Tasse wieder. «Hat sein Vater ein Verbrechen begangen?»

Ihre Erzählung kam wie ein Dammbruch, gehetzte Stakkatosätze, die sich überschlugen, Ohnmacht, Verzweiflung, Nichtbegreifen, Zorn und endlich Racheschwüre. Erst als die Flut verebbt war und nur noch Rinnsale sich ihren Weg durch die Trümmer eines Lebens bahnten, fand sie einen Ort, von dem aus sie die Katastrophe überblicken konnte.

Es war die alte Geschichte, hundertmal gelesen und gehört, aber darum für den Betroffenen nicht weniger schmerzlich. Katharina hatte Jürgen Reiners vor zehn Jahren kennengelernt, als sie dreißig und er zweiunddreißig war. Eine leidenschaftliche Liebe, eine schnelle Heirat. Es war die Zeit ihrer ersten Erfolge als Fotografin, sie verdiente gut und wollte den Beruf nicht aufgeben. Jürgen Reiners war das recht. Er stand am Anfang seines beruflichen Aufstiegs, und zwei Verdiener in der Familie ermöglichten ein angenehmes Leben. Ihre häufigen, berufsbedingten Reisen spielten keine Rolle, bis Peter geboren wurde. Sie blieb ein halbes Jahr zu Hause, aber wie alle im Beruf erfolgreichen Frauen fand sie sich mit dem Dasein allein mit einem Baby und dem Haushalt nicht ab. Sie suchte eine liebevolle Betreuerin für Peter, reiste weiterhin in der Welt herum, um für elegante Modezeitschriften zu fotografieren, machte sich einen Namen und verdiente mehr als ihr Mann. Weil ihr zwischen den Aufträgen und Reisen viel Zeit blieb, sich um Mann und Kind zu kümmern, weil sie ihren Mann liebte und ganz ehrlich glaubte, eine für sie beide befriedigende Form der Ehe gefunden zu haben, traf es sie wie ein Blitzschlag, als er ihr im vorigen Sommer gestand, daß er eine andere Frau gefunden habe, die ihn liebe und mit ihm ihr ganzes Leben verbringen wolle, nicht nur die Zeit zwischen zwei Reisen. Er gäbe zu, er hätte ihr das früher sagen müssen, aber nun sei etwas Unvorhergesehenes eingetreten, seine Freundin bekäme ein Kind. Er bäte Katharina, ihn freizugeben. Durch seine neue Ehe, die er sofort nach der Scheidung schließen wolle, wäre auch bestens für Peter gesorgt, der dann endlich ein richtiges Zuhause habe und seine sehr junge Mutter, die Zeit für ihn aufbringen würde, etwas, das sie – und das müsse sie zugeben – ihm von Geburt an vorenthalten habe.

Katharina, die den Boden unter den Füßen verloren hatte und nicht glauben konnte, was er ihr so hart und herzlos mitteilte, klammerte sich an zwei Wörtern fest: «sehr jung». Wie jung, fragte sie endlich.

Die Antwort, zu der er sich bequemen mußte, machte ihn zum erstenmal in seiner langen, gutgeübten Rede unsicher. Zweiundzwanzig.

Stephan saß in seinem Sessel und hörte zu. Der Kaffee in seiner Tasse war kalt geworden, hatte Ringe an der Innenseite gebildet und schmeckte schal, als er doch einen Schluck trank. Er hatte einige Male das Verlangen verspürt, sie zu unterbrechen und Zwischenfragen zu stellen, bis er merkte, daß sie ihn nur benützte, um sich die traurige Geschichte aus Selbstzerfleischung vorzuerzählen. Zum wievielten Male? Aber er unterließ jede Störung und sorgte lediglich dafür, daß ihre Tasse gefüllt war.

Sie unterbrach sich mitten in einem Satz und fragte: «Sie haben nicht zufällig Zigaretten im Haus?»

«Wenn es Sie nicht stört, daß sie mehr als zwei Jahre alt sind.» Er stand auf und suchte in der Schreibtischschublade. Ein halbes Jahr nach dem Tod von Barbara hatte er eines Abends die Stummel im überquellenden Aschenbecher gezählt. Es waren zwanzig. Damals hatte er die Zigaretten aufgegeben, die alten Packungen aber aufgehoben, nicht aus Masochismus, sondern aus dem Gefühl heraus, daß man die Askese auch übertreiben könne. Er rauchte alle paar Monate eine Zigarette und ließ es dann wieder. Als er ihr einen Aschenbecher gebracht und ihr Feuer gegeben hatte, fragte er nun doch:

«Wie ist es weitergegangen? Sie sind doch geschieden?»

«Ja. Ich bin noch am selben Tag ausgezogen und habe Peter mitgenommen. Ich habe meinen Mann erpreßt. Er mußte ganz auf Peter verzichten, dafür bekam er die Scheidung und sein Heimchen am Herd. Er hat sie kurz vor Weihnachten geheiratet; das Kind ist im März fällig.»

Stephan kannte sich nun schon ein wenig auf ihrem Gesicht aus. Er konnte Gefühle ablesen. Hinter der Wut und dem Zorn der heruntergezogenen Mundwinkel und der Querfalte auf der Stirn lag in den Augen die nicht zu verbergende Enttäuschung und Verzweiflung. Wenn ich sie jetzt fragte, dachte er, ob sie den Mann immer noch liebe, würde sie in Tränen ausbrechen und lange nicht aufhören zu weinen.

Wieder eine Flugzeuggeschichte, stellte er nachdenklich fest. Wenn jemand wie sie einem Fremden wie mir sein Herz ausschüttet, will er keine Fortsetzung. Er möchte Aufgestautes loswerden, später jedoch nicht daran erinnert werden. Für mich geht ein Stück Zukunft, auf das ich mich gefreut habe, damit zu Ende. Keine Altenbergs, kein Peter, und das nur, weil ich zufällig zu Hause war, die Tür aufgemacht und diese Frau mit ihrem Kummer und ihrer Wut eingelassen habe. Er seufzte kaum hörbar, rückte sich im Sessel zurecht und wartete ab.

«Er war brutal und gefühllos und hat einen Eimer eiskaltes Wasser über mir ausgegossen. Mein Gott, ich habe ihn geliebt, ich bin nichtsahnend von einer Reise zurückgekommen, habe mich auf ihn gefreut und nur an eine kleine Verärgerung gedacht, als er sagte: ‹Gut, daß du endlich mal wieder zu Hause bist! Ich muß mit dir reden, ernsthaft, oder willst du gleich wieder fort?›

‹Wieso?› habe ich verwundert gefragt. ‹Ich bin doch hier. Was ist mit dir?› Dann habe ich die ganze Geschichte zu hören bekommen. Er hat sie in einem Café kennengelernt; sie hatte gerade ihr Abitur gemacht. Es war die ganz große Liebe auf den ersten Blick. Er war sich nicht zu schade, von ‹jugendlichem Zauber› zu reden. Ganz zufällig ist sie das einzige Kind eines Fabrikanten, der irgend etwas Technisches herstellt. Auch ganz zufällig sollte sie Betriebswirtschaft studieren, um später in die Firma einzusteigen, wollte das aber nicht, weil sie einen Drang zum Höheren hat. Germanistik, Literaturgeschichte! Und da kam Jürgen daher, war Betriebswirt, erzählte ihr weiß der Himmel was über unsere Ehe, sein vieles Alleinsein, meine Karrierebesessenheit, unseren armen kleinen Sohn, der ohne Mutterliebe aufwachsen mußte. Als ich davon erfuhr, war die Affäre schon ein Jahr alt. Ich muß schon von einer grenzenlosen Dummheit und Gutgläubigkeit gewesen sein, um nichts davon gemerkt zu haben. Aber er ist ein Schweiger, bei dem man einen ungeheuren Tiefgang vermutet und nie ganz dahinterkommt, ob sich unter der Oberfläche nicht eine Sandbank verbirgt. Mich hat er fasziniert, weil ich rede, mich mitteile, und er das krasse Gegenteil von mir war. Unsere Gespräche bestanden aus meinen Monologen und seinen einsilbigen Antworten. Ganz im geheimen habe ich mich manchmal schrecklich gelangweilt. Ich hätte ihn hin und wieder gern geschüttelt und ihn angefleht: ‹Nun sag doch mal was! Erzähle mir mehr von deinen Gedanken, deinem Leben, deiner Arbeit.› Andererseits war er ein Mann zum Ausruhen; er hörte zu, sagte wenig und daher nie was Dummes. Und er war ein reizender Vater.»

Sie legte eine Atempause ein, um gleich wieder fortzufahren. «Wenn das Heimchen am Herd die Pille nicht vergessen oder absichtlich nicht geschluckt hätte, wäre ich sicher heute noch mit ihm verheiratet, ahnte nichts von seinem Doppelleben und würde, idiotisch wie ich bin, ihn lieben und unsere Ehe für sehr gut halten.»

Sie saß immer noch zusammengekauert, das Gesicht in die Hände gelegt, sah ihn hohläugig an und hüllte ihn in ihre Verbitterung mit ein.

«So geht man nicht mit mir um. Man zertrampelt mir nicht meine Träume, nicht ungestraft. Ich bin ganz sicher, daß ich ihn hätte festhalten können, wäre das Kind nicht gewesen. Das Heimchen am Herd muß sehr viel schlauer sein, als er ahnt. Ach, ich wünsche ihm von Herzen, daß er in Teufels Küche kommt. Ich wünsche ihm, daß er Heimweh nach den Jahren mit mir und Peter bekommt. Ich hoffe aus tiefstem Herzen, daß sich das Heimchen zu einem schrillstimmigen Biest herausmausert... In Amerika gibt es eine Untersuchung, aus der hervorgeht, daß Frauen ihre Stimme um eine Oktave erhöhen, sobald sie verheiratet sind. Wußten Sie das?»

«Nein», sagte Stephan und lachte.

«Mir wären auch zwei Oktaven recht. Jürgens Schwiegervater, der mit diesem Schwiegersohn keineswegs einverstanden ist, hat seine Tochter zu einer Tante verfrachtet, weil er wütend war, daß sie von einem verheirateten, zwanzig Jahre älteren Mann ein Kind bekommt. Jürgen wird von ihrer Familie wie ein Erbschleicher behandelt. Das hat mir mein Anwalt hinterbracht, denn ich habe Jürgen seit meinem plötzlichen Auszug mit Peter nur einmal flüchtig gesehen und sonst selten telefoniert. Vorläufig hat er noch Schonzeit. Ich fände es mies, gegen eine hochschwangere Frau zu Felde zu ziehen. Aber wenn das Kind da ist, brauche ich keine Hemmungen mehr zu haben. Ich werde dafür sorgen, daß wir uns über den Weg laufen. Wir haben sehr viele gemeinsame Bekannte. Ich bin sogar seinem Schwiegervater früher schon begegnet. Ich habe Freundinnen, denen es eine Wonne sein wird, solch unverhoffte Treffen zu arrangieren.»

«Und dann?»

«Dann werde ich charmant und witzig sein, jedem Mann von zwanzig bis achtzig den Kopf verdrehen; ich werde von der großen weiten Welt erzählen, sie alle einwickeln und das Heimchen an die Wand spielen, daß ihm Hören und Sehen vergeht. Mit Jürgen werde ich ach so freundschaftlich umgehen, ihn durch meine Großmut aus dem Gleichgewicht bringen, bis er zu überlegen beginnt, ob er da nicht doch einen nichtwiedergutzumachenden Fehler begangen hat. Alle anderen werden sich fragen, was in Jürgen gefahren ist, mich aufzugeben und diese niedliche kleine Null zu heiraten. So ganz allmählich werde ich Jürgen wieder an mich ziehen. Es wird immer Gründe geben, aus denen wir uns treffen müssen. Peter ist einer davon. Und wenn ich ihn so weit habe, daß er wieder in mich verliebt ist, werde ich ihn fallenlassen wie eine heiße Kartoffel.»

Stephan sah in das triumphierende Gesicht, das plötzlich lebendig geworden war. Sein Widerspruchsgeist regte sich. Es war interessant, Zuschauer eines Ein-Personen-Stücks zu sein, aber dieses Stück hatte zu viele Elemente, die ihm unsympathisch waren, eins besonders, und das wollte er nicht einfach auf sich beruhen lassen.

«Ich kann mir nicht vorstellen, daß diese Rache Sie am Ende befriedigen wird. Ich weiß auch nicht, ob Sie das Durchhaltevermögen haben. Dazu kenne ich Sie zuwenig. Aber etwas gefällt mir gar nicht: Sie sollten Peter aus dem Spiel lassen. Ein achtjähriger, einsamer kleiner Junge ist doch keine Waffe. Muß ein Vater dafür bestraft werden, daß er seinen Sohn liebt? Muß das Kind dafür büßen, daß Ihnen Böses widerfahren ist?»

Er hatte den Blick gesenkt, weil ihn ihr Triumph störte.

Als keine Entgegnung kam und sie zu lange still blieb, sah er sie wieder an und merkte nun erst, daß sie lautlos weinte. Die Tränen liefen ihr über die Wangen und tropften auf den Pulloverkragen. Sie machte nicht einmal Anstalten, sie abzuwischen oder ein Taschentuch herauszuziehen. Ärgerlich dachte er, daß sie sicherlich auch keines bei sich hatte. Es war ihm ein ewiges Rätsel, warum Frauen nie ein Taschentuch hatten, wenn sie es wirklich brauchten. Er hätte nur in die Tasche greifen müssen, um ihr seines zu geben, ein großes Männertaschentuch, das viele Tränen aufnehmen konnte. Aber er wollte nicht freundlich sein, denn er brauchte nur an Peter zu denken, um die Wut in sich aufsteigen zu spüren. Diese überdrehte Frau mit den struppigen Haaren und den wunderschönen grünen Augen, die ihm etwas unheimlich waren, machte ihn tatsächlich wütend.

«Wenn ich Sie so ansehe», erklärte er und stand auf, «denke ich mir, daß es Ihnen schwerfallen wird, vielen Männern und besonders Ihrem eigenen Mann den Kopf zu verdrehen. Ich habe noch nie gehört, daß sich ein Mann in ein Skelett verliebt hätte. Hexenaugen allein dürften nicht genügen. – Kommen Sie mit in die Küche. Ich habe Brot, Schinken und Käse, und ich kann Spiegeleier braten.»

Sie folgte ihm wie ein artiges Kind, und als er sich wieder zu ihr umdrehte, waren die Tränen abgewischt. Am Pulloverärmel, nahm er an. Er holte aus dem Schrank eine Rolle Küchenpapier, gab sie ihr kommentarlos, und machte sich daran, die Vorräte aus dem Kühlschrank auf den Küchentisch zu stellen. «Da drüben sind Teller, in der Schublade liegt das Besteck.» Er deutete mit der Hand, nahm Gläser aus dem Regal und schenkte Mineralwasser ein.

Als sie beide am schmalen Klapptisch saßen und sie zu essen begann, sah er fasziniert zu, in welchem Tempo sie eine Scheibe Brot strich, aufaß und zur nächsten griff. Sie kaute, schluckte, kaute und schluckte, und mit dem letzten Bissen noch im Mund, streckte sie schon wieder die Hand nach einem neuen Brot aus.

Endlich mußte er doch lachen. «Seit wann haben Sie nichts mehr gegessen? Das ist ja atemberaubend!»

Die Komik schien ihr nicht aufzugehen. «Ich weiß es nicht genau», sagte sie ganz ernst. «Gestern, glaube ich. Heute habe ich in der Redaktion Kaffee getrunken, doch, sie hatten auch Plätzchen. Ich habe sicher ein oder zwei Plätzchen gegessen.»

«Ein Vielfraß», bemerkte er. «Dachte ich es mir doch. Ihre schwellenden Formen verraten Sie.»

Sie sah an sich herunter und lächelte zum erstenmal offen und ungekünstelt. Es gäbe Frauen, die vor Kummer äßen; sie gehöre zur anderen Sorte, die durch Kummer den Appetit verlöre. Bis vor der letzten großen Reise sei sie auch nicht ganz so dünn gewesen, aber dann habe sie sich in Indonesien irgendwelche Amöben geholt, die sie die letzten Pfunde gekostet hätten. «Weihnachten, als ich bei meinen Eltern und Peter war», sagte sie, «ging es mir noch sehr schlecht. Ich habe von dünnem Tee und Zwieback gelebt, aber selbst das ist mir nicht bekommen.» Und wieder ganz übergangslos fügte sie hinzu: «Ich liebe Peter über alles. Ich will ihn auch gar nicht von seinem Vater fernhalten. In einem Jahr, wenn ich bis dahin den Schock überwunden habe, wenn Peter einen kleinen Bruder oder eine kleine Schwester hat, kann Jürgen ihn holen oder auch zu ihm kommen. Nur jetzt geht das noch nicht. Übrigens habe ich mich doch noch mal mit meinem geschiedenen Mann getroffen, vor ein paar Tagen erst, aber das soll eigentlich niemand wissen. Sie dürfen es auch meinen Eltern nicht sagen, wenn Sie sie sehen sollten. Bitte.»

Stephan wußte nicht, ob sie auf eine Bestätigung wartete oder gleich fortfahren würde. Er sah sie über den Tisch weg an.

«Ich hasse ihn, aber gleichzeitig hänge ich an ihm, weil uns so viel verbindet. Hätte er mir einmal gesagt, er liebe mich immer noch, wenigstens noch ein bißchen, wäre ich ihm um den Hals gefallen. Aber er hat nichts dergleichen gesagt, war kalt und unpersönlich, hat mich mit Vorwürfen überschüttet und versucht, mit mir über das Unterhaltsgeld für Peter zu handeln, das unsere Anwälte abgesprochen haben. Ich bin aus der Haut gefahren und habe ihn in einem Café, vor lauter indignierten Zuhörern, wie ein Marktweib angeschrien. Ich brauche sein verdammtes Geld nicht, ich verdiene sowieso mehr als er. Keine Mark würde ich mehr von ihm annehmen...»

«Und darum die Rache?»

«Ja.»

Sie zog die Schultern hoch. Unter dem Pulloverkragen sah er die knochige, tiefe Halsgrube. «Einer Freundin von mir ist auch der Mann weggelaufen, nach zwanzig Jahren Ehe. Sie grämt sich zu Tode, ist wehrlos und muß für zwei Kinder sorgen. Er hat seine Jugendliebe wiedergetroffen. Alte Glut unter der Asche. Fort war er. Jetzt stellte sich heraus, daß die Jugendliebe Leukämie hat. Meine Freundin kann nicht einmal um ihren Mann kämpfen. Da gibt es Anstandsregeln. Bei mir ist das anders. Ich brauche nur noch weniger als ein Vierteljahr zu warten.»

«Haben Sie bis dahin nicht vielleicht wieder zu sich selbst gefunden?»

Aus dem eben noch freundlichen Gesicht schickten grüne Augen Eis zum Ausrutschen. Eine Straßenkatze, dachte er, zerzaust, ewig hungrig, aber voller Kampfeslust. «Kommen Sie mir nicht damit! Das predigen mir meine Eltern und alle klugen, einsichtigen Menschen meiner Umgebung. Wenn ich zu mir selbst finde, finde ich eine Frau, die hintergangen worden ist, der man sehr weh getan hat, und die zurückschlägt.»

Stephan wußte nicht weiter. Er mochte nicht länger zuhören oder ihr antworten müssen, hielt jedes weitere Wort für zwecklos und verbarg seine plötzlich wieder aufkommende Abneigung hinter einer ausdruckslosen Miene.

Beim Aufstehen stützte sich Katharina Reiners auf die Tischplatte, als sei sie mit einem Schlag todmüde geworden. «Soll ich noch spülen?» fragte sie.

Wenn ich jetzt ja sagte, dachte er, fiele sie aus allen Wolken. Sie ist so anmaßend, verlangt Rücksicht und ist selbst rücksichtslos. Hat ihr Beruf sie so gemacht, ist das der Preis, den sie für den Erfolg bezahlen mußte? Wie mag diese Geschichte sich anhören, wenn ihr Mann sie erzählte? An Stelle von Katharina sah er plötzlich seine Frau Barbara vor sich, die jahrelang ihm gegenüber an diesem Tisch gesessen hatte. Sie war auch erfolgreich in ihrem Beruf gewesen, hatte auch viel Geld verdient, hatte gearbeitet, solange die Krankheit ihr noch die Kraft ließ. – Er schüttelte in Gedanken den Kopf.

Aber er hatte kein Gegenüber mehr. Er hörte sie im Wohnzimmer, und gleich darauf kam sie mit den Tassen in die Küche. «Ich mache das noch schnell, und dann verschwinde ich. Sie sollen wenigstens nicht hinter mir herräumen müssen, nachdem ich Ihnen den Abend verdorben habe.» Noch während sie sprach, drehte sie das Wasser auf und spülte das wenige Geschirr. «Nein, sagen Sie nichts. Ich weiß genau, was ich Ihnen zugemutet habe. Ich gehe mit meinem Kummer und meiner Enttäuschung hausieren, bin aufdringlich und stelle den Fuß zwischen die Tür, damit Sie mir doch die Schnürsenkel abkaufen, die Sie gar nicht haben wollen. Vielleicht fällt mir ein Weg ein, mich bei Ihnen zu bedanken und den schlechten Eindruck wegzuräumen, Herr Pfändler.»

Er wollte aufstehen und helfen, aber das ließ sie nicht zu. «Ich war zu Ihnen gekommen, weil ich Sie bitten wollte, sich um Peter zu kümmern.»

Stephan konnte der Versuchung nicht widerstehen, sah sie neugierig an und fragte: «Machen Sie das immer so geschickt?»

Diesmal lachte sie, ohne direkt zu antworten. «Peter ist erst acht; meine Eltern haben ihn zu sich genommen, damit er ein Zuhause hat, aber sie sind für einen kleinen Jungen zu alt. Ich bin dabei, mein Leben und meinen Beruf neu einzurichten. Wenn mir das gelingt, werde ich in absehbarer Zeit fest hier wohnen und nicht mehr so oft reisen müssen. Es wird wohl ein knappes Jahr dauern, schneller kann ich es nicht schaffen. Meinen Sie, Sie könnten in der Zwischenzeit manchmal ein Wochenende opfern?»

«Ja.»

«Darf ich Peter sagen, daß Sie bald zu Besuch kommen werden?»

«Ja.»

Sie hatte inzwischen die Tassen und Bestecke getrocknet und auf den Tisch gelegt, ging danach ins Wohnzimmer, nahm aus ihrer Handtasche eine Visitenkarte, kam zurück und legte sie vor ihm auf den Tisch. «Das ist meine hiesige Adresse. Ich bin aber nicht oft dort zu erreichen, weil ich demnächst nach Hamburg und dann noch nach Berlin muß. Ende März habe ich auch wieder Termine. Sagen Sie dem Anrufbeantworter, daß ich zurückrufen soll.»

Nachdem sie gegangen war, setzte er sich noch eine Weile in seinen Sessel und dachte über den plötzlichen Überfall dieser verwirrenden Frau nach, die ihren Wunsch, daß er sich um Peter kümmern möge, auch am Telefon hätte äußern können. Auf eine schwer zu erklärende Weise hatte sie der Nebelnacht und der Begegnung mit den Altenbergs den Zauber genommen. Was sich langsam hätte entwikkeln sollen, war zu einem Diktat geworden. Der Nebelmann, die Märchengestalt eines Kindes, wurde roh in einen betriebsamen Alltag gezerrt und bekam Anordnungen: Melde dich, fahre hin, kümmere dich um meinen Sohn. Ja, so stimmte es. Keine Bitte, sondern ein Wunsch, fordernd geäußert und jede Nichterfüllung ausschließend.

Stephan sah nicht ein, warum er gehorchen sollte, aber als er an Peter dachte, der geweint und sich an ihn geschmiegt hatte, wußte er, daß ihm der kleine Junge wichtiger war als aller Widerspruchsgeist.

3

Es wurde Ende März, bis Stephan zu einem Wochenendbesuch zu den Altenbergs fuhr. Von Katharina Reiners war kein Anruf gekommen, nur einmal hatte eine Postkarte aus Berlin in seinem Briefkasten gelegen.

«Lieber Nebelmann», stand in winzigen, wie gestochen geschriebenen Buchstaben, «mein schlechtes Benehmen bei Ihnen quält mich. Ich bin nicht immer so. Gestern habe ich allein in einem Restaurant gegessen. Am Nebentisch saßen zwei Männer, einer war blind. Von Geburt an. Er erzählte dem anderen, seine Lieblingsfarbe sei Blau. Als der sein Erstaunen äußerte, sagte er, seine Mutter habe ihm zum Schulbeginn in der Blindenschule einen Anzug gekauft und gesagt, der Anzug wäre blau, und die Farbe stünde ihm besonders gut. Seither sei Blau seine Lieblingsfarbe. Hübsch, nicht wahr? Ich sammle solche Geschichten. Stimmt es Sie freundlicher, wenn ich Ihnen eine davon schenke?»

Am Samstag nach dem Frühstück gingen der Professor und Stephan spazieren. Peter war in der Schule, und Marianne Altenberg hatte sich mit Haushaltsbelangen entschuldigt. An den Wegrändern und zwischen den Bäumen häufte sich verharschter Schnee, der sicher noch lange liegenbleiben würde. Altenbergs Wald, den sie zusammen besichtigten, hatte unter Wind- und Schneebruch gelitten; es mußte mehr Holz als vorgesehen geschlagen werden, und die Preise würden schlecht sein. Erst als sich dieses Thema erschöpft hatte, begann der Professor, über seine Tochter zu sprechen.

«Katharina hat uns gesagt, daß sie bei Ihnen war und wie schlecht sie sich benommen hat. Sie fürchtete, Sie würden Peter und uns nicht mehr besuchen wollen. Deswegen bin ich besonders froh, daß Sie heute hier sind.»

Stephan stapfte schweigend weiter. Er hatte nicht das Gefühl, sprechen zu müssen. Er war am gestrigen Abend wie ein alter Freund der Familie aufgenommen worden, hatte mit dem Jungen und dem Ehepaar am großen Tisch zu Abend gegessen, dann – und das zum erstenmal – die Jammerschreie des Katers Chopin gehört, der lautstark nach Bier verlangte.

«Nebelmann!» hatte Peter ihn begrüßt und war nicht von seiner Seite gewichen, bis es Zeit für ihn wurde, ins Bett zu gehen. Stephan hatte Geschenke mitgebracht, Blumen und Pralinees, einen Marillenschnaps aus dem Salzburgischen und für Peter kleine Modellautos, bei denen er sich von der Verkäuferin im Spielzeuggeschäft hatte beraten lassen, und dazu noch einen Stoffteufel, den er im Regal entdeckt und in den er sich sofort verliebt hatte. Nächstes Mal, sagte er zu Peter, müsse er sich was wünschen. Er kenne sich mit Kindern nicht so gut aus, und vielleicht hätte Peter viel lieber ganz etwas anderes gehabt.

«Überraschungen mag ich am liebsten», erklärte der Junge und preßte den schwarzen Teufel mit dem langen

Schwanz und der roten Quaste daran fest an sich. «Den Teufel nehme ich mit ins Bett, und morgen in der Schule zeige ich meinen Freunden die Autos.»

Am späten Abend, als Stephan in das nun schon vertraute Gästezimmer ging, horchte er auf Geräusche von nebenan, aber es war still.

«Katharina», fuhr Altenberg auf dem Waldweg fort, «hat den Boden unter den Füßen verloren. Jürgen muß ihre große Liebe gewesen sein, obwohl sie das nie so gezeigt hat. Ich glaube, sie hätte sich ein Leben ohne ihn gar nicht vorstellen können. Vielleicht habe ich einen Fehler begangen, denn er ist zu uns gekommen, als er wußte, daß diese junge Person ein Kind erwartete. Katharina war zu der Zeit unterwegs. Meine Frau und ich sollten vermitteln, sie vorbereiten, damit der Schock nicht so groß sein würde. Wir haben das, übrigens unabhängig voneinander, weil er uns getrennt darum gebeten hat, beide abgelehnt. Man kann doch nicht ins Leben erwachsener Menschen eingreifen, selbst wenn es um die eigene Tochter und den Schwiegersohn geht, den wir zehn Jahre lang kannten und gern hatten. Aber er war feige und hat Katharina auf eine häßliche Art hintergangen. Statt ihr gleich zu Anfang seiner Beziehung zu der anderen zu sagen, daß er sich verliebt hätte, hat er gewartet, bis es zum endgültigen Bruch kommen mußte.»

«Hat sich Ihre Tochter denn überhaupt nicht gegen ihn gewehrt? Wenn ich richtig informiert bin, brauchte sie doch nicht in die Scheidung einzuwilligen.» Stephan wollte nicht zu erkennen geben, wieviel er bereits wußte, andererseits war es sicher erhellend, die Version des Vaters zu hören.

«Entgegen allem, was sie jetzt sagt und tut, ist sie ein

grundanständiger Mensch, Herr Pfändler. Sie hat gewütet und geweint und ihn dann kampflos freigegeben. Ich glaube, man muß sie nicht früher gekannt haben, um zu sehen, was sie das gekostet hat.» Er zog schaudernd die Schultern nach vorn. «Sie sieht schrecklich aus, und so alt! Meine Frau wirkt jünger als sie. Daß sie sich diese Tropenkrankheit geholt hat, liegt vermutlich nur daran, daß sie vorher schon so elend war und gar keine Widerstandskraft mehr hatte. Haben Sie Katharinas Bild auf meinem Schreibtisch gesehen? Es ist noch keine zwei Jahre alt.»

«Alles, was ich jetzt sagen könnte», begann Stephan, «haben Sie bestimmt schon hundertmal gedacht oder gehört und sich selbst damit getröstet. Ich sage es lieber nicht. Als Ihre Tochter im Januar bei mir auftauchte, muß sie auf dem Tiefpunkt gewesen sein, und trotzdem sah sie nicht ‹schrecklich› aus, sondern nur sehr krank. Im übrigen war ihr Kampfesmut ungebrochen.» Stephan sah sie zusammengekauert im Sessel sitzen. Er lachte kurz auf. «Ich möchte nicht in der Haut Ihres ehemaligen Schwiegersohns und seiner neuen Frau stecken.»

«Strohfeuer», wehrte der Professor entschieden ab. «Sie hält sich nur an ihren Racheplänen aufrecht. Es kann nicht mehr lange dauern, bis dieses Kind auf die Welt kommt, und dann wird Katharina butterweich sein. Den Eltern gratuliert sie sicherlich nicht, aber dem Kind wird sie trotzdem Glück wünschen.»

Als die Männer vom Spaziergang zurückkehrten, war es Mittagessenszeit. Peter lief ihnen schon auf dem Hof entgegen. Er hatte für den Nachmittag Pläne, wollte Stephan den Gasthof zeigen, aus dem Chopin stammte, und wurde nur ein wenig rot, als der Großvater schmunzelnd erklärte, daß es am Samstag dort frischgebackenen Obstkuchen und gewaltige Mohrenköpfe gab.

«Na, wenn das kein gutes Ziel ist», sagte Stephan. «Ich kann mich nicht erinnern, wann ich zum letztenmal einen Mohrenkopf gegessen habe.» Wieder stellte er fest, wie warm ihm ums Herz war und wie gut ihm der Besuch bei den Altenbergs tat, die er doch kaum kannte, die ihn aber in ihr Leben aufnahmen, als habe er schon immer dazugehört.

Nach dem Mittagessen – es gab eine hausgemachte Erbsensuppe aus einer großen Terrine und danach Heidelbeerkompott und Pudding – wollte Peter sofort mit ihm in sein Zimmer gehen, stieß aber auf Widerstand.

«Du machst Schularbeiten», sagte Marianne Altenberg. «Dann hast du es hinter dir und brauchst nicht mehr dran zu denken. Großvater hält seinen Mittagsschlaf, und falls Herr Pfändler nicht auch schlafen will, kann er hier mit mir einen Mokka trinken.» An Stephan gerichtet, fügte sie hinzu: «Ich mache es mir immer nach dem Essen für eine Stunde gemütlich. Aber ich lege mich tagsüber nie hin.»

«Vielen Dank. Ich leiste Ihnen gern Gesellschaft.»

Peter maulte ein bißchen, verzog sich dann aber mit seinem Schulranzen nach oben.

Sie kochte den Mokka in einer Apparatur aus zwei Glaskugeln und einer Spiritusflamme darunter Es sah hübsch aus, als das kochende Wasser durch eine Röhre nach oben stieg, den gemahlenen Kaffee in sich aufnahm und als dunkelbrauner Mokka wieder herabsank. Marianne Altenberg holte aus einem Bauernschrank zwei kostbare bunte Nymphenburgtassen, stellte Zucker und

Milch dazu, schenkte ein und zündete sich dann eine Zigarette an.

«Was haben Sie für einen Eindruck von Peter?» fragte sie.

«Einen sehr guten. Er wirkt auf mich viel ausgeglichener als im Dezember. Er wirkt so, als wäre sein Leben in bester Ordnung.»

«Mein Mann und ich haben auch das Gefühl, aber es tut gut, wenn ein anderer es bestätigt. Er hat eine schwere Zeit hinter sich, weil er so an seinem Vater hängt. Ich habe in einem Psychologiebuch gelesen, daß Kinder mit etwa neun oder zehn einen großen Sprung machen und mit Schicksalsschlägen leichter fertig werden, wenn ihr Leben bis dahin sicher war. Peter ist erst acht Jahre alt.»

«Sie sind seine Großeltern, seine Familie. Er weiß von klein auf, daß seine Mutter nicht immer bei ihm sein kann. Auch wenn ihm sein Vater fehlt, lebt er doch mit vertrauten Menschen in einer vertrauten Umgebung.»

«Ja, das schon...» Sie zögerte etwas. «Katharina hat gestern angerufen. Sie weiß, daß Sie hier sind, aber sie hat keine Grüße bestellt. ‹Sag ihm lieber nichts von mir›, hat sie gesagt. War es denn so schlimm, als sie Sie damals überfallen hat? Sie muß ein sehr schlechtes Gewissen haben.»

«Es war nicht schlimm, aber für mich beunruhigend. Ich habe lange sehr einsam gelebt, dann hat mir plötzlich ein Zufall die Begegnung mit Ihnen beiden und Peter geschenkt. Darüber war ich glücklich. Ach, das klingt zu hochtrabend. Lassen Sie es mich so formulieren: Ich war allein, und mir ist ein Wunschtraum in Erfüllung gegangen. Eine Tür hatte sich geöffnet. Als dann Ihre Tochter kam und ihr Unglück und ihre Verzweiflung über mir ausgoß, wurde ich durch die Tür in einen Tumult gezerrt, während ich mich doch nur auf der Schwelle hatte aufhalten und ein bißchen freuen wollen. – Es hört sich hölzern an und beschreibt nichts.»

«Es beschreibt sehr gut, was ich auch dabei fühle. Als Katharina und Jürgen in München verheiratet waren, konnte ich zu ihnen hindenken, mich auf ihre Besuche hier freuen oder selbst zu ihnen zu Besuch kommen. Ich sage jetzt absichtlich ich, weil ich nicht ganz genau weiß, ob mein Mann das auch so empfindet. Meine Liebe hatte ein Ziel. Ja, von einem gewissen Alter an sind Kinder selbständige Erwachsene. Man lebt mit ihnen auf einer Ebene. Man hat nichts von ihnen zu fordern, und sie dürfen auch nichts mehr fordern. So war das bis zum vorigen Sommer. Jetzt hat Katharina Schiffbruch erlitten und hat – wie haben Sie eben gesagt? – ihr Unglück über uns ausgegossen und ihren Sohn bei uns abgestellt. Nicht, daß wir ihn nicht liebten, so meine ich es nicht ...»

«Das weiß ich.»

«Mein Mann ist beinahe siebzig, ich bin fünfundsechzig. Wir sind zu alt für das Zusammenleben mit einem Achtjährigen. Wir wollen auch nicht mehr mit Katharinas Unglück belastet werden. Auf das Leben hier auf dem alten Hof haben wir uns lange gefreut. Anfangs ist uns die Umstellung sogar schwergefallen. Es ist schon ein Unterschied, ob man in einer lebhaften Universitätsstadt oder im Böhmerwald nahe der Grenze wohnt. Keine Studenten mehr, keine Kollegen, keine Vorträge, Theaterabende oder auch nur Kinobesuche. Aber als wir den neuen Rhythmus gelernt hatten, waren wir glücklicher als je zuvor. Wir hatten auf einmal Zeit füreinander; wir entdeckten uns wieder. Können Sie sich vorstellen, daß man in unserem Alter noch einmal verliebt sein kann? Und das in einen Menschen, mit dem man schon zweiundvierzig Jahre lang verheiratet ist...»

Marianne Altenberg sah traurig aus. Sie rührte Stephan so sehr, daß er am liebsten den Arm um ihre Schulter gelegt und sie getröstet hätte. Aber die Regeln für das, was sich ziemte oder nicht, bauten Barrieren auf, die sich nicht überwinden ließen. «Und jetzt», sagte er, um wenigstens kein befangenes Schweigen aufkommen zu lassen, «stehen Sie morgens um sechs auf, wecken einen kleinen Jungen, machen ihm Frühstück und sorgen dafür, daß er zur Schule kommt. Sie kümmern sich um ihn, verbringen Ihr Leben mit ihm und geben ihm von der Zeit ab, die Sie für sich haben wollten.»

Sie stand auf, stellte das Kaffeegeschirr auf ein Tablett, sah ihn an und lächelte ein anmutiges, schüchternes Lächeln. «Sie haben die merkwürdige Eigenschaft, einen zum Reden zu bringen. Vielleicht liegt es daran, daß Sie selber ein leiser Mensch sind. Auf mich und meinen Mann wirken Sie wie ein Magnet. Auf Peter übrigens auch. Stellen Sie diese Kräfte lieber ab, wenn Sie mit Katharina in Berührung kommen. Ich möchte nicht, daß sie Ihnen weh tut.»

Um ihn einer Antwort zu entheben, die er so schnell nicht fand, ließ sie ihn allein. Er schritt gedankenverloren durch das langgestreckte Zimmer, blieb vor dem Kachelofen stehen, beugte sich zu dem Hund Theo hinunter und streichelte ihn. Theo machte sich lang, wedelte zweimal müde, um die Liebkosung anzuerkennen, und schnaufte kurz auf.

Stephan richtete sich wieder auf, sah auf die Uhr und

überlegte, wie lange man mit acht Jahren wohl Schularbeiten machte. Warum sollte er Peter nicht helfen, wenn es dann schneller ging und sie eher zum geplanten Spaziergang kamen, auf den er sich schon im voraus gefreut hatte? Er ging ins obere Stockwerk und klopfte an Peters Tür.

«Sind Sie das?»

«Ja.»

Als er eintrat, lag Peter auf dem Bett, ein Tim-und-Struppi-Heft in der Hand und den zusammengerollten Chopin neben sich. Er blinzelte leicht schuldbewußt. Stephan fragte nicht nach den Hausaufgaben. Er war zu Besuch da, nicht als Aufsichtsperson.

«Es ist schon drei Uhr, Peter. Wollen wir gehen?»

Bis zum Aufbruch dauerte es dann doch noch zehn Minuten. Chopin wurde in die Küche gebracht, die Mäntel mußten geholt und angezogen werden; Peters Mütze war verschwunden und fand sich endlich in der Kapuze des Lodenmantels wieder. Stephan wartete erheitert und geduldig. Endlich fragte er: «Können wir Theo mitnehmen?»

«Zu weit. Er macht zu oft eine Pause und legt sich hin. Großvater sagt, er könnte sich auf dem nassen Boden erkälten und krank werden. Der Hund von den Weißners kann ihn nicht leiden. Er hört nicht auf zu bellen, wenn wir Theo in die Gaststube mitnehmen, sondern sitzt auf dem Hof vor seiner Hütte und macht einen furchtbaren Spektakel.»

Anfangs gingen sie ein Stück die Straße entlang, weil Peter ihm zeigen wollte, wo der Schulbus hielt. Als sie kaum hundert Meter vom Hof entfernt waren, miaute es laut, und Chopin schloß sich ihnen an.

«Das ist eine komische Katze», sagte Peter. «Er geht gern mit Menschen spazieren. Manchmal bringt er mich morgens weg. Dann wartet er, bis ich im Bus bin, und geht allein wieder nach Hause. Großvater hat schon mit dem Förster gesprochen, weil der wildernde Katzen abschießt. Aber Chopin kennen hier alle.»

«Wildert er denn nicht?»

Der Junge zog die Schultern hoch. «Er maust natürlich, und wenn er einen kranken Vogel erwischt, frißt er ihn auch, aber an gesunde Vögel kommt er nicht ran. Wir haben viel eher Angst um ihn, weil es wieder Luchse im Wald geben soll. Es heißt, sie haben sich im Naturschutzgebiet vermehrt und sind von dort abgewandert. Aber der Förster hat bei uns noch keinen gesehen.»

«Und du meinst, ein Luchs wird mit einem so großen Kater fertig?»

«Klar. Chopin kriegt dauernd von anderen Katern Prügel. Er kommt oft mit Wunden heim. Großvater sagt, es liegt an der Farbe. Er ist so hell und fällt überall auf.»

Stephan, der etwas unsicher gewesen war, wie sich ein längeres Zuammensein mit Peter entwickeln würde, hätte sich keine Sorgen zu machen brauchen. Als sie von der Straße, wo Stephan die Bushaltestelle besichtigen mußte, auf den Waldweg abbogen, zeigte der Junge dem Gast einen alten toten Baum, in dem eine Eule nistete, und führte ihn danach ein Stück vom Weg fort zu einem Fuchsbau. Er erklärte, daß die Füchse durch ausgelegte Köder gegen Tollwut geimpft würden. Woher er das alles wisse, fragte Stephan am Ende erstaunt.

«Ach, ich gehe oft mit Großvater in den Wald, und der Förster kommt abends manchmal zu Besuch, dann höre ich zu. Papa – mein Vater, meine ich – hat mir auch viel erzählt.»

«Was willst du werden, wenn du groß bist?» fragte Stephan rasch, um an dem schwierigen Hindernis vorbeizukommen.

«Ich weiß noch nicht. Immer was anderes, weil mir soviel gefällt. Arzt fände ich gut, aber Förster wäre auch schön.» Dann blieb er plötzlich still stehen. «Hören Sie was?»

«Ja. Wasser. Ist da ein Bach?»

«Hm. Ich zeig Ihnen meine Lieblingsstelle.»

Sie verließen den Waldweg, stiegen schräg nach oben und erreichten eine grasbewachsene Mulde mit einigen Büschen, zwischen denen ein Bach über Steine plätscherte. Er war durch das Tauwetter angeschwollen und über das Ufer getreten. Peter stieß mit der Stiefelspitze Schnee- und Eisreste ins Wasser und sah ihnen nach, während sie davongespült wurden und sich rasch auflösten.

«Richtig schön ist es erst, wenn es grün wird», sagte er nachdenklich. «In den Sommerferien habe ich stundenlang auf dem großen Stein in der Sonne gesessen. Es roch nach Himbeeren und Blumen, die Vögel kamen und badeten, und unheimlich schöne Libellen flogen um einen herum.»

«Darfst du denn allein so tief in den Wald?»

«Warum nicht?»

«Nimmst du mich im Sommer mal mit?»

«Na klar.»

Als sie sich wieder auf den Weg machten, merkten sie, daß Chopin nicht mehr bei ihnen war. Peter fand das nicht beunruhigend. «Der wartet sicher auf uns, wo es über den Fußpfad zu den Weißners geht.»

Der Gasthof lag am Rand der kleinen Stadt, wurde von einem einladenden Schild angekündigt, auf dem ein Rehkitz zwischen hohen Tannen stand. «Schön, nicht?» sagte Peter und deutete mit dem kleinen runden Kinn zur Tafel. Stephan nickte. Neben dem Pfosten der Einfahrt zum Parkplatz saß Chopin und erwartete sie tatsächlich.

«Wir sind sicher die einzigen Gäste, die mit einer Katze wandern», stellte Stephan lachend fest, als sie in die Wärme der Gaststube traten und Chopin die Tür aufhielten, der ihnen in einigem Abstand und mit hoch aufgestelltem Schwanz folgte.

«Ja, da ist heut der Maunz und der Peter! Grüß Gott, der Herr!» Die Frau hinter der Theke strahlte sie an. Peter nahm Chopin auf den Arm, schlüpfte unter der Klappe durch und begrüßte die freundliche Wirtin, die eine alte Freundin zu sein schien. Mehrere Tische waren besetzt. Leute in Wanderkleidung, junge Burschen mit ihren Mädchen, ein paar ältere Frauen, alle beobachteten den Jungen mit dem großen Kater und streiften Stephan flüchtig mit neugierigen Blicken.

Er wartete geduldig vor der Theke, bis die Begrüßung vorüber war. Peter ließ diesmal die Klappe offen, gesellte sich zu Stephan und versank in die Betrachtung der Kuchen, die hinter einer Glasscheibe aufgebaut waren.

«Was darf's denn sein?» fragte die Wirtin, die noch mit dem Kater beschäftigt war, der um ihre Beine strich und laut zu miauen begann.

«Bier», sagte Peter grinsend.

«Na, aber sicher. Der Maunz kommt doch immer zuerst dran.» Sie ging mit einer Untertasse zum Zapfhahn, füllte sie, pustete den Schaum fort, füllte ein wenig nach und trug sie zu einem der freien Tische. Chopin stürzte sich auf das Bier, trank, nieste, trank und kümmerte sich nicht um die aufkommende Heiterkeit der vielen Zuschauer.

Sie bestellten Mohrenköpfe, Peter gleich noch einen Apfelkuchen, Stephan Tee und Peter Cola. Beim Großvater dürfe er aber nie Cola trinken, erklärte die Wirtin. Ob es nicht lieber Apfelsaft sein solle?

«Bei mir darf er Cola trinken. Aber das braucht sein Großvater ja nicht unbedingt zu wissen.»

«Von mir wird er's nicht hören.» Die Frau ging auf die kleine Verschwörung augenzwinkernd ein.

Sobald sie sich gesetzt hatten, sprang Chopin auf Stephans Schoß, wo er jedoch nicht viel Platz fand. Ein Stück des fetten Katers hing auf beiden Seiten über, aber das schien ihn nicht zu stören. Er war müde, hatte seinen Durst gestillt, schnurrte ein wenig und schlief dann ein. Peter stopfte stumm Kuchen in sich hinein und schlürfte laut und genießerisch Cola aus der Flasche.

Stephan blieb sich selbst überlassen und sortierte seine Gedanken. Er hatte des Kindes wegen zu sehr in Mitleid und Sentimentalität geschwelgt. Kein Vater, eine selten anwesende Mutter, die mit ihrem eigenen Kummer fertig werden mußte, ein einsamer kleiner Junge, der mit zu alten Leuten lebte. Während er Peter zusah, verlor sich das Mitleid. Ein Kind, das mit wachen Augen durch den Wald streifte, das mit Tieren lebte, versorgt und geliebt wurde, dem die Menschen seiner Umgebung freundlich gesonnen waren! Warum sollte er da nicht die Kraft haben, Schwierigkeiten zu überwinden?

Peter legte die Kuchengabel aus der Hand und stöhnte zufrieden auf. «Das war toll.»

«Hast du wirklich genug? Du darfst dir noch ein Stück holen.»

«Ich kann nicht mehr. Eigentlich schade, denn bei Großvater bekomme ich immer nur ein einziges Stück Kuchen. Er sagt, das wäre genug.»

«So war das bei mir auch, als ich klein war. Darum bin ich so gern zu Geburtstagseinladungen gegangen. Da durfte man soviel Kuchen essen, wie man wollte.»

«Hat Ihre Mutter keinen Kuchen gebacken?»

«Manchmal schon, aber wir hatten nicht viel Geld, als ich so alt war wie du.»

«War Ihr Vater arbeitslos?»

Ein Kind seiner Zeit, dachte Stephan und lächelte. «Nein, er war tot.»

«Traurig», sagte Peter. Es war ihm anzusehen, daß er nicht weiterwußte.

Stephan, der diesem Thema entgehen wollte, winkte der Wirtin.

Auf dem Heimweg erzählte Peter von der Münchener und der hiesigen Schule, die beim Vergleich besser abschnitt. Die große Sensation war der Schulbus, dessen Fahrer seine eigenen Kinder und die Kinder der verstreut gelegenen Gehöfte mitnahm, sich damit zusätzlich Geld verdiente und in jeder freien Minute schnitzte. «Wir haben alle schon Tiere von ihm bekommen. Ich hab noch nicht so viele wie die anderen, aber weil ich noch nicht so lange mitfahre, hat er mir gleich zwei Schafe auf einmal geschenkt. Ich zeig sie dir – Ihnen –, wenn wir zurück sind.»

«Weißt du was? Wenn du Nebelmann zu mir sagst, kannst du auch du sagen. Zu einem Nebelmann paßt du viel besser als Sie.»

Sie gingen einträchtig weiter. Chopin hielt sich diesmal dicht bei ihnen, und Stephan merkte, daß der Kater und der Junge müde geworden waren. Nach einiger Zeit, als die rasch einsetzende Dämmerung den Weg unter den Tannen sehr dunkel machte, schob sich Peters Hand in seine. «Die Großeltern werden schon auf uns warten.»

«Ja. Wir waren auch lange unterwegs. Ich finde, es ist schön, wenn man nach einem ausgedehnten Marsch müde nach Hause kommt, und dort erwartet einen Wärme, Licht und ein gemütliches Zimmer.»

«Und auf Chopin wartet Theo.»

Und damit, hätte Stephan gern gesagt, ist alles in allerbester Ordnung. Aber das war keine Bemerkung für einen Achtjährigen. Statt dessen umfaßte er die kleine Hand fester, blieb einen Augenblick stehen und streichelte den Kater, der den Aufenthalt benützte, um sich am Cordsamt seiner Hose zu scheuern.

Als sie ins Haus traten, ging die Wohnzimmertür auf, die Großeltern begrüßten den Enkel und den Gast, und es war warm, hell und gemütlich. Das Abendessen stand schon auf dem Tisch. Es gab wieder Brot, Wurst und Käse. Die Erwachsenen tranken Bier, und Peter bekam einen großen Becher Milch. Er schlief beim Essen fast ein, beharrte aber darauf, daß Stephan noch an sein Bett kommen müsse, um eine Geschichte zu erzählen.

«Ich habe noch nie einem Kind eine Geschichte erzählt», sagte er komisch verzweifelt zu Marianne Altenberg, als Peter schon nach oben gegangen war.

Sie lachte. «Dann wird es höchste Zeit, daß Sie es lernen. Heute dürfte es auch nicht schwer sein. Fangen Sie mit irgend etwas an; er schläft bestimmt nach ein paar Minuten ein.»

Peter lag im Bett und sah ihm aus großen Augen entgegen, und die Frage, was er erzählen könnte, war hinfällig geworden, weil der Junge ihn sofort aufforderte: «Erzähl mir von deinem Vater, Nebelmann.»

«Ich habe ihn nicht gekannt. Er war in Rußland im Krieg und ist schon tot gewesen, als ich noch gar nicht geboren war.»

«Da warst du noch im Bauch von deiner Mutter.»

«Ja. Als ich kein Baby mehr war und sprechen lernte, wußte ich nicht genau, was ein Vater ist. Ich habe einfach zu allen Männern Papa gesagt. Die anderen Kinder haben mich deswegen ausgelacht. Später, als ich es wußte, habe ich die Bilder von ihm angesehen, und meine Mutter hat mir viel über ihn erzählt. Ich konnte ihn mir genau vorstellen. Er war groß und stark, hatte ein freundliches Gesicht, glänzende braune Augen und dunkle, wellige Haare. Wenn ich an ihn dachte, sah er viel schöner aus als auf den paar alten Fotografien.»

«Zeigst du sie mir?»

«Ja, wenn du mich in München in meiner Wohnung besuchst.»

«Erzähl weiter.»

«Vor den anderen Kindern gab ich mit ihm an. ‹Wenn mein Vater noch lebte, würde er ...› sagte ich und war fest davon überzeugt. Er würde mir bei den Schulaufgaben helfen; er würde mit mir Drachen basteln und fliegen lassen, und unser Drachen würde höher steigen als alle anderen, die die Väter meiner Freunde steigen ließen. Er würde auch helfen, wenn die großen Jungen auf der Lauer lagen, weil sie uns kleine überfallen wollten. Er würde reich sein; meine Mutter brauchte nicht mehr zu nähen, und ich bekäme jedes Jahr einen neuen Mantel und neue Schuhe. Vor allem aber würde er immer dasein. Wir brauchten kein Bild von ihm aufzustellen, wenn wir an ihn denken wollten...»

Stephan erschrak bis ins Mark, als er plötzlich begriff, was er da anrichtete. Wie hatte er sich dazu hinreißen lassen können, ausgerechnet Peter von seinen Kindheitsträumen zu erzählen? Er sah die auf ihn gerichteten müden Augen und suchte nach einer Überleitung. «Das ist lange her, weißt du.»

«Hm.» Peter murmelte schläfrig: «Ich weiß schon. Wenn ich an meinen Papa denke, schimpft er auch nie.»

Stephan wartete, bis er ganz fest eingeschlafen war, löschte das Licht und zog leise die Tür hinter sich zu.

«Na, wie ist es mit der Geschichte gegangen?» fragte Marianne Altenberg, als er wieder ins Wohnzimmer kam.

«Gar nicht gut. Peter hat mich nach meinem Vater gefragt, der schon gefallen war, bevor ich auf die Welt kam. Ich hoffe, daß er die Geschichte bis morgen vergessen hat. Mir ist zu spät aufgegangen, daß das ein gefährliches Thema war.»

«Ich bin gar nicht sicher, daß er das vergißt.» Der Professor ließ die Zeitung sinken. Das Licht spiegelte sich in den Brillengläsern. Stephan konnte seine Augen nicht sehen. «Er sammelt zur Zeit Geschichten über Väter, fragt mich und meine Frau und den Förster und jetzt Sie. Bisher hat er noch keinem erzählt, was er mit den gesammelten Vätern anfängt. Vielleicht kommt das bald, denn wenn er sonst einen Kummer hat, mit dem er sich herumschlägt, dauert es nicht lange, bis er Rat sucht. Sein Vertrauen und seine Offenheit sind für mich das Liebenswerteste an dem kleinen Burschen.»

Seine Frau nickte bestätigend und wandte sich dann an Stephan. «Heute mittag habe ich gejammert, daß sich durch Peter unser Leben verändert hat. Bitte, glauben Sie nicht, daß ich ihn deswegen nicht liebe.»

«Um das zu wissen, muß man Sie beide nur mit ihm reden hören und beobachten, wie Sie ihn ansehen.»

4

Zwei Wochen nach dem Besuch bei den Altenbergs klingelte abends nach acht Uhr bei Stephan Pfändler das Telefon. Als er sich meldete, sagte Katharina Reiners: «Gut, daß Sie zu Hause sind. Ich möchte kommen.»

Da er ihre Stimme sofort erkannt hatte, erübrigte sich die Frage, wer sie sei, aber ein wenig ärgerte es ihn doch, daß sie ihn wiederum einfach vereinnahmte. «Halt, warten Sie doch. Wir können uns auch irgendwo treffen.»

Aber da hatte sie schon aufgelegt.

Sie sah diesmal nicht mehr ganz so krank aus. Die wirren kurzen Haare mit den aparten grauen Strähnen schienen beabsichtigt zu sein. Er nahm an, daß es sich um eine Frisur handelte. Sie war immer noch erbärmlich mager, aber die Haut hatte einen gesunden Schimmer angenommen, der die Bräune durchdrang. An ihre Kleidung beim ersten Besuch konnte er sich nicht mehr erinnern. Jetzt trug sie eine lange Jacke, einen dazu passenden Rock und eine helle Seidenbluse. Für seinen Geschmack war alles zu zerknittert, aber er wußte schließlich, daß es Mode war; die Frauen in der Agentur kleideten sich ähnlich, nur waren ihre Röcke viel kürzer.

«Guten Abend, Nebelmann», sagte sie und kam sofort herein. «Ich darf Sie doch so nennen?»

«Nein, lieber nicht. Ich heiße Pfändler. Der Nebelmann ist für Peter reserviert.»

«Gut, Herr Pfändler, entschuldigen Sie die Vertraulichkeit. Ich werde mich an Ihre Regeln halten. Die Hausnachrichten der Altenbergs berichten, daß Ihr Besuch sehr willkommen war und Sie über einen Fan-Club mit drei Mitgliedern verfügen.»

Stephan, eben noch verärgert, fand die Situation mit einem Mal sehr komisch, aber er achtete auf die blinkenden Warnlampen. Dieser Verrückten durfte man nicht den kleinen Finger geben. Sie durfte nicht einmal merken, daß ihm die Rolle des immer von neuem verwunderten Zuschauers behagte. Er machte sein allerausdruckslosestes Gesicht und fragte: «Was führt Sie zu mir, Frau Reiners?»

Sie hob den Blick, sah ihn jetzt zum erstenmal richtig an und schien prüfen zu wollen, ob er sich über sie lustig mache. Nachdem die Prüfung nichts ergab – er war ganz höfliche Unbeteiligtheit –, mußte sie sich zu einer Erklärung bequemen.

«Als ich im Januar bei Ihnen war, ging es mir sehr schlecht. Inzwischen bin ich nicht mehr krank, und ich habe auch schon ein Kilo zugenommen.»

Er wußte nicht, ob nun Anerkennung erwartet wurde, aber sie ließ ihm dazu gar keine Zeit.

«Hier innen drin», und sie tippte sich auf das knochige Brustbein, «geht es mir aber immer noch schlecht.»

Wenigstens etwas Ähnliches wie ein Stichwort. «Dann wollen wir uns lieber setzen. Kommen Sie ins Wohnzimmer. Haben Sie gegessen?»

Sie nickte.

«Ich habe Wein, Sprudelwasser und Tee anzubieten.»

«Sprudelwasser, bitte.»

Als sie saß und ein Glas vor sich stehen hatte, brauchte es keine Aufforderung mehr.

«Mittlerweile haben das Heimchen und mein Mann ein Kind, ein Mädchen. Sie heißt Irene. Es soll alles in Ordnung sein. Somit ist die Schonfrist abgelaufen. Ich habe etwas für meine Nachfolgerin aufgeschrieben, das ich Ihnen zeigen möchte.» Sie nahm aus ihrer großen Handtasche zusammengefaltete, maschinengeschriebene Blätter und gab sie ihm wortlos.

Gebrauchsanweisung für meinen Mann

Fangen wir mit dem Morgen an: Er hat Schwierigkeiten wach zu werden. Jetzt, wo Sie das Kind haben, sollten Sie tunlichst vermeiden, daß ihn lautes Babygeschrei in den frühen Morgenstunden weckt. Das beste ist, Sie ziehen mit Ihrer Tochter ins Gästezimmer, solange sie noch so klein ist. Geschrei verdirbt ihm die Laune für den ganzen Tag. Sie müssen darunter leiden.

Kommen Sie nicht auf den Gedanken, das Bad zwischen sieben und acht Uhr morgens zu benützen. Ich kenne niemanden, der so lange zum Waschen, Rasieren und Anziehen braucht wie Jürgen. Ich bin nie hinter sein Geheimnis gekommen, vermute aber, daß er auf dem Badewannenrand oder dem Klo sitzt und über die Welt nachdenkt. Ihn dabei zu stören, wäre sträflich. Wickeln Sie das Kind auf Ihrem Bett. Wasser gibt es auch in der Küche.

Vorsicht mit dem Auto! Da ist er eigen. Wenn Sie es gefahren und den Sitz oder den Spiegel verstellt haben, mag er das gar nicht und wird es Ihnen auch dann

vorhalten, wenn Sie einmal nichts verstellt haben. Er hat in solchen Fällen das Gedächtnis eines Elefanten.
Er bekommt für wenig Geld ein ausgezeichnetes Essen in der Kantine, erwartet aber trotzdem, daß Sie abends drei Gänge kochen. Tüten- oder Dosensuppen lehnt er ab. Nur Obst zum Nachtisch gilt nicht. Pudding oder Creme zieht er Eis vor.
Sollte er abends mit Ihnen ausgehen wollen, sagen Sie nie, Sie seien müde, das Baby hätte Sie schon um fünf Uhr früh wachgeschrien oder – und das ist das Schlimmste –, er solle nicht soviel trinken! Er wird wütend, trinkt extra viel und wird mitten in der Nacht amourös. Grob geschätzt, bleiben Ihnen noch drei Stunden Schlaf.
Wenn er nach einem «langen Arbeitstag» nach Hause kommt, erwartet er, daß Sie hübsch angezogen sind und sehr gepflegt aussehen. Sparen Sie nicht am Make-up. An der Haustür wird er Sie nämlich ansehen. Nachher nicht mehr. Da sinkt er aufs Sofa, legt die Beine hoch und liest Zeitung oder schläft eine Runde, erwartet das Abendessen, das beendet sein muß, wenn die Fernsehnachrichten und das Abendprogramm einsetzen. Ihre Tochter wird er liebevoll betrachten, wenn sie satt, sauber und müde in ihrem Bettchen liegt.
Wenn Sie sich das anders vorgestellt hatten, bedenken Sie, daß er nicht mehr so ganz jung ist.
Und nun viel Vergnügen mit meinem Mann!

PS Mir fällt noch etwas Wichtiges ein.
Gehen Sie sanft mit ihm um, wenn er klagt. Er klagt oft und gern, zum Beispiel über Kopfweh, besonders wenn

Föhn ist. Wenn kein Föhn ist, spürt er ihn kommen. Auch sonst ist er empfindlich. Er wird Ihnen mitteilen, daß ihm der linke Fußballen oder der rechte Knöchel Verdruß bereiten. Dann eilt er zum Arzt. Er hat, wie es einem Manager ziemt, deren mehrere. Einen Herrn für Hals, Nase und Ohren, eine Dame für das Knochengerüst, eine Gemeinschaftspraxis für die Innereien inklusive Herz. Im Grunde ist er recht gesund, aber Angstbezeugungen sind ihm wichtig. Verströmen Sie Mitleid, schlagen Sie Ärzte vor, die bei Ihrer Erbtante oder sonst jemand Wunder gewirkt haben. Aber behelligen Sie ihn um Gottes willen nicht damit, daß es Ihnen schlechtgeht. Das hört er nicht gern. Wenn Sie Grippe haben, deklarieren Sie diese ärgerliche Krankheit, bei der es einem meist hundsmiserabel geht, als Erkältung. Schlucken Sie Mittel aus der Apotheke, klappern Sie nicht mit den Zähnen, zittern Sie nicht bei Schüttelfrost, haben Sie ein freundliches Wort auf den Lippen und Groll im Herzen, ohne daß er von letzterem etwas ahnt. Warum das alles? Einfach. Sie erkaufen sich häuslichen Frieden.

Und noch ein PS
Wußten Sie übrigens, daß er vor mir schon mehrere Jahre mit einem Mädchen eng liiert war? Er hat ihr meinetwegen den Laufpaß gegeben, aber das habe ich erst erfahren, als ich mich scheiden ließ. Sie hat mir einen Brief geschrieben. Sie sind Numero drei. Hüten Sie sich vor Numero vier!

Stephan ließ die Blätter sinken und sah sie entgeistert an. «Das haben Sie doch hoffentlich nicht abgeschickt?»

«Aber sicher.»

Er fand so schnell keine Erwiderung. Sein Verstand sagte ihm, daß sie bestimmt eine Haushälterin gehabt hatte und alle Dinge, die sie über ihren Mann geschrieben hatte, ins Maßlose übersteigert sein mußten. Er schüttelte den Kopf und fragte endlich: «Warum wollen Sie sich derart gemein rächen?»

«Was bleibt mir denn sonst? Ich habe nichts mehr, und er hat alles. Ich kann ihn nicht einmal mehr sprechen oder mit ihm telefonieren. Dabei habe ich seine Stimme sehr geliebt. Wenn ich unterwegs war, freute ich mich immer darauf, ihn anrufen zu können. Manchmal war ich zu Tode erschöpft, hatte Schwierigkeiten mit der Zeitverschiebung, hatte Ärger mit den Garderobieren, mit den Mädchen, die ihre schlechte Laune an mir ausließen und dumme Gesichter machten oder sich nie so stellten, wie ich sie haben wollte, damit die Kleider zur Geltung kamen. Es gibt in diesem Beruf viele zermürbende Tage, aber ich konnte mich damit trösten, daß ich Jürgen schon ganz bald sprechen würde.»

Sie sah ihn an, und er bemerkte, daß unter dem linken Auge ein kleiner Nerv zuckte. Sie mußte es spüren und hob die Hand, rieb die Stelle, ohne daß es half. Sobald sie die Hand sinken ließ, zuckte die blasse, bläuliche Haut weiter.

«Ich gebe mir so große Mühe, ihn fortzuräumen und nicht mehr an ihn zu denken, aber es gelingt mir nicht. Ich habe mir verboten, ihn anzurufen. Ich will nicht an seine Frau geraten. Stellen Sie sich vor, sie sagt: ‹Hier ist Frau

Reiners›, und dann muß ich sagen: ‹Guten Tag, Frau Reiners, kann ich bitte meinen Mann sprechen?›»

«Der gar nicht mehr Ihr Mann ist.»

«Ja, soll ich denn nach meinem geschiedenen oder meinem Ex-Mann fragen? Nein. Ich kann nicht anrufen, und schreiben kann ich auch nicht, obwohl ich das so gern täte. Womöglich zeigt er dann meine Briefe dem Heimchen, und die beiden machen sich zusammen über mich lustig. Alles, was ich so gern möchte, geht nicht mehr. Er hat eine neue Frau, ein neues Kind und vermutlich auch noch einen neuen Beruf. Ich denke mir, daß das Kind seinen Schwiegervater versöhnt haben wird. Und ich? Ich bin allein, bin betrogen und hintergangen worden und habe aus diesem Zusammenbruch nichts als meinen Sohn retten können, einen armen kleinen Kerl, um den ich mich mehr kümmern müßte, es aber nicht kann, weil ich mir zu allem hin einen neuen Beruf aufbauen muß und das viel Zeit kostet. Manchmal bin ich so einsam, daß ich laut schreien möchte ...»

Auf einmal wurde sie ihm wieder sympathisch, weil er diese Gefühle selbst durchlitten hatte. Sollte er ihr sagen, daß es langsam besser werden würde, weil die Zeit half? Sie war klug genug, das von allein zu wissen. Um sie auf ein anderes Thema zu bringen, fragte er: «Was für einen neuen Beruf?»

«Ich muß schon Fotografin bleiben. Etwas anderes habe ich nicht gelernt. Aber heute fotografiert man Titelbilder für ‹Vogue› oder andere große Modeblätter nicht mehr ausschließlich im Atelier. Die Starmannequins reisen herum, zu tropischen Stränden, bizarren Tempeln, in das Menschengewühl orientalischer Großstädte, in Gebirgslandschaften oder arktische Eiswüsten. Gerade mit solchen Bildern verdiene ich mir mein Geld. Immer sind Filmteams dabei und ein großer Troß. Aber ich mache die Standfotos, bei denen der Wind nur soviel verwehen darf, wie ich es ihm erlaube, wo jede Haarsträhne berechnet ist und der Hintergrund ausgefallen genug sein muß, um einen knalligen Gegensatz zu bieten. Eine nacktbusige Negerin und davor Yvette in einer Création von Rodolfo. Oder Valerie in einem Abendkleid, und hinter ihr ein alter, zahnlos grinsender Chinese mit einer Schale mit Nudeln. Das geht nicht im Atelier.

Mir bleibt nichts übrig, als mich auf Porträtfotos umzustellen, wenn mir das überhaupt gelingt, nicht nur wegen der anderen Technik, sondern auch wegen der großen Phalanx der etablierten Kollegen. An Stelle meiner schönen Mädchen werde ich dickliche Politiker oder Wirtschaftsbosse so fotografieren müssen, daß sie schlank, interessant und sogar bedeutend aussehen. Vielleicht läßt sich auch was mit bekannten Sportlern machen. Das wäre auch ohne Atelier möglich. Ich habe schon Fühler ausgestreckt, aber es braucht Zeit. Manchmal habe ich auch Fotoserien für Wochenmagazine gemacht, nur muß man da an Ort und Stelle sein, in Flugzeuge hetzen, sich mit Journalisten in einem gottverlassenen Winkel der Erde treffen und hart arbeiten. Wenn ich jedesmal erst überlegen muß, wer Peter von der Schule abholt und bei sich aufhebt, bis ich wieder zurück sein kann, sind solche Unternehmen unmöglich.»

Stephan fragte sich, ob er ihr erzählen sollte, daß er bei der Werbeagentur Thompson und Masters arbeitete und sehr wohl über Fotoagenturen, hauseigene Ateliers und zu vergebende Aufträge Bescheid wußte. Aber dies schien ihm nicht der richtige Zeitpunkt. Auch bei den Altenbergs hatte er nichts über Einzelheiten seines Berufs erzählt. Er wollte ihr keine Hoffnungen machen, hatte auch noch nie Arbeiten von ihr gesehen und war sich gar nicht klar darüber, ob er mit einem derart chaotischen Menschen überhaupt beruflichen Kontakt haben wollte. Sie war ihm zu gestört, zu undiszipliniert in ihren Gefühlsäußerungen und, wenigstens in ihrer jetzigen Verfassung, zu unsympathisch. Vielleicht war sie früher anders gewesen, das konnte gut sein. Aber wer sich durch privates Unglück so aus der Bahn werfen ließ, daß er jeden Anstand einbüßte, konnte einfach nicht zuverlässig sein. Zumindest hielt er das für unmöglich. Vielleicht in einem Jahr, wenn sie wieder festen Fuß fassen sollte...

«Wie sehen denn Ihre nächsten Termine aus?»

«Italien. Mode für Frühling und Sommer des kommenden Jahres. Ich habe in Florenz und Rom zwei feste Termine am Ende des Monats. Im Mai muß ich nach Tokio fliegen. Ein junger, ziemlich wilder Modemann, der in Europa verkaufen möchte, hat eine Kollektion, die ich fotografieren soll. Er steht auf Mulattinnen, von denen ich einige kenne und auch mit ihnen gearbeitet habe. Es sind schöne, sehr aparte Mädchen mit endlos langen Beinen und meist schlechter Laune, was auf Bildern hervorragend wirkt. Sie sehen so aus!» Sie verzog ihren Mund, bis er schmollte, zauberte eine Senkrechtfalte auf die Stirn und sah mit angezogenem Kinn von unten her zornig zu ihm auf.

«Na, Gott sei Dank! Ganz ist Ihnen der Humor doch nicht abhanden gekommen.» Er lachte bewundernd. «Ich kann mir die Gesichter jetzt sehr genau vorstellen. – Wie sehen Sie übrigens aus, wenn Sie diese riesigen Reisen machen und so schöne Mannequins fotografieren? Machen Sie sich da auch sehr elegant auf?»

«Nicht die Spur. Für mich ist das harte Arbeit. Ich stehe mir in Jeans und Blusen oder Pullovern, je nach Jahreszeit, die Beine in den Bauch, habe mindestens drei Kameras um den Hals und eine Riesentasche mit Objektiven und Belichtungsmessern und lauter solchen Apparaturen neben mir. Wenn ich nicht aufpasse, stolpere ich darüber; dann fluche ich über die blauen Flecke, und die Mädchen lachen, bis sie auf einmal wieder so hübsch sind, daß ich sie für meine Aufnahmen nicht gebrauchen kann. Wissen Sie, am liebsten hätte ich einen vorsintflutlichen Apparat auf einem Stativ mit Glasplatten und einem schwarzen Tuch, hinter dem ich verschwinde. Aber da das nicht geht, halte ich an einer alten Hasselblad und einer noch älteren Leica fest. Das gibt die schönsten Bilder.»

«Ich würde gern Fotos von Ihnen sehen.»

«Ach? Sie waren bei meinen Eltern und haben keine gezeigt bekommen?» Sie sah ihn erstaunt an. «Nicht mal die in den Familienalben?»

Er schüttelte den Kopf.

«Das zeigt, daß ich nicht besonders hoch im Kurs stehe. Mein Rachefeldzug gefällt den beiden Alten nicht. Sie sind moralische Menschen.»

«Haben Sie ihnen denn Ihre Rachepläne bis in alle Einzelheiten mitgeteilt?»

Sie mußte ihm das Befremden vom Gesicht abgelesen haben, denn sie lachte ärgerlich auf. «O ja! Ihnen, meinen Eltern, meinen Freunden, jedem, der es hören oder nicht hören will. Das ist eine Rückversicherung gegen mich selbst. Wenn mich der Mut verlassen sollte, mache ich mir einen Rückzieher unmöglich, weil alle wissen, was ich vorbereite. Ich blamiere mich nicht gern vor Menschen, die mich kennen.»

Stephan schwieg. Er wußte nicht weiter. Jeder Satz barg die Gefahr, daß sie in Tränen ausbrechen würde. Der empfindsame Mund und die großen Augen verrieten, wie schwer es ihr wurde, Haltung zu bewahren, ironische Bemerkungen zu machen und auf seine Ablenkungsversuche einzugehen. Er schwankte zwischen Ärger und Mitleid hin und her. Einen Moment kam ihm der Gedanke, daß es ihr vielleicht guttun würde, wenn er sie in die Arme nähme und sich ausheulen ließe. Aber solche Gesten, die anderen ganz leicht fielen, bereiteten ihm Schwierigkeiten. Er dachte zuviel nach. Was würde sie tun, wenn die Tränen versiegten? Wahrscheinlich kam dann nur ein neuer Ausbruch mit nichts als Wiederholungen ihres Kummers und ihrer bitteren Enttäuschung. Wenn er sich diesen Jürgen Reiners vorstellen könnte, wäre es leichter für ihn. Aber der Mann, den die Altenbergs gemocht hatten, um den Peter trauerte und den Katharina mit Haß und Liebe verfolgte, entzog sich ihm. Es wurde kein Mensch aus Fleisch und Blut daraus. Midlife crisis, jawohl, das konnte schon sein. Die plötzliche Liebe zu einem schönen jungen Mädchen, auch das war verständlich, dann aber setzte alles aus. Sagt man seiner Frau nicht, daß man sich verliebt, ernsthaft und auf Dauer verliebt hat? Betrügt man sie ein Jahr lang und rückt erst mit der Sprache heraus, wenn sich nichts mehr verschweigen läßt? Und das dann ganz plötzlich und so überaus brutal? War das nur mit der männlichen Feigheit zu erklären?

Katharina bemerkte sein Kopfschütteln und hatte einen neuen Ansatzpunkt.

«Sie können sich meine Reaktion nicht zusammenreimen. Dies kaum zu erkennende Kopfschütteln, das innere Ratlosigkeit zeigt, kenne ich mittlerweile sehr gut. Alle machen das, weil nichts von dieser traurigen Affäre zu Jürgen oder zu mir paßt. Er ist nicht so mies, wie ich ihn darstelle, und ich bin nicht so bösartig, wie ich erscheine.»

Sie kroch wieder in sich zusammen. So hatte sie bei der ersten Begegnung mit ihm ausgesehen. Diesmal richtete sie sich jedoch schnell auf, strich sich die Haare zurück, was eine Reflexbewegung war, denn der kurze, wirre Schopf sah hinterher nicht anders aus.

«Es ist merkwürdig», fuhr sie fort, «für mich sind Sie ein fremder Mensch geblieben, obwohl ich Ihnen mein Herz ausschütte. Ich bin so mit mir beschäftigt, daß ich keinen Raum mehr in mir habe. Bitte, verzeihen Sie mir. Manchmal trifft man im Flugzeug auf jemanden, mit dem man sprechen kann, wie ich jetzt mit Ihnen. Wahrscheinlich verstehen Sie das nicht –»

«Oh, ich verstehe es sehr gut.»

«Ich kann Ihnen nicht einmal versprechen, daß es in Zukunft anders sein wird, daß ich dann auf Sie eingehen und Ihnen Fragen stellen werde. Vorläufig kann ich mir die Zukunft nicht vorstellen, es sei denn diejenige, die Peter und meinen Beruf betrifft.

Wenn ich mal hier in meiner Wohnung bin, traue ich mich kaum aus dem Haus, weil ich die törichte Hoffnung habe, daß Jürgen anrufen könnte. Nach einer Reise stürze ich an das Band, lasse es ablaufen und weiß, während ich gleichzeitig hoffe, daß keine Nachricht von ihm dasein wird. Ich möchte ihn fragen, ob er noch manchmal an mich denkt, ob er sich an unsere gemeinsamen Jahre hin und wieder gern oder sogar ein bißchen wehmütig erinnert. Ich habe mir verboten, ihn anzurufen oder ihm zu schreiben. Abgesehen von den bösen Dingen, die ich mit ihm vorhabe, natürlich. Das läuft parallel.»

«Ich glaube Ihnen nicht, weder die große Liebe noch den Haß. Sie sind keine Frau, die den ungetreuen Ehemann ersticht oder erschießt. Ihr verrückter Racheplan ist in der Theorie dasselbe. Sie wollen diesen Mann zerstören. Aber macht man einen Menschen, den man liebt und dem man so sehr nachtrauert, rücksichtslos kaputt? Zugegeben, seine neue Frau ist sicher nicht unschuldig. Sie muß gewußt haben, daß er verheiratet war. In meiner sicher etwas spießigen Vorstellung bricht man nicht in funktionierende Beziehungen ein. Das hat diese junge Person getan und muß nun Ihre Unverschämtheiten ertragen. Der Brief mit der Gebrauchsanweisung ist eine bodenlose Unverschämtheit. Das werden Sie doch wohl zugeben?»

«Mit Wonne!» sagte sie und zeigte zwei Reihen zusammengebissener Zähne.

«Und das kleine Mädchen, das Baby, was kann das dafür?»

«Was kann Peter dafür?»

«Ich halte Gegenfragen für unfair», sagte er ärgerlich. «Peter muß Ihretwegen schon genug leiden. Er darf seinen Vater nicht sehen, obwohl er Sehnsucht nach ihm hat. Und von Ihnen hat er auch nichts, bis auf ein Versprechen, daß Sie in einem Jahr wieder mit ihm zusammensein wollen. Können Sie sich nicht erinnern, wie lang ein Jahr für ein Kind ist?»

Als sie den Kopf senkte, entdeckte er wieder den zukkenden Nerv unter ihrem Auge. Sie blieb stumm sitzen und bewegte sich nicht. Stephan suchte nach einer versöhnlichen Überleitung, aber es fiel ihm nichts ein. Er schrak zusammen, weil sie plötzlich aus dem Sessel hochsprang und vor ihm stehenblieb.

«Ich muß jetzt gehen», sagte sie leise. «Danke fürs Zuhören. Wenn ich wiederkomme, werde ich einmal um die halbe Welt gereist sein. Aus einer so großen Entfernung kann man kleine private Katastrophen sicher gar nicht mehr sehen. Vielleicht bin ich dann netter. Leben Sie wohl.»

Als er aufgestanden war, um sie zur Tür zu bringen, kehrte sie ihm den Rücken zu. Sie drehte sich auch auf der Schwelle nicht mehr um, ging mit langen Schritten um die Ecke des Flurs, von wo er nur noch hörte, daß sie nicht vor dem Lift stehenblieb, sondern die Treppe hinunterlief.

5

Im April machte Stephan Pfändler vierzehn Tage Urlaub. Er telefonierte vorher noch mit den Altenbergs, sprach auch mit Peter und verabredete einen Besuch für Anfang Mai. Erst als er schon im Flugzeug saß und sich auf Wärme, Sonne, Baden und Nichtstun auf einer griechischen Insel freute, fiel ihm ein, daß er Katharina Reiners Beantworter nichts von seinen Ferienplänen mitgeteilt hatte. Er ließ ihren letzten Besuch an sich vorübergleiten und stellte fest, daß es dazu auch gar keine Gelegenheit gegeben hatte. Sie war wieder so hektisch gewesen, so sehr in ihr eigenes Unglück versponnen, daß für Alltagsbemerkungen, wie Menschen sie untereinander austauschten, kein Raum gewesen war. Zu seinem eigenen Erstaunen wurde ihm klar, wie wenig er sich in Gedanken mit ihr befaßte. Er nahm sie hin oder hatte ihre beiden Besuche hingenommen, als wären sie so unabwendbar wie ein Gewitter oder ein Schneesturm. Vorstellen konnte er sie sich ganz leicht. Die zarte, zerbrechlich schlanke Frau mit den auffallend runden grünen Augen und den strähnigen Haaren, die schon zu ergrauen begannen, ihr Gesicht mit dem verletzlichen Mund – das konnte er sich hervorholen, wann immer er wollte.

Jetzt jedoch, im Flugzeug, ging ihm auch auf, daß die

visuelle Erinnerung prägnanter war als die akustische. Er konnte ihre Stimme nicht hervorrufen, und, was noch schwerer wog, er hatte kaum einen Satz von ihr im Gedächtnis behalten. Offenbar setzte bei ihm ein Verdrängungsmechanismus ein. Er wollte nicht ihre Verzweiflung, ihr Leid und schon gar nicht ihre Rachepläne in sich aufbewahren. Sie war kein Mensch seiner Art. Ihre Leidenschaftlichkeit und ihre gedankliche Unordnung stießen ihn ab. Es gab nur Randbemerkungen, die haftengeblieben und des Nachdenkens wert waren. Die Postkarte mit der Geschichte von dem Blinden, ihre drollige Beschreibung der verdrossenen Mannequins – all das gehörte schon wieder zum visuellen Gedächtnis ...

Er war so in Gedanken versunken, daß er zusammenschrak, als eine Stewardeß plötzlich den Tisch herunterklappte und das Tablett mit dem Lunch vor ihn stellte. Es begann das komplizierte Auswickeln von Besteck, das Lösen der Folien über den Näpfchen mit den Gerichten. Stephan suchte mit angewinkeltem Ellbogen nach dem Salztütchen für den Salat, wobei die Pfeffertüte über den Tablett- und Tischrand rutschte und in der Enge nicht mehr heraufzubefördern war. Also kein Pfeffer.

Beim Graben nach der Papierserviette, die unter dem Besteck lag und schmal zusammengefaltet war, büßte er den kleinen Löffel ein, der ins Rutschen geriet, auf der schrägen Tischplatte auf ihn zu glitt und zwischen seinen Beinen auf dem abgewetzten Teppich landete und verschwand.

«Als wir Kinder waren und uns dauernd was runterfiel, pflegte unser Vater zu sagen, es wäre praktischer, wenn wir uns gleich auf den Fußboden setzten.»

Stephan blickte zur Seite und nahm zum erstenmal seine Nachbarin richtig wahr. Sie lachte ihn an und fügte begütigend hinzu: «Es war nicht böse gemeint. Aber es tut gut, wenn man sieht, daß auch andere Menschen mit dem gräßlichen Plastikkram nicht zurechtkommen. Bei meinem letzten Flug habe ich mir einen Becher Rotwein auf ein helles Sommerkostüm gekippt. Seitdem trinke ich vorsichtshalber Farbloses.»

Sie war eine ältere Frau; er konnte nicht gut das Alter von Menschen schätzen, tippte aber auf etwa sechzig. Ihr freundliches Lachen, ihre warmen braunen Augen und die Art ihrer Kleidung nahmen ihn sofort für sie ein. Sie trug eine dunkelgrüne Hemdbluse und eine helle Jacke.

«Alle meine Versuche, es Rastelli gleichzutun, schlagen kläglich fehl. Es war nicht beabsichtigt, daß Sie mir dabei zusehen, denn sonst übe ich heimlich zu Hause vor dem Spiegel.»

Ein Versuchsballon, der statt in den blauen Himmel zu steigen, nun mit der Decke des Passagierraums vorliebnehmen mußte. Wenn sie wußte, von wem er sprach, wenn sie darauf einging und mit ihm flachste, konnten die Ferien schon auf dem Flug nach Athen beginnen.

«Manchmal hat man Glück», stellte sie fest. «Ich habe einen verborgenen Hang zum fahrenden Volk, wäre gern Trapezkünstlerin im Zirkus geworden, und nun treffe ich den Nachfolger eines der ganz Großen, einen aufgehenden Stern am Artistenhimmel!»

Sie lächelten sich zu und hatte keine Schwierigkeiten mehr, ein zwangloses Gespräch zu beginnen. Als der Kaffee ausgeschenkt wurde, sahen sie sich achselzuckend an und meinten, sie wollten es trotz der Gefahr brauner Flekken wagen. Sie trank ihn schwarz und reichte ihm großmütig ihren unbenützten Löffel, mit dem er sich geschmackloses weißes Pulver aus der Tüte in die Tasse rühren konnte. Als sie zum Thema des Reiseziels kamen, stellte sich heraus, daß sie auf dieselbe Insel und ins selbe Hotel wollten.

«Das mit dem Hotel ist viel weniger verwunderlich», sagte sie. «Es gibt dort nur eins, aber daß wir in diesem Riesenflugzeug nebeneinandersitzen, kommt mir wie eine freundliche Fügung vor. Wenn man zu zweit ist, geht es leichter mit dem Gepäck und dem Taxi und nachher mit dem Boot.»

«Sprechen Sie Griechisch? Ich habe in der Schule klassisches Griechisch gelernt, aber das hilft überhaupt nichts, nur daß man die Buchstaben kennt.»

«Ich fahre schon seit Jahren auf die Insel. Das Hotel gehört Freunden. Ich kann ein paar Brocken, aber das reicht nur für das Notwendigste.» Sie setzte die geleerte Tasse ab, seufzte befriedigt auf, rückte sich auf dem Sitz zurecht und überließ ihm die gemeinsame Armlehne. «Übrigens müssen Sie nicht fürchten, daß ich mich wie eine Klette an Sie hängen werde.»

«So wirken Sie nicht.»

«Wie hübsch, meine Ferien fangen mit einem Kompliment an.» Sie lächelte ihm zu. «Leider gehöre ich zur Horde alleinreisender älterer Frauen. Das ist Schicksal, dagegen kann man nichts machen. Ich versuche, mir und meiner Umgebung zu beweisen, daß ich mich ganz gut mit mir vertrage, nicht hinter Reisebekanntschaften herzuhetzen brauche, meine Koffer selbst tragen und Fahrpläne lesen kann.»

«Um so besser. Aber wenn Sie trotzdem mal mit mir an einem Abend eine Flasche Wein trinken oder mir auf einem Spaziergang Gesellschaft leisten werden, verstößt das doch sicher nicht gegen Ihre Prinzipien?»

«Oh, keineswegs.»

Stephans Befürchtungen, daß sie wie ein Wasserfall reden könnte, zerstreuten sich und schlugen sogar ins Gegenteil um. Er hätte gern weiter mit ihr gesprochen, aber sie zog, sobald die Stewardessen abgeräumt hatten, ein dickes Taschenbuch aus dem Netz und begann zu lesen. Die Demonstration war so deutlich, daß er fürchtete, sich aufgedrängt zu haben. Warum hatte er Selbstverständlichkeiten erwähnt? Auf einer kleinen Insel in einem kleinen Hotel ergab es sich doch wohl von selber, daß man die anderen Gäste traf, mit ihnen gelegentlich zusammensaß oder gemeinsam etwas unternahm. Als Barbara noch gesund genug war, daß sie reisen konnte, waren sie immer für sich geblieben. Die ihnen noch bemessene Zeit empfanden sie als zu kostbar, um sie mit Fremden zu verschwenden. Nach Barbaras Tod hatte sich Stephan an dem Nürnberger Freund und den Kollegen festgehalten und mied neue Bekanntschaften. Erst als er sich an das Alleinsein gewöhnt hatte, die Trauer zu einem dumpfen Schmerz geworden war und er sich wieder aus seinem Schneckenhaus herauswagte, half ihm die Neugier. So hatte er die Altenbergs kennengelernt, die lange nicht mehr benützte Gefühle in ihm aufweckten und seine Gedanken beschäftigten. Die Verrücktheiten und das Chaos, das Katharina Reiners um sich ausbreitete, waren ihm zu gewalttätig. Vor ihr verschloß er sich, weil er zu genau wußte, daß sie die Macht besaß, ihm Wunden beizubringen.

Als das Flugzeug in Athen landete, schlug ihnen warme, nach Kerosin riechende Luft entgegen, und ehe sie aussteigen durften, quollen aus den Lautsprechern die weißen Rosen aus Athen. Seine neue Bekannte und er wechselten einen komisch verzweifelten Blick. Sie gingen einträchtig zur Gepäckausgabe, warteten auf die Koffer, wanderten hintereinander durch den Zoll und wechselten Geld um.

Die «paar Brocken», von denen die Reisegefährtin gesprochen hatte, erwiesen sich als durchaus ausreichend, um auf der Taxifahrt zum Hafen lebhaft mit dem Fahrer zu reden, zu gestikulieren und in schallendes Gelächter auszubrechen. Der Mann legte einen Arm auf das Lenkrad, sprach nach hinten, begnügte sich mit flüchtigen Blicken nach vorn, bremste oft, wobei ihm das schrille Quietschen fröhliche Kommentare entlockte, die von der Dame mit Schmunzeln quittiert wurden.

Stephan konnte sich nicht länger beherrschen. «Was erzählt er Ihnen?» fragte er neugierig.

«Erlebnisse mit Fahrgästen. Nicht ganz astreine Geschichten.» Sie wandte ihm ihr Gesicht zu, und er sah wieder den Strahlenkranz der Lachfalten um die braunen Augen. «Wissen Sie, Altsein hat auch einige Vorteile. Er und ich, so sagt unser Chauffeur, sind lebenserfahrene Leute, und uns ist nichts mehr fremd.»

Er wurde angesteckt und lachte. «Was heißt alt? Da ich auch nicht mehr im Kindergartenalter bin, könnten Sie meinen Wissensdurst befriedigen.»

«Die letzte Geschichte handelte von einer Nachtfahrt mit einem verliebten amerikanischen Pärchen. Als die beiden ausgestiegen waren, fand er einen schwarzen Seidenschlüpfer mit Spitzen. Seine Frau hat ihn furchtbar beschimpft, als er damit zu Hause ankam, aber dann hat er sie erwischt, als sie ihn vor dem Spiegel anprobierte.»

Sie verabschiedeten sich wie alte Freunde mit Handschlag von dem Taxifahrer, der ihnen das Gepäck an Bord des Boots trug, das sie zur Insel bringen sollte. Danach bummelten sie durch den Hafen und kauften Proviant für die Nachtfahrt.

«Bis es ganz dunkel wird, können wir an Deck bleiben», sagte sie. «Im Restaurant ist das Essen schlecht und die Luft dumpf. Mit Wein, Brot, Schafskäse und Früchten fangen die griechischen Ferien richtig an.»

Sie blieben lange an Deck, ließen sich vom warmen Wind umwehen, atmeten tief die salzige Meerluft, aßen viel und tranken den geharzten Wein, blickten in der sich rasch senkenden Dämmerung aufs Wasser, tauschten Beobachtungen über die Mitreisenden aus und lachten über zwei Ziegen, denen die Seefahrt nicht zu gefallen schien.

Beim Verabschieden, als sie im engen Gang vor den Kabinen standen, stellte Stephan Pfändler sich endlich vor. «Ich hätte es längst tun sollen», sagte er. «Ich wollte mich nicht geheimnisvoll geben, aber irgendwie fand sich nie die passende Gelegenheit.»

«Mir ist es genauso gegangen. Ich heiße Veronika Wismar. Dann bis morgen, und schlafen Sie gut.»

Sie wurden um halb sieben geweckt, um sieben Uhr legte das Schiff im kleinen Hafen an, und Herr Baumann, der deutsche Besitzer des Hotels, holte sie mit dem Auto ab. «Oh, ihr habt euch schon kennengelernt», sagte er zu Frau Wismar, die er merkwürdigerweise «Helenchen» nannte. Im Wagen erklärte er Stephan den kleinen Ort, die wichtigen Geschäfte, das einzige Café und beschrieb den

Fußweg, der zum Hotel führte und die nächste Verbindung war. «Frau von Wismar kennt das alles schon seit vielen Jahren», fügte er hinzu. «Wenn meine Frau oder ich gerade nicht greifbar sind, halten Sie sich an sie, sie ist ein wandelnder Inselalmanach.»

Nach der Begrüßung mit Frau Baumann erbat sich Stephan das Frühstück auf den Balkon seines Zimmers, weil er gleich auspacken und sich einrichten wollte. Er stand lange an der Balkonbrüstung, von der aus er über einen kleinen Garten und die steil abfallende Felsböschung aufs Ufer und über das Meer blicken konnte. Blühende Sträucher, deren Namen er nicht kannte, verbreiteten ihren schwebenden, fremdländischen Duft. Das Wasser glitzerte im Sonnenschein, er hörte Vogelrufe und das schrille Zirpen von Zikaden.

Die letzte Tasse Kaffee trug er ins Zimmer, räumte den Kofferinhalt in Schrank und Kommode, zog ein kurzärmeliges Hemd und eine leichte Hose an, nahm ein Handtuch und die Badehose und machte sich auf eine Entdekkungsreise. Im Haus war es still. Die Baumanns hatten gesagt, bisher wären nur zwei Ehepaare gekommen, weitere Gäste erwarteten sie erst in vierzehn Tagen. Die Räume waren hell, und überall standen die Türen nach draußen weit offen. Stephan schlenderte durch den Garten an Beeten vorbei, in denen bunte Blumen blühten. Er stellte fest, daß er viel würde fragen müssen. Abgesehen von den landläufigsten Namen kannte er nicht einmal deutsche Blumen, geschweige denn diese hier. Danach kletterte er auf einem schmalen Pfad über die Klippe zum Strand hinunter, prüfte mit einem nackten Zeh die Wassertemperatur und ließ sich täuschen.

Als er ins Wasser rannte, verlor sich plötzlich der Boden unter seinen Füßen; er stand sofort bis zum Hals im Wasser, das so kalt war, daß er nach Luft schnappte. Er schwamm ein paar Züge, kehrte aber schnell wieder um und rettete sich ans Ufer in den wärmenden Sonnenschein. Aus Angst vor einem Sonnenbrand zog er sich an, sobald er getrocknet war, suchte den Fußweg zum Ort, den er nach einer halben Stunde erreichte. Er begann die Besichtigung am Hafen, wo einige grauhaarige Männer auf der Mole standen und angelten. Er grüßte höflich, wurde gegrüßt, traute sich aber nicht stehenzubleiben, weil er Gesprächen aus dem Weg gehen wollte. Am Fuß der Mole stand ein dunkelbraungebrannter Junge von vielleicht zwölf Jahren vor zwei Eimern mit Schwämmen. Er bleichte sie in irgendeiner Chemikalie. Seine Arme waren bis zu den Ellbogen schneeweiß und gingen dann erst ins Dunkelbraune über. Die grauen Schwämme aus dem Eimer mit Meerwasser kamen hellgelb aus der Bleichlauge, wurden im Meer gespült und auf den Steinen getrocknet.

Einen Schwamm wollte er kaufen! Aber nicht gleich am ersten Tag. Er malte sich den großen weichen Schwamm aus, mit dem er in der Badewanne sitzen würde. Aber jetzt wollte er erst auf den Berg klettern, auf dem dicht unter dem Gipfel eine weißgetünchte kleine Kapelle in der Sonne leuchtete.

Es war nicht ein Berg, sondern ein zerklüftetes Massiv, von Gestrüpp überwuchert, mit Trampelpfaden, die um Felsen führten und sich dann sofort wieder verloren. Bis er zur Kapelle kam, waren zwei Stunden vergangen. Die Tür hatte einen Eisenriegel, der mit einem Vorhängeschloß versperrt war. Stephan setzte sich auf die steinerne

Schwelle, ruhte sich aus, saß zwischen Schmetterlingen und summenden Bienen, kleinen schwarzen Käfern und braunen Ameisen. Seine nackten Füße in den zu leichten Sandalen waren zerkratzt und aufgescheuert. Auf dem Heimweg würde er im Ort Pflaster kaufen müssen. Er zählte das Geld aus der Hosentasche und hoffte, daß es genug war, um auch noch ins Café gehen zu können.

Am Abend, als er nach zehn Minuten Schwimmen im wie ihm schien gar nicht mehr so kalten Wasser, mit frisch verpflasterten Zehen und umgezogen zum Essen kam, wurde er von den Baumanns und Frau von Wismar aufgefordert, am Familientisch Platz zu nehmen. Erst als er aß und guten kretischen Rotwein trank, spürte er, wie müde ihn dieser erste Tag mit dem ungewohnten langen Marsch durch die Berge, dem Schwimmen und der Sonne und frischen Luft gemacht hatte. Er berichtete von seiner Entdeckungsreise, hörte dann den Inselgeschichten der Baumanns zu, die Frau von Wismar erzählten, was sich seit ihrem letzten Besuch ereignet hatte, wo Kinder geboren, alte Leute gestorben waren, daß einer der Fischer in der Lotterie gewonnen und ein neues Boot gekauft hätte und der Bäcker jetzt angebaut habe und an junge Rucksacktouristen vermiete, für die es aber noch zu früh im Jahr wäre.

Nach dem Essen wurden die Neuankömmlinge mit den beiden Ehepaaren bekannt gemacht, die zusammengehörten und sich einen Vierertisch teilten. Es waren gesetzte, freundliche Menschen, gut für kurze Unterhaltungen von Tisch zu Tisch, aber mit sich befaßt und sicherlich nie aufdringlich.

«Auf der Terrasse ist ein Heizstrahler», sagte Frau von

Wismar. «Man kann gut noch ein Weilchen draußen sitzen. Ich trinke dort immer meinen Kaffee und Kognak nach dem Abendessen. Wollen Sie mir Gesellschaft leiten?»

«Liebend gern, nur beschimpfen Sie mich nicht, wenn ich plötzlich einschlafe. Und stellen Sie bitte auch keine zu großen Ansprüche an meinen Geist. Er ist in eine warme Wolke aus gutem Essen und Rotwein gehüllt.»

«Oh, Sie formulieren hübsch. Das kann ich gut gebrauchen.»

«Was?» fragte er verwundert. «Was können Sie gebrauchen?»

«Na, so was: ‹eine warme Wolke aus Essen und Rotwein›. Darauf muß man erst kommen.»

«Ich höre, was Sie sagen, verehrte gnädige Frau, aber ich verstehe immer nur Bahnhof.» Er betrachtete sie kopfschüttelnd. «Soviel können Sie doch gar nicht getrunken haben.»

«Hab ich auch nicht. Aber ich sehe ein, daß ich das erklären muß. In meinem zweiten Leben heiße ich Helena von Auerbach.»

«Aha!» sagte er. «Darum sagen die Baumanns immer ‹Helenchen› zu Ihnen. Also, vorne Faust, zweiter Teil und hinten Auerbachs Keller. Ich brauche nämlich immer Eselsbrücken.» Er lachte albern vor sich hin.

«Sie sind ganz schön blau, mein lieber Herr Pfändler. Hüten Sie sich vor den hiesigen Weinen, die haben es in sich.»

«Muß ich Ihren Namen kennen? Sind Sie sehr berühmt?»

«Sie – und die Betonung liegt auf dem Sie – müssen

meinen Namen nicht kennen, aber in meinen Leserkreisen bin ich recht berühmt. Unter dem Namen Helena von Auerbach schreibe ich Heftchenromane. Ich bin auf drei Sparten spezialisiert, auf Liebesromane, auf Bergromane und, das ist allerdings ein Randgebiet, auf Abenteuerromane.»

«Ach du lieber Gott!»

«Der hat nichts damit zu tun», wehrte sie schmunzelnd ab. «Ich kann das ganz allein.»

«Jetzt habe ich Sie beleidigt», sagte er zerknirscht. «Ich bin nur so platt. Ich habe noch nie darüber nachgedacht, wie jemand aussieht, der Bergromane für Heftchen schreibt. Wie kommt man dazu?»

«Wenn man nach einem verlorenen Krieg mit einem durch eine Kopfverletzung, die von Prügeln stammt, schwachsinnig gewordenen Vater und drei kleinen Geschwistern zu Fuß aus Schlesien kommt, bei Verwandten unterkriecht und nichts gelernt hat.»

«Und das machen Sie seit damals, seit mehr als vierzig Jahren? Immerzu?»

«Nein. Es gab Unterbrechungen. Anfang der fünfziger Jahre habe ich geheiratet und zwei Kinder bekommen. Mein Mann hatte einen normalen Beruf, in dem er Geld verdiente. In dieser Zeit konnte ich die liebe Helena auf Eis legen. Aber mein Mann ist früh gestorben, unsere Kinder waren mit der Ausbildung noch nicht fertig, das Geld reichte nicht... Na ja, da mußte Helena von Auerbach eben wieder angeschirrt werden.»

«Wie kommt man an so einen Namen?»

«Den hat der Verlag erfunden. Adlig ist immer gut. Meinen Mädchennamen wollte ich nicht nehmen, weil meine Sparte der Schriftstellerei nicht sehr ehrenvoll ist; den Wismars konnte ich das auch nicht antun.»

«Gibt es hier im Haus Werke von Ihnen? Ich bin ein neugieriger Mensch. Wann trifft man schon eine lebendige Schriftstellerin mit hohen Auflagen. Das sind sie doch?»

«Meinen Kollegen von der renommierten Literatur kann nur das Wasser im Munde zusammenlaufen.»

«Können Sie vom Schreiben leben?»

«Das hängt von meinem Fleiß ab. Meine Pension und acht Romane im Jahr sind genug.»

«Acht! Lieber Himmel, wie machen Sie das?»

«Einfach. Ein bißchen Phantasie und ein Schnittmusterbogen, den der Verlag liefert und an den ich mich sklavisch halten muß, reichen aus. Die Länge liegt fest, und in Romanen muß es Höhen und Tiefen geben –»

«Klar, wenn es Bergromane sind.»

Sie lachte vergnügt. «Sind Sie auch in nüchternem Zustand so schön albern?»

«Nicht immer, aber ich gebe mir Mühe. Trotzdem: Haben Sie eigene Romane mit? Haben Baumanns welche?»

«Woher denn! Ich lege allergrößten Wert darauf, völlig inkognito zu leben. Womit ich meine Rente aufbessere, wissen nur ganz wenige ausgesuchte Freunde. Daß ich es Ihnen so leichtsinnig verraten habe, hat mit der Ferienstimmung und dem guten Wein zu tun. Ich kann Sie nur anflehen, den Mund zu halten.»

«Meine Lippen werden versiegelt sein.»

«Ach, ich werde mich oft mit Ihnen unterhalten müssen, denn Sie sind sehr ergiebig. Sie verwenden so brauchbare Klischees.»

«Herzlichen Dank!»

«Nun seien Sie nicht gleich beleidigt, lieber junger Freund. Das war doch als Lob gedacht, sogar als großes Lob. Es gibt so wenig Menschen mit Phantasie und viel zu selten Gelegenheiten, sie einsetzen zu können. Wie ist das bei Ihnen, nützt Ihnen Ihr Einfallsreichtum im Alltag?»

Stephan sah die magere Katharina Reiners mit den runden grünen Augen vor sich, bei der seine Phantasie nie ins Spiel gekommen war und die mit seiner speziellen Art von Albernheit nichts anfangen konnte, zumal sie ihm auch nie die Chance gegeben hatte, in ihre Monologe einzudringen.

«Das kommt darauf an, mit wem ich zusammen bin», sagte er nun ganz ehrlich. «Ich arbeite in einer großen Werbeagentur, bin Kontakter, und da ist Albernheit nicht gefragt, wohl aber Phantasie. Im Privatleben verstecke ich sie meistens, denn man kann mit zuviel Einfallsreichtum auch anecken. Aber bei Ihnen, liebe Frau von Wismar, werde ich mir keine Zügel anlegen – ist das auch brauchbar? –, und wenn Sie erlauben, könnten wir vielleicht gemeinsam die Handlung für einen besonders herzergreifenden Roman während dieser Ferien zusammenbasteln.»

«Wunderbar! Legen Sie mal los. Was fällt Ihnen zum Thema Bergroman ein?»

«Verbitterter Hoferbe arbeitet sich tot, bekommt keine Hilfe und keine Frau, weil die jungen Mädchen vom Land viel lieber in der Fabrik arbeiten. Er inseriert in der Zeitung, sucht fleißige Bäuerin. Es meldet sich eine Sekretärin aus der Stadt, die nicht mehr an einem Computer erblinden will. Sie verschweigt ihren Beruf und behauptet im Brief, auf dem Land aufgewachsen zu sein, liest Bücher über Ackerbau und Viehzucht, trifft sich mit dem Hoferben und findet ihn fürs erste recht nett. Er jedoch ist argwöhnisch, bekommt heraus, wer sie wirklich ist, fühlt sich hintergangen und gibt ihr den Laufpaß. – Schon mal gut, ja?»

«Ganz gut, aber zu wenig Gebirge.»

«Das bauen wir gleich ein, gemach. Also: Sie läßt sich nicht abwimmeln, macht im Nachbardorf Ferien auf dem Bauernhof, arbeitet im Stall, auf dem Feld und in der Scheune, dann gibt es ein Unwetter. – Unwetter ist doch sicher auch brauchbar?»

«Allzu brauchbar. Das Unwetter kommt in jedem Gebirgsroman vor, von Ganghofer bis zu mir.»

«Schön, streichen wir das Unwetter. Wie ist es mit einem Bernhardiner im Schneesturm, einem Wilderer oder einem Steinschlag? Was auch immer, er muß irgendwie verletzt und an sein Bett gefesselt sein, sonst kriegen wir die Computerdame nie auf den einsamen Bergbauernhof.»

«Ach, Herr Pfändler, Sie sind ein Labsal. Ich wollte mich hier ausruhen und erholen. An Fröhlichkeit und Unfug hatte ich im Traum nicht gedacht. Die Baumanns sind reizend, aber sie haben zu wenig Zeit, weil dies Hotel nun mal ihr Beruf ist. Und da tauchen Sie auf, ein junger Mann, mit dem man lachen kann.»

«So jung ist der junge Mann auch wieder nicht. Außerdem hat er sich seit gestern schon dreimal in Sie verliebt. Zum erstenmal im Flugzeug, dann zwischen Ziegen und Schafskäse auf dem Deck des Schiffs und nun schon wieder bei Rotwein und Bergromanen.»

«Könnten Sie diese hübsche Gewohnheit für die nächsten zwei Wochen beibehalten?»

«Spielend.»

Als Stephan abreisen mußte, hatte er eine neue Freundin gewonnen. Er war braungebrannt, hatte die Insel erforscht, war jeden Tag weiter ins Meer hinausgeschwommen, hatte die griechischen Freunde von Veronika von Wismar kennengelernt, dem Jungen mit den weißen Unterarmen den größten und schönsten Schwamm abgekauft, am Hafen einen Fisch geangelt und gleich wieder ins Wasser geworfen, weil er ihn nicht totschlagen mochte. Die Männer mit den grauen Haaren hatten ihn gutmütig ausgelacht.

An den Abenden saß er lange mit Frau von Wismar auf der Terrasse und erfand nicht nur Romanhandlungen. Er erzählte ihr von seinem Beruf, seiner Zeit in Amerika, seiner Frau Barbara und erwähnte auch die Freundschaft mit dem Ehepaar Altenberg und Peter. Nur von Katharina Reiners sagte er nichts. Die Geschichte paßte nicht in die heitere Ferienstimmung, und da er Frau von Wismar in München wiedersehen würde, worauf sie sich beide schon freuten, konnte er in Ruhe abwarten, ob es zu weiteren Begegnungen mit der merkwürdigen Frau mit den Hexenaugen kommen würde.

Als das Schiff ablegte, stand er an Deck, formte die Hände zu einem Trichter und rief: «Das waren die schönsten Ferien seit vielen Jahren. Danke!»

Aber er sah sie nur lachen und winken und die freie Hand ans Ohr legen. Vielleicht war es gut, daß sie ihn nicht verstanden hatte. Sie konnte es bestimmt nicht leiden, wenn er pathetisch wurde.

6

Stephan Pfändler kam an einem Freitag spätabends in seine Wohnung zurück, die ihm nach dem Licht und den Farben der griechischen Insel auf einmal nicht mehr gefiel. Er sah sie, wie ein Fremder sie sehen mochte, schöne Möbel, wenige gute Bilder, aber irgendwie kühl und unpersönlich. Eine Junggesellenwohnung, dachte er beim Herumwandern. Der Gummibaum hatte überlebt, war eingestaubt und unattraktiv. Die Kakteen, die er sonst zu oft begoß, waren in seiner Abwesenheit gediehen, machten aber auch jetzt keine Anstalten, Knospen zu entwickeln. Bis auf den Gummibaum lag nirgendwo Staub, alles war blitzblank. Seine Putzfrau mußte Hausputz gehalten haben.

Als er schon im frischbezogenen Bett lag, überlegte er, daß er morgen, am Samstag, auf dem Markt Blumentöpfe für den Balkon kaufen könne, ja, und die Post mußte er abholen und fürs Wochenende Besorgungen machen.

Der Brief von Katharina Reiners war in Rom abgestempelt. Er las erst alle anderen Briefe, prüfte die Bankauszüge und sortierte die Drucksachen aus, die sofort in den Papierkorb kamen. Als ihn gar nichts mehr davon abhielt, den Brief zu öffnen, setzte er sich auf den Balkon, der im Schmuck einer Geranie und einer Fuchsie prangte.

«Lieber Nebelmann,
in Briefen möchte ich Sie so nennen, auch wenn Sie es nicht gern haben.
Kennen Sie Rom? Ich weiß, es ist ein dummer Anfang, denn wenn Sie es kennen, brauche ich Ihnen nichts von der Stadt zu erzählen, und wenn Sie es nicht kennen, hat es keinen Zweck, weil Rom für jeden anders aussieht. Mein Rom wird nicht das Ihre sein.
Ich hatte Ihnen gesammelte Geschichten versprochen. Es gibt ein paar neue, die von einem Filmmenschen stammen, den ich seit langer Zeit kenne. Er schreibt Drehbücher, synchronisiert und denkt sich unentwegt komische Situationen aus.
Szene für einen Kriminalfilm: Ein deutscher Speisewagen, bis auf den letzten Platz besetzt. Plötzlich rutscht ein Mann von seinem Sitz und bleibt tot im Gang liegen. Der Ober stürzt hinzu, beugt sich über ihn und sagt: ‹Mein Gott! So schlecht war der Kaffee nun auch wieder nicht!›
Oder dieses, und es ist ziemlich böse: Im Radio und Fernsehen machen sie große Aufrufe an Analphabeten. Sie mögen sich melden; man plane Unterrichtskurse, an denen sie anonym teilnehmen könnten. Anruf genügt. Es melden sich viele, die prompt einen Fragebogen mit sechsunddreißig Fragen zugeschickt bekommen, den sie nicht lesen und ausfüllen können.
Und nun noch eine, die ich selbst erlebt habe. Ich war im Herbst im Haus meiner Eltern und bin in den Garten gegangen, um Brombeeren zu pflücken. Am hinteren Ende des Gartens ist ein Stacheldrahtzaun, durch den man durchkriechen kann. Als ich zu den Brombeeren

kam, stand dort ein Mann mit einem Eimerchen und pflückte unsere Brombeeren. Ich sagte, er wäre in unserem Garten, müsse durch den Zaun gestiegen sein und die Beete gesehen haben. Er wäre in einem privaten Garten. ‹Sie müssen schon entschuldigen›, sagte er. ‹Ich komme von Erlangen und kenne mich hier nicht so gut aus.› Eine so schöne Entschuldigung ist mir noch nie eingefallen. Und Ihnen?

Sonst gibt es nichts als Mode, Mode, Mode. Riesenkragen, Schleifen, Überwürfe und Röcke bis kaum über den Podex. Pluderhosen sind auch ‹in›. Ich denke immer an ‹Siegfried› in Bayreuth. Dann gibt es noch maßlos teure Fummel aus Fetzen edelster Provenienz für die Reichen, die auf die Szene neidisch sind. Die Mannequins tragen Riesenhüte oder idiotische Frisuren. Wissen Sie, wie Illustrationen aus ‹Alice im Wunderland›: kleine Köpfe unter großen Hüten, in der Mitte ist alles quadratisch und unten Stöckchenbeine. Nicht gut zum Fotografieren, obwohl die Stoffe schön sind. Wenn die eleganten Hungerleiber der Mädchen schon nicht zur Geltung kommen, wie sehen dann erst die reichen Damen darin aus?

Apropos Hunger. Ich esse Pasta und Frutti di Mare und habe schon wieder ein Kilo zugenommen. Peter sagte am Telefon, daß Sie nicht bei ihm und meinen Eltern waren, weil Sie verreist sind. Auf eine Insel, wo, wußte er nicht. Erholen Sie sich gut und denken Sie nicht zu böse an den Störenfried Ihrer Abende. Ich versuche ja auch, mein Schuldkonto bei Ihnen abzubauen.

Ach, Nebelmann, wenn mir doch nur so munter zumute wäre, wie es nach diesem Brief aussieht. Ich habe

Sehnsucht, ich bin verzweifelt und furchtbar einsam. Mein Herz tut so gemein weh, und es gibt weder Trost noch Hoffnung. Ich ersäufe meinen Kummer in Espressos, oder heißt das Espressi? Ich scherze dümmlich mit dem Hotelportier oder den Kellnern, fauche die Mädchen an und irre abends durch die Stadt, die so uralt ist, mir aber von ihrer Weisheit nichts abgibt. Ich werfe auch keine Münzen in die Brunnen, weil es mir egal ist, ob ich wiederkomme. Jemand hat mir meine Zukunftsträume roh zertrampelt, was soll ich da mit einer traumlosen Zukunft anfangen?

Ich verspreche, daß ich mich bessern werde. Das muß ich ja auch, denn wie sagten Sie? ‹Ich habe noch nie gehört, daß sich ein Mann in ein Skelett verliebt hätte.› Ich bin keins mehr. Rachepläne sind eben doch manchmal gut, denn mich zwingen sie zum Essen. Wenn ich aus Japan zurückkomme, muß ich hübsch sein.

Haben Sie noch etwas länger Geduld mit mir. Von dem Charme, den ich brauchen werde, sollen Sie auch etwas abbekommen. Sie müssen eine gräßliche Vorstellung von mir haben. Gut, daß ich vorläufig nicht erreichbar bin.

Leben Sie wohl, K. R.»

Stephan dachte an Frau von Wismar und überlegte, ob diese Geschichte wohl für Helena von Auerbach verwendbar wäre. Aber sie paßte in keine der Rubriken, kein Gebirge, keine Liebesgeschichte und kein romantischer Abenteuerroman. Ach was, vorläufig hatte sie acht Entwürfe im Vorrat. Sie hatten in den Ferien einen Jahresetat geschafft. Trotzdem wollte er ihr bei passender Gelegenheit von dieser Frau erzählen, die ihn zurückschrecken ließ, wenn sie zu ihm kam, und ihn anzog, sobald sie schrieb. Seit der Begegnung mit den Altenbergs und Peter hatte ihn ein Strom erfaßt und an ein Ufer geschwemmt, an dem ihm Menschen begegnet waren, wie er sie vorher nie gekannt hatte. Wie kommt ein Einsamer dazu, plötzlich Menschen zu sammeln? Geleistete Trauerarbeit? Was für ein häßlicher Ausdruck für die schmerzlichen Jahre ohne Barbara! Und dabei war er besser dran als Katharina Reiners. Barbara war gestorben und unwiederbringlich von ihm getrennt. Sie jedoch war allein, weil ihr Mann sie nicht mehr wollte. Bei ihrem ersten Überfall hatte Katharina von Erpressung durch Krankheit gesprochen; sie war mit einem ungeborenen Kind erpreßt worden.

Stephan stellte fest, daß sich sein anfängliches Mitleid mit diesem Jürgen Reiners in nichts aufgelöst hatte. Es sollte verboten sein, daß Menschen einander so weh taten. Rache lag ihm nicht, schon gar nicht die Art von Katharinas Rache. Er gehörte zu denen, die sich zurückzogen und heimlich ihre Wunden pflegten. Wenn sie sich unbedingt rächen wollte, ging ihn das nichts an und er würde es auch immer für falsch halten, aber so ganz verständnislos war er nicht mehr.

Als er aus den Gedanken in die Wirklichkeit zurückkehrte, hielt er den Brief immer noch in der Hand. Er legte ihn kopfschüttelnd beiseite, suchte die Visitenkarte heraus und wählte ihre Nummer. Der Beantworter schaltete sich nach dem dritten Klingeln ein, und obwohl er es verabscheute, sich mit einem Apparat zu unterhalten, sagte er: «Stephan Pfändler. Danke für Ihren Brief. Schütten Sie Ihr Herz aus, wenn Sie mögen. Es müssen nicht nur komische Geschichten sein.»

Am Sonntag rief er bei Altenbergs an und fragte, ob er am nächsten Wochenende kommen dürfe. Marianne Altenberg war anzuhören, daß sie sich auf seinen Besuch freute. Als er aufgelegt hatte, blieb er noch eine Weile vor dem Telefon sitzen und genoß die ihn plötzlich ausfüllende Wärme. Es war in den letzten Jahren immer andersherum gewesen: Er war es, der sich freute, wenn ihn jemand einlud, wenn Kollegen ihn aufforderten, etwas mit ihnen zu unternehmen. Aber wer außer Barbara hatte sich denn über ihn oder auf ihn gefreut? Eigentlich niemand. Nun bekam er plötzlich Geschenke. «Wie schön, daß wir beide in München wohnen», hatte Veronika von Wismar gesagt. «Ich freue mich schon auf unser Wiedersehen und werde Sie gleich anrufen, wenn ich wieder zu Hause bin.» Und jetzt Marianne Altenberg am Telefon: «Wie schön, daß Sie uns nicht vergessen haben. Wir freuen uns. Wie war es in Griechenland? Sie müssen erzählen.»

Es war nun Frühling, und er fuhr diesmal die Strecke, die er im Winter im Nebel gefahren war und nie gesehen hatte. Die Tannen trugen grüne Spitzen, an den Wegrändern wuchs das Gras frisch und grün, und letzte Buschwindröschen blühten unter den Bäumen. Er schmunzelte, weil er doch mal einen Blumennamen kannte. Ihm war nach Singen zumute, aber das wäre dann doch zu weit gegangen. Bei seinem Besuch im März war er auf der Hauptstraße gekommen, aus der anderen Richtung. Jetzt verpaßte er die Einfahrt auf den Hof, mußte bis zur Haltestelle von Peters Schulbus, um wenden zu können.

Als er auf den Hof fuhr und ausstieg, rannte ihm Peter entgegen und schlang die Arme um ihn. Stephan hob ihn hoch und drehte ihn zweimal im Kreis, obwohl er nicht ganz sicher war, ob man das mit einem Achtjährigen noch tat. Dann kamen Lebrecht und Marianne Altenberg aus dem Haus und begrüßten ihn so herzlich, daß er verlegen wurde und sagte, er käme sich wie der verlorene Sohn vor, und der sei er ja nun wirklich nicht.

«Weiß man's?»

Er sah in lachende Gesichter und war daheim und glücklich.

«Morgen brauche ich nicht in die Schule, Nebelmann.»

«Habt ihr jetzt samstags frei?»

«Alle vierzehn Tage.»

Sie gingen ums Haus zu dem Kiesplatz, wo sie sich auf altmodische, zusammenklappbare Eisenstühle mit Sitzen und Lehnen aus Holzlatten setzten. Auf dem runden Tisch mit einer weiß-blauen Tischdecke standen schon Gläser. Peter trank Saft, die Erwachsenen Wein. Theo lag in der Abendsonne auf der breiten Steinstufe, die in die Küche führte. Als Stephan gerade nach Chopin fragen wollte, hörte er durch ein offenes Fenster den malträtierten Flügel aufjammern.

«Wie schön das ist», sagte er aufseufzend. «Nichts hat sich verändert, nur die Jahreszeit. Theo ist gut durch den Winter gekommen, Chopin macht Hausmusik. Doch, es hat sich wohl was verändert, Peter ist ein ganzes Stück gewachsen.»

«Fällt es so auf?» fragte Marianne Altenberg lachend. «Seine Ärmel und Hosenbeine sind zu kurz geworden, die Schuhe passen auch nicht mehr. Wir müssen bald eine Einkaufstour machen.»

«Wie wäre es, wenn Sie das in München erledigten?

Wenn Peter samstags nicht in die Schule muß, lohnt sich die Fahrt doch. Sie können alle drei bei mir wohnen. Ich habe ein Schlafzimmer und ein Gästezimmer und auch noch ein großes Sofa im Wohnzimmer, auf dem ich schlafe, wenn ich Besuch habe.»

Insgeheim überlegte er, wann er das zum letztenmal gemacht hatte und wann überhaupt Besuch zum Übernachten bei ihm gewesen war. Einmal war sein Freund Paul bei ihm gewesen, für den er sein Bett nicht hatte räumen müssen, und dann, doch das war vier oder fünf Jahre her, war Barbaras Schwester mit ihrem Mann aus Boston zu Besuch gekommen. Damals hatten sich die Schwestern zuletzt gesehen, denn später, als Barbara so elend und hinfällig geworden war, wollte sie keinen Besuch mehr.

«Wenn Sie das ernst meinen, Herr Pfändler...»

«Sehr ernst, und ich würde mich wirklich freuen.»

Katharina wurde erst erwähnt, als Peter im Bett war. Altenberg erzählte von einem seltsamen Besuch. «Der Vater von Jürgens junger Frau ist bei uns erschienen. Er heißt Friedrichs. Als er aus Zwiesel anrief, wußte ich erst gar nicht, mit wem ich sprach. Er sagte etwas von Jürgens Schwiegervater, und ich glaubte, er meine mich, und versuchte ihm zu erklären, daß ich das nicht mehr sei. Wir redeten eine Zeitlang aneinander vorbei, bis mir endlich aufging, wer er war. Ich hatte nicht die geringste Lust, ihn zu empfangen, aber er bedrängte mich und wollte unbedingt kommen.» Altenberg verzog das Gesicht. «Ich mag solche plötzlichen Überfälle gar nicht, aber er war schon in Zwiesel. Kurz und gut, er kam und wollte sich bei mir für seine Tochter entschuldigen. Ich sagte, ich wäre absolut die falsche Adresse. Wenn überhaupt, müsse er zu meiner Tochter gehen. Das habe er schon versucht, aber sie sei nicht bereit gewesen, mit ihm zu sprechen, und habe ihn vor die Tür gesetzt.»

Die Pause wurde so lange, daß Stephan nicht mehr warten wollte. «Wie ist es weitergegangen?»

«Verrückt», sagte Altenberg. «Ein anderes Wort paßt nicht.» Er war voller Hochachtung vor Katharinas Anständigkeit. Ein Glück, daß sie ihn nicht vorgelassen hat, was? Sie hätte sich nicht scheiden lassen müssen, sagte er, zumindest nicht so schnell. Aber weil sie so fair gewesen wäre, hätte sein Enkelkind jetzt einen Namen. Er könne nichts versprechen, aber er hoffe inständig, daß seine Jutta bald Vernunft annähme und einen Strich unter diese unmögliche Verbindung zöge. Er halte Jürgen für geldgierig und könne ihn nicht leiden, wenn er auch – und das müsse er leider zugeben – auf beruflichem Gebiet sehr tüchtig sei...

«Aber das genügt nicht. Was wollte der Mann denn wirklich von Ihnen?»

«Sich uferlos entschuldigen, vermute ich. Dabei stellte sich noch heraus, daß er Katharina schon flüchtig kannte. Sie hatten sich vor der ganzen Affäre auf einer Gesellschaft getroffen und gut unterhalten. Er wäre sehr von ihr beeindruckt gewesen. Seine Tochter habe die Liebschaft mit Katharinas Mann vor ihm und seiner Frau verheimlicht und sie dann damit überrascht, daß sie ein Kind von einem verheirateten und zwanzig Jahre älteren Mann bekäme. Vorläufig, sagte er, sei sie leider noch in Jürgen vernarrt, aber das könne sich doch geben; und wenn es sich gäbe, ob ich wohl glaubte, daß meine Tochter Jürgen wieder zurücknähme.» Der Professor holte schnaubend Luft. «Stellen Sie sich das vor, Pfändler! Angestaubte Ware aus dem Schaufenster, und das für Katharina! Wenn sie das hörte, bekäme sie den Veitstanz. – Na, ich habe ihm Bescheid gestoßen. Er ist so klein geworden.» Er ließ zwischen dem Daumen und Zeigefinger einen knappen Zentimeter Luft. «Lehren Sie mich diese Wirtschaftsbosse kennen! Alles wollen sie deichseln und glauben auch, daß sie das könnten. Hat Fräulein Tochter sich danebenbenommen, muß es ausgebügelt werden. Am besten wartet man ab, bis die erste Begeisterung verraucht ist, dann kommt eine Scheidung, selbstverständlich verabredet und ohne jeden Wirbel. Anschließend kann der Ex-Ehemann bleiben, wo der Pfeffer wächst, oder noch besser, er kehrt reumütig zur sitzengelassenen Frau zurück. Das Töchterchen ist immer noch recht jung, hat ein niedliches Kind, warum sollte sich da nicht ein neuer Schwiegersohn finden lassen, der gern ins gemachte Bett steigt?»

Stephans Gesicht verriet seinen Unglauben. «Ihr Herr Friedrichs kann Katharina nur sehr oberflächlich kennengelernt haben. Sie ist nun wirklich keine Schachfigur, die sich hin und her schieben läßt. Soviel ich weiß, brütet sie weiter über ihren Racheplänen –»

«Haben Sie sie in letzter Zeit getroffen?»

«Nein. Ihr Besuch ist schon wieder eine ganze Weile her», antwortete Stephan ausweichend. Es stimmte ja auch, und von dem Brief wollte er lieber nicht sprechen. Das wäre ihm wie ein Verrat an ihr vorgekommen. Auch wenn er die Altenbergs schätzte und als Freunde betrachtete, scheute er sich doch, sie in die privaten Dinge einzuweihen, die ihn mit ihrer Tochter verbanden. Nein. Den

Gedanken mußte er umformulieren, denn die beiden Briefe verbanden sie mit ihm. Er war der Gast am Rande, der sah und hörte, aber keinerlei Einfluß auf das Geschehen hatte. – Ehe die Gedankenpause zu lang wurde, suchte er nach einer Ergänzung. «Im März war sie noch sehr kampfbereit.»

«Ja. Sie war übrigens hier, bevor sie nach Japan geflogen ist. Vor zehn Tagen. Sie kam aus Rom. Sie hatte sich deutlich erholt, war nicht mehr so klapperdürr und heulte auch nicht alle fünf Minuten ...»

Marianne Altenberg, die sich erst spät zu ihnen gesellt und bisher geschwiegen hatte, nahm nun zum erstenmal an dem Gespräch teil.

«Äußerlich hat sie sich gefangen, aber ob es besser geworden ist, möchte ich bezweifeln. Sie frißt ihren Kummer in sich hinein. Mir war die Anfangsphase, als sie noch weinte und tobte, fast lieber. Wenigstens ist sie nicht mehr krank.»

Sie blickte Stephan gerade aus den der Tochter vererbten runden Augen an, nur daß ihre grau waren und sicher selten funkelnde Blitze schossen. «Es ist seltsam, so etwas von der eigenen Tochter zu sagen, die man gut zu kennen glaubt, aber neuerdings macht sie mir angst.»

Die beiden Männer wandten sich ihr zu und warteten, aber sie sprach nicht weiter.

«Inwiefern angst?» fragte ihr Mann. «Glaubst du, sie tut sich was an?»

«Sich wohl nicht, aber wenn sie nun Jürgen und seine neue Familie ernsthaft bekämpfte?»

«Das kann ich mir nicht vorstellen. Ich glaube, dazu ist sie zu anständig.»

«Ja, wirklich, Herr Pfändler?» Marianne Altenberg stellte die Fingerspitzen gegeneinander und drückte so fest zu, daß die Nägel weiß wurden. «Vielleicht sind mein Mann und ich zu befangen, und ein Außenstehender kann das besser beurteilen. Aber wie gut kennen Sie Katharina?»

«So gut wie gar nicht», sagte er. «Aber trotzdem kommt mir ihr Rachegeschrei so vor, als wolle sie sich damit Mut machen.»

Das Thema hatte sich erschöpft. Sie hingen alle ihren Gedanken nach und gingen an diesem Abend früh zu Bett.

Stephan fiel es schwer einzuschlafen. Der Brief, den Katharina der jungen Frau geschrieben hatte, ging ihm durch den Kopf. Diese Gebrauchsanweisung war bitterböse und sollte verletzen. So harmlos war die Rache nicht, wie er sie vor den Altenbergs hingestellt hatte. Andererseits gab es die Postkarte und den Brief, die sie ihm geschrieben hatte. Da zeigte sich ein verletzlicher, feinfühliger Mensch, fähig zur Selbstironie und mutig genug, es nach einem Schiffbruch wieder mit dem Leben aufzunehmen.

Auf einmal fiel ihm Veronika von Wismar ein, die in der nächsten Woche aus Griechenland zurückkommen würde. Er freute sich auf sie. Ihr würde er die Geschichte erzählen können, und zwar ohne die Vorbehalte, die er hier bei Katharinas Eltern brauchte. Er würde sie sehr bald einladen. Mit Erheiterung ertappte er sich dabei, daß er ein Abendessen zusammenstellte. Viel Salat, kaltes Fleisch, Bratkartoffeln und selbstgemachte Remoulade. Bei schönem Wetter könnten sie sogar auf dem Balkon essen. Für zwei Personen reichte der runde Tisch. Er mußte nachsehen, ob er noch Rotwein im Keller hatte.

Die freundlichen Erinnerungen machten der Müdigkeit

Platz, die ihn hinterrücks überfiel. Es war alles gut. Morgen war sein Tag mit Peter. Sie wollten ins Naturschutzgebiet fahren, nur Peter und er. Altenbergs hatten keine Gründe genannt, aber Stephan vermutete, daß sie einen Tag allein sicher genießen würden. Er wollte mit Peter unterwegs zu Mittag essen, hatte aber fest versprechen müssen, zum Nachmittagskaffee zurückzusein.

Auf der Fahrt stellte Peter schwierige Fragen. Ob er es besser fände, eine Mutter zu haben, die immer da war, oder ob eine berufstätige Mutter, die viel verreiste und ihr Kind allein lassen mußte, nicht auch Vorteile habe?

«Welches sind die Vorteile, Peter?» fragte Stephan und fügte hinzu: «Deine Mutter läßt dich doch nicht allein. Du bist bei deinen Großeltern, bei denen es dir sehr gut geht.»

In der Schule, erklärte Peter, beneideten ihn einige von den Kindern. Ihre Mütter wären immer zu Hause und schimpften mit ihnen herum. Seine Mutter käme nur zu Besuch, brächte tolle Geschenke mit und schimpfe nie.

«Schimpft sie wirklich nicht?» fragte Stephan.

«Ach, nicht oft.» Peters Stimme hörte sich verlegen an.

«Was machen denn die Mütter von den anderen Kindern aus der Schule? Arbeiten sie nicht auf dem Hof oder vielleicht auch in der Fabrik? Sie sitzen doch sicher nicht alle daheim und warten nur darauf, ihre Kinder auszuschimpfen.»

«Na ja, aber sie sind eben jeden Tag da, und die Mama kommt immer nur für ein paar Tage und fährt dann wieder weg.»

«Soviel ich weiß, ist das nur vorübergehend. Sie will in

Zukunft in München mit dir zusammenwohnen und sich ein Atelier einrichten, damit sie dort arbeiten kann.»

«Wo wir doch jetzt geschieden sind und Papa, mein Vater, meine ich, eine neue Frau und ein neues Kind hat, will er nichts mehr mit uns zu tun haben. Aber muß er nicht viel an die Mama bezahlen? Sie sagt, sie hat genug Geld für uns beide. Ich dachte nur, wenn er jeden Monat Geld bringt, könnte ich ihn doch wenigstens sehen –»

Der kleine Junge auf der Rückbank begann leise zu schniefen. Stephan blickte über die Schulter, aber Peter saß hinter ihm, und er konnte ihn nicht sehen. «Nun warte es doch erst mal ab, Peter», sagte er betont gelassen. «Ich glaube, das wird sich alles regeln. Dein Vater bleibt dein Vater, und sobald du fest in München bist, seht ihr euch auch wieder. Das Baby ist deine kleine Schwester, die du kennenlernen wirst. Hab Geduld. Es wird alles gut, daran glaube ich ganz fest.»

Innerlich knirschte er mit den Zähnen. Wie konnte eine Mutter ihrem Kind das antun! Dieser rührende kleine Junge hatte Sehnsucht nach seinem Vater. Offenbar stellte er sich vor, daß der Vater das Geld für den Unterhalt jeden Monat selber abgeben würde, und dann wollte er sich auf die Lauer legen, um ihn wenigstens sehen zu können. Falls Katharina Reiners nicht von allein Vernunft annahm, wer hinderte ihn, Stephan, eigentlich daran einzugreifen? Konnte er nicht den Vater anrufen und dafür sorgen, daß er eine Gelegenheit fand, seinen Sohn zu treffen?

«Darf ich wenigstens dich besuchen, Nebelmann? Sobald wir in München sind, weißt du?»

«Ich wäre sehr beleidigt, wenn du das nicht tätest. Du kommst ja schon bald mit den Großeltern und wirst sehen, daß ich ein Zimmer habe, in dem du schlafen kannst, wenn du über das Wochenende bei mir sein willst. Ich habe Freunde mit drei Kindern, die nur wenig älter sind als du. Du wirst sie kennenlernen.»

«Das brauche ich nicht, denn wenn ich wieder in meine alte Schule komme, hab ich genug Freunde.»

«Um so besser!»

«Gehst du dann mal mit mir in den Zirkus oder in den Tierpark? Da bin ich nämlich lange nicht mehr gewesen.»

«Na klar. Sehr gern sogar, weil das allein viel weniger Spaß macht. Bist du schon mal im Deutschen Museum gewesen? Das könnten wir doch einplanen, wenn du mit den Großeltern kommst. Da gibt es alte Autos und Flugzeugmodelle.»

«Prima.»

Peters Stimmung hatte sich merklich gebessert, und als sie dann auf einem der Parkplätze in der Nähe des Fischotterbachs anhielten, war der Kinderkummer vergessen. Sie hatten Glück, sahen Wölfe, die Fischotter, einen Dachs und sogar eine Luchsfamilie. Die Begeisterung des Jungen übertrug sich auf Stephan. Sie reichten den Feldstecher hin und her, den Altenberg ihnen mitgegeben hatte, wanderten, ohne es richtig zu merken, weite Wege, aßen irgendwo Bratwürste, bis Stephan erstaunt feststellte, daß die Zeit knapp wurde, wenn sie rechtzeitig zum Kaffee zurücksein wollten. Als sie endlich zum Parkplatz kamen, sank Peter gähnend auf die Rückbank und schlief während der Fahrt tief und fest.

Stephan fuhr vorsichtig, vermied scharfes Bremsen oder zu eng genommene Kurven. Es war für ihn so ungewohnt, ein schlafendes Kind im Auto zu haben, daß er Rührung über Peters Vertrauen empfand. Er könnte dein Sohn sein, dachte er, schämte sich sofort seiner Sentimentalität und sagte sich, daß man kein Vater zu sein brauchte, um sich mit einem Kind anzufreunden. So war es auch viel schöner. Peter hatte ihn sich zum Freund ausgesucht. Sicher, er war einsam, vermißte seinen Vater und stürzte sich auf den Fremden, der zufällig in seine Reichweite geraten war. – Aber diese Deutung gefiel ihm nicht.

Peter wachte kurz vor der Einfahrt zum Hof auf, dehnte und streckte sich, gähnte noch einmal herzhaft und sagte dann:

«Ach, Nebelmann, das war ein schöner Tag.»

«Ja, sehr schön. Und weißt du, was das Schönste daran ist?»

«Nein.»

«Daß er noch gar nicht zu Ende ist. Jetzt kommt das gemütliche Kaffeetrinken, dann ist noch lange Zeit bis zum Schlafengehen, und morgen ist Sonntag, und ich muß erst am späten Nachmittag wieder abfahren.»

«Wenn die Großeltern es sich nicht anders überlegen, besuchen wir dich in zwei Wochen. Das ist gar nicht lange, nicht wahr?»

«Nein, gar nicht lange. Gerade die richtige Zeit, um sich auf etwas zu freuen.»

7

Schon am Mittwoch der folgenden Woche rief Veronika von Wismar in der Agentur an. «Pfändler», sagte sie laut und fröhlich, «obwohl die Ferien so schön waren, bin ich glücklich, wieder zu Hause zu sein. Der Glanzpunkt war die Zeit mit Ihnen, darum möchte ich Sie auch bald wiedersehen und Sie mit meinen Freunden bekannt machen. Ich habe herumtelefoniert. Am Samstag kommt eine Menge netter Leute. Haben Sie Zeit?»

«Diese Woche Samstag?» fragte er zögernd, von ihrer Lebhaftigkeit leicht überfahren.

«Aber ja doch. Große Vorbereitungen liegen mir nicht. Wer kann, kommt. Übrigens ein Sammelsurium. Ich hoffe, daß sie sich untereinander vertragen. Können Sie nicht schon um vier Uhr dasein? Die anderen sind auf sechs Uhr eingeladen. Aber ich würde gern zuerst mit Ihnen Kaffee trinken, damit wir uns alle Neuigkeiten erzählen, und bei den letzten Vorbereitungen könnten Sie mir auch ein bißchen zur Hand gehen.»

«Fein. Sehr gern.»

Er freute sich wirklich. Seit dem Dezember und der Begegnung mit Altenbergs hatte sich sein Leben merkwürdig verändert. Die einsamen Abende, die ihm nach Barbaras Tod so wichtig geworden waren, an denen ihn schon

Telefongespräche störten, an denen er niemand sehen wollte, gefielen ihm nicht mehr so gut. Jetzt hatte er das Bedürfnis, mit Menschen umzugehen, sich zu unterhalten und Neues zu hören. Er dachte an den Büroboten aus der Agentur, der wegen einer Krankheit längere Zeit ausgefallen und nun strahlend, wenn auch etwas angegriffen, wieder zurück war und allen erzählte, wie sehr er sich freue, sie wiederzusehen. «Herr Doktor», hatte er zu Stephan gesagt, «Kranksein ist so langweilig. Im Krankenhaus waren alle freundlich, aber hier gehöre ich eben hin.»

«Sie haben uns auch sehr gefehlt», erklärte Stephan und war über sich selbst verwundert. Früher hätte er freundlich gemurmelt und es damit bewenden lassen, aber jetzt hatte er sich mit dem älteren Mann unterhalten, ihn nach der Familie gefragt und sich die Krankengeschichte erzählen lassen. Auch die Einladung von Veronika Wismar, die ihn noch vor kurzem wegen der angekündigten vielen Gäste erschreckt hätte, erfüllte ihn nun mit Neugier. Er machte mit sich selbst so merkwürdige Erfahrungen. Da mußte er achtundvierzig Jahre alt werden, um dahinterzukommen, daß es reizvoll sein konnte, neue Menschen kennenzulernen.

Am Samstag erschien er mit einem großen Blumenstrauß pünktlich um vier Uhr bei seiner neuen Freundin. Sie wohnte nicht sehr weit von ihm entfernt, so daß er den schönen Tag ausgenützt hatte und zu Fuß gegangen war. Ihr Haus lag in einer kleinen Villenstraße mit einheitlich gehaltenen Vorgärten und sich ähnelnden, zweigeschossigen Häusern. Es war ein freundliches Bild.

Sie empfing ihn an der Tür, umarmte ihn herzlich, zog ihn an der Hand durch die Diele in ein großes Wohnzimmer und durch die Terrassentür gleich in den Garten hinaus. Sie hatte schon mehrere Tische und Stühle aufgestellt. An einen davon setzten sie sich; sie schenkte ihm Kaffee ein und erzählte, fast ohne Atem zu holen, von den Baumanns, ihren verschiedenen Gästen, von den beiden alten Fischern und dem Mißgeschick des Ladenbesitzers, der sich den Arm gebrochen hatte und nun auf den kleinen Schwammwäscher als einzige Hilfskraft angewiesen war.

Endlich sagte sie: «Uff!», trank einen Schluck Kaffee, legte ihm ein großes Stück Torte auf den Teller und forderte ihn auf, ausführlich zu berichten, wie es ihm inzwischen ergangen sei.

Von der Nebelfahrt, die ihm die Freundschaft mit den Altenbergs beschert hatte, wußte sie schon. Nun erzählte er von dem Wochenende in Eisenstein, an dem er mit Peter zum Naturschutzpark gefahren war. Er war drauf und dran, von Katharina Reiners zu sprechen, aber irgendeine eingebaute Bremse hinderte ihn daran. Statt dessen erwähnte er den erwarteten Besuch von Peter und seinen Großeltern am nächsten Wochenende und fragte, ob sie nicht Lust habe, seine neuen Freunde kennenzulernen. Sie lehnte ab, weil sie ihm heute schon so viele fremde Leute zumute; wenn sie zu ihm käme, dann lieber allein, damit sie für Privates Zeit hätten.

Nach dem Kaffee trug er das Geschirr in die Küche, half ihr beim Aufstellen von Schalen mit Nüssen und salzigem und süßem Gebäck.

«Um halb sechs», sagte sie nach einem Blick auf die Uhr, «kommen die bestellten Salate und Schnittchen. Die Teller und das Besteck habe ich schon zurechtgelegt. Wir müssen dann nur noch die Platten und Schüsseln auf dem langen

Tisch aufbauen. – So, und jetzt trinken wir beide vorweg ein Glas Sekt.»

«Wer und wie viele kommen eigentlich?» fragte Stephan.

«Mit uns beiden sind wir sechzehn. Meine Tochter und ihr Mann, mein Sohn und seine Frau, dann ein guter Freund von mir, ein Ehepaar aus der Nachbarschaft, ein verrückter Maler, zwei Freundinnen, eine Art Kollegin, die Krimis schreibt, mit ihrem Beau, und wer fehlt jetzt noch?»

«Zwei. Bis jetzt sind es vierzehn. Ich habe mitgezählt.»

«Ach ja, und die Clochards.»

«Bitte?»

Sie lachte. «Nein, keine Berber vom Isarufer. Ein junges französisches Ehepaar, das Clocher heißt. Wir nennen sie nur so. Er ist Ingenieur bei einer großen Firma, und sie verkauft in einer Boutique. Übrigens keine Angst, Pfändler, Sie werden keine Schwierigkeiten bekommen. Es sind alles Leute, die gern und viel reden, am liebsten über sich. Meine Tochter ist eine witzige Person mit einem nicht sehr ergiebigen Mann, bei meinem Sohn ist es umgekehrt. Er hat eine bezaubernde Frau, die sich mit ihm langweilt. Gefallen wird Ihnen mein Freund. Er hat zur Zeit großen Ärger in seiner Familie und ist nicht in Höchstform. Ich denke, es wird ihm guttun, mal aus allem herausgerissen zu werden. Seine Frau hat einen Hausfreund, der ihm auf die Nerven geht; seine Tochter hat danebengeheiratet. Ich werde immer dann aus der Versenkung geholt, wenn Trost vonnöten ist. Wir kennen uns schon endlose Jahre und spielen immer dasselbe Spiel.»

«Das klingt entsagungsvoll.»

«Ach, mein Lieber, meinen Sie, für Frauen meines Alters stünden die Männer am Straßenrand zum Aussuchen? Valentins Frau ist wenig an ihm interessiert, das kommt mir zugute. Meine Kinder empfinden unsere Beziehung als peinlich, aber bin ich etwa meinen Kindern Rechenschaft schuldig?»

«Nein, natürlich nicht.» Plötzlich lachte er. «Ich hab Ihnen schon mal gesagt, daß ich immer Eselsbrücken brauche. Sie liefern sie am laufenden Band. Valentin – schon wieder Faust.»

Sie wurden unterbrochen, weil ein Lieferwagen der Stadtküche kam. Als alles auf dem langen Wohnzimmertisch aufgebaut war, Blumenschalen zwischen den Platten und Schüsseln standen und das Vorlegebesteck blitzte, betrachtete sie das Arrangement wohlgefällig. «Hübsch, nicht wahr? Manchmal bin ich ganz stolz auf mich. Alles selbstverdient. Mit Schundromanen, zugegeben, aber ich habe uns damit über die Runden gebracht. Das Haus habe ich von meinem Mann geerbt, auch eine kleine Rente, aber ohne die Romanhefte hätte ich das Niveau nicht halten können.»

«Mein Kompliment! Und jetzt muß ich Ihnen ein Geständnis machen. Sie wollten es ja nicht, aber ich habe mir trotzdem die Romane der Helena von Auerbach gekauft und gelesen. Das ist kein Schund, sondern nur etwas sehr Volkstümliches. Ich kann mir vorstellen, daß Sie eine große Gemeinde dankbarer Leser haben. Mir hat die Geschichte von der Bauernmagd Rosie und der Kuh Thusnelda besonders gut gefallen.»

Frau von Wismar sah ihn forschend an, als wolle sie sich vergewissern, daß er es ernst meinte. Dann lachte sie fröhlich. «Sie werden es mir nicht glauben, aber ich habe keine Ahnung mehr, was darin stattfindet. Nur die Namen klingen bekannt. Kann es nicht sein, daß die Magd Thusnelda und die Kuh Rosie heißt?»

Stephan war herumgewandert und hatte unterdes eine der Platten begehrlich betrachtet. «Hoffentlich kommen Ihre Gäste bald. Ich kann mich kaum noch beherrschen. Das sieht zu verlockend aus.»

«Greifen Sie zu. Wer sollte das nachher noch merken?»

Doch das Klingeln kam dazwischen, und der erste Trupp Gäste traf ein. Sehr bald verirrte sich Stephan zwischen fremden Namen und Gesichtern, prägte sich jedoch den Sohn und die Tochter ein, erfaßte die jungen Franzosen, scheiterte an den Freundinnen, die nicht nur ähnlich bunt gekleidet waren, sondern auch noch ähnliche Namen hatten. Bei den zwei allein eingetroffenen Herren wußte er nicht, welcher der Maler und welcher der Freund Valentin war, der ihm unter einem ganz anderen Namen vorgestellt worden war, an den er sich jetzt schon nicht mehr erinnern konnte.

«Sie sind also Mutters neuer Freund», sagte Veronikas Tochter und maß ihn prüfend.

«Ja», sagte Stephan, weil ihm einfach keine andere passende Antwort einfiel.

«Sie gefallen mir besser als Valentin, aber Sie sind natürlich zu jung für sie.»

«Natürlich! Muß bei einer Freundschaft das Alter passen?»

«Es kommt auf die Freundschaft an.»

«Bei dieser paßt es», sagte er und dachte bei sich: Du dummes Gör, was bildest du dir eigentlich ein!

Aber sie lachte ihn strahlend an. «Das hat gesessen. Jetzt gefallen Sie mir noch besser. Wo hat sie Sie aufgegabelt? Sie sehen nämlich nicht so aus, als hätten Sie den Anfang gemacht.»

«Bei einem Balanceakt im Flugzeug.»

«Typisch für unsere Mutter. Sie geht immer ran wie Moppel an die Graupen.»

«Falls Sie mir noch mehr so bezaubernde Komplimente machen wollen, müssen Sie mich begleiten», sagte Stephan todernst und verbarg sein Vergnügen. «Ich verdurste und verhungere.»

«Nichts lieber als das.» Sie ließ offen, ob sie das Begleiten oder sein rasches Dahinscheiden meinte.

Am langen Tisch stießen sie auf Veronika. Die Tochter umfaßte ihre Schulter und brachte ein weithin vernehmbares Flüstern zustande. «Mama, der ist genehmigt.»

Blicke richteten sich auf Stephan, Schmunzeln lag auf den Gesichtern, und dann schob einer der beiden älteren Herren die hübsche junge Frau zur Seite. «Tritt ihn mir mal ab, Beate. Ich möchte meinen Nebenbuhler kennenlernen.»

Stephan kümmerte sich um nichts, lud sich den Teller voll und drehte sich dann erst zu dem Mann um. «Jetzt bin ich den Anforderungen besser gewachsen. Herr Valentin, darf ich vermuten?»

«So plump vertraulich brauchen Sie mir nicht gleich zu kommen. Für Sie heiße ich Friedrichs. Der Valentin ist nur für Freunde.» Er machte ein ernstes Gesicht, aber das gelang nicht ganz, und Stephan sah die nach oben gleitenden Mundwinkel und die Falten um die Augen. «Kommen Sie mit!» befahl er und steuerte auf einen freien Tisch zu.

Stephan überlegte, wieso ihm der Name bekannt vorkam, war aber sicher, daß er den Mann noch nie gesehen hatte. Er war groß, grauhaarig, ging ein wenig nach vorn gebeugt, wie es viele Große an sich haben. Sein Lächeln war anziehend, wirkte aber nicht so, als ob es oft gebraucht wurde.

«Sie heißen Pfändler? Veronika hat mir von Ihnen erzählt. Was tun Sie?»

Stephan aß in aller Ruhe seinen Salat, legte die Gabel aus der Hand und erklärte: «Ich fange Kunden für Thompson und Masters.»

«Die Werbeagentur?»

«Ja. Was tun Sie? Sind Sie ein möglicher Kunde?»

«Recht geschieht mir», sagte der andere. Dann sah er sich um und winkte dem Sohn Wismar. «Markus, bringst du uns was zu trinken? Bier.»

Als sie die Gläser vor sich stehen hatten, trank Friedrichs ihm zu. «Veronikas Kinder mögen mich nicht besonders. Ihre Mutter soll eine feine alte Dame sein und keine Männerfreundschaften mehr haben, schon gar nicht mit einem verheirateten Mann.»

Stephan fragte sich, wieviel er wohl schon getrunken haben mochte. «Weder Sie noch Frau von Wismar sehen so aus, als scherten Sie sich darum, was andere denken», sagte er.

«Tun wir auch nicht. Aber Kinder sind sowieso kein Thema mehr, sobald sie einmal aus dem Haus sind. Mit jedem anderen Erwachsenen lebt es sich leichter als mit den eigenen Kindern. Haben Sie welche?»

«Nein.»

«Dann seien Sie froh.»

Das Gespräch kam zu einem plötzlichen Ende, weil der Maler und eine der bunten Freundinnen an ihren Tisch kamen. Der Maler war kurz und breit, trug einen speckigen Anzug, der ihm zu eng geworden war, und begann, als schien sich das von Berufs wegen so zu gehören, einen langen, lauten Monolog über moderne Kunst. Stephan, ebenfalls von Berufs wegen gut bewandert, stellte sich unwissend, weil das bequemer war. Er mochte bestimmte Maler und bestimmte Bilder, war aber nicht bereit, über ein schwarzes Quadrat im Goldrahmen in euphorischen Jubel auszubrechen. Als sein Opfer sich zu lange tot stellte, bohrte ihm der Maler mit einem dicken roten Zeigefinger in die kurzen Rippen. «Nun reden Sie schon! Das ist eine interessante Frage. Welche Richtung ist Ihre?»

«Neue Sachlichkeit», sagte Stephan und suchte nach einer Fluchtmöglichkeit. Veronika Wismar stand nicht weit von seinem Tisch mit den Clochards und ihrer Krimi-Kollegin zusammen, sah zu ihm herüber und hob bedauernd eine Schulter hoch.

«Ach, gehen Sie weg mit Ihrem Kanold und Dix und Schrimpf und Radziwill!» dröhnte der Dicke so laut, daß sich alle erstaunt zu ihm umdrehten.

«Die Bilder lasse ich Ihnen», sagte Stephan ganz schnell, «aber weggehen werde ich. Frau von Wismar hat mir gewinkt.»

«Pfiffig!» stellte Friedrichs nur für ihn hörbar fest.

«Ich komme wieder», verkündete Stephan, ohne die geringste Absicht zu haben. Er suchte das Weite, das gar nicht so weit war. Er schloß sich der Gruppe um die Gastgeberin an. «Ich bin vor Ihrem gewalttätigen Kunstexperten geflohen», sagte er bei der ersten sich bietenden

Gelegenheit, eine Randbemerkung bei ihr loszuwerden. «Er hat mir beinahe ein Loch in die Rippen gebohrt.»

«Ich weiß, wie mühsam er ist. Alle Leute mit Sendungsbewußtsein ziehen einem die Nerven lang. Trotzdem müssen Sie sich seine Bilder ansehen; es lohnt sich. Er ist gut.»

«Woher könnte ich Herrn Friedrichs kennen? Ich habe den Namen vor gar nicht langer Zeit gehört, erinnere mich aber nicht mehr in welchem Zusammenhang. Was macht er beruflich?»

«Chips.»

«Aus Kartoffeln?»

«Aus Silizium.»

Stephan schüttelte den Kopf.

Die nächsten Stunden verstrichen sehr schnell. Stephan unterhielt sich hier und dort, ging von Gruppe zu Gruppe, half gelegentlich beim Abräumen oder Einschenken und ließ es geduldig über sich ergehen, daß ihn Markus Wismar in der Küche festnagelte, um ihn auszufragen. Er spürte, daß der Sohn die Neuerwerbung seiner Mutter mit Argwohn betrachtete und sich vergewissern wollte, daß er keine unlauteren Absichten auf ihr Portemonnaie hatte. Stephan gab wenig preis und überlegte flüchtig, ob er diesem ernsthaften Mann nicht einen gewaltigen Bären aufbinden sollte. Es wäre leicht gewesen: Ein paar Bemerkungen über geschiedene Frauen, beide reich und berühmt, die es sich etwas hatten kosten lassen, ihn loszuwerden; dann vielleicht noch die Erwähnung einer Briefkastenfirma in Liechtenstein oder eines Kontos bei einer Bank in Luxemburg und die Versicherung, daß er jederzeit behilflich sein könne, wenn es um steuergünstige Geldanlagen ginge. Aber das Ausdenken machte mehr Spaß als das Schüren der Besorgnis des Sohns.

Gegen elf Uhr gingen die ersten Gäste, zu denen die Kinder Wismar gehörten, weil sie die Babysitter ablösen und noch nach Hause fahren mußten. Die Verabschiedung von Stephan fiel wesentlich freundlicher aus als die Begrüßung. Offenbar war er als harmlos eingestuft worden. Mit Verblüffung stellte er fest, daß ihm das wenig gefiel. Noch vor ein paar Monaten hätte er es für selbstverständlich gehalten, daß man ihn für ungefährlich ansah. Er kannte sich selbst nicht mehr mit sich aus.

Kopfschüttelnd machte er sich auf die Suche nach Valentin Friedrichs, den er in Veronikas Arbeitszimmer an ein Bücherregal gelehnt fand. Er schien den Abend benützt zu haben, seinen Kummer in Bier zu ertränken. Als er Stephan sah, legte er ihm haltsuchend eine Hand auf die Schulter und starrte gedankenversunken das Gesamtwerk von Schiller an.

«Sie haben keine Kinder, Herr Fendel, Sie wissen gar nicht, wie gut Sie dran sind.»

«Pfändler», sagte Stephan. «Ich hätte gern Kinder gehabt. Warum mögen Sie Ihre denn nicht? Haben Sie viele?»

«Woher denn! Eine einzige Tochter.»

«Was hat sie Schreckliches verbrochen?»

«Sie hat ein Spatzenhirn. Meine Tochter, ein Spatzenhirn! Ist das ein Ati – wie heißt das? – Anta –?»

«Sollten Sie Atavismus meinen?»

«Ja, meine ich. Das kommt vom Bier. Also, sie macht das Abitur mit eins, dafür reicht ein Spatzenhirn heutzutage. Früher mußte man ein bißchen mehr drauf haben ...»

«Daß mit der Jugend nichts los ist, haben schon die Babylonier gewußt. Das wäre nicht so neu.»

«Kommt noch, lassen Sie mich reden, Fendel.»

«Pfändler!»

«Sage ich doch die ganze Zeit. Also, lieber Herr Fendel, sie schnappt sich einen Mann, der zu alt für sie ist. Fürs erste Mal brauchte das gar nicht so schlecht zu sein. Aber wann ist das erste Mal? Wissen Sie das bei diesen heutigen Kindern?»

«Nein. Früher als man denkt.»

«Der Kerl ist verheiratet. Meine Tochter mit dem Spatzenhirn stört das überhaupt nicht. Sie bumst weiter mit ihm. Der Mann hat eine prima Frau. Ich kenne sie. Na, dann läßt sich meine Tochter auch noch von diesem Schuft schwängern. Nun weiß sie nicht mehr weiter. Was tut sie? Sie rennt zu ihren Eltern, die von der ganzen Geschichte nichts gewußt haben. Sie heult ihnen was vor, schleppt den Mann an, schwört, daß sie einzig allein ihn liebt und nie einen anderen lieben wird. Blödsinn, habe ich gesagt. Mehr als zwanzig Jahre Altersunterschied. Verheiratet. Schon ein Kind. Sie soll mit ihrer Mutter, die sich dafür wenigstens die Zeit nehmen könnte, nach Holland fahren. Da kann man das ohne Aufheben in Ordnung bringen lassen. Keiner merkt was, alles ist wieder in Butter. Sie soll den Kerl vergessen und sich was Besseres suchen.»

Stephan schnappte nach Luft. Es fiel ihm wie Schuppen von den Augen. Friedrichs, natürlich, Altenberg hatte den Namen erwähnt. Das war also der Vater dieser jungen Jutta, die Katharina den Mann ausgespannt hatte! Er hob die Hand, wollte erklären, aber Friedrichs ließ ihn nicht zu Wort kommen.

«Moment noch, Fendel, Sie wissen ja nicht, wie es weitergegangen ist. Das Mädchen mit dem Spatzenhirn hat getobt. Sie liebe den Mann und wünsche sich das Kind. Ich wäre ein Verbrecher, sie zu einem Mord überreden zu wollen. Am Ende habe ich den Schurken mit dem braven Gesicht und den treuen Hundeaugen gefragt, was er dazu zu sagen habe. Was sagt er? Seine Frau wisse nichts davon; sie sei beruflich dauernd unterwegs. Seine Ehe hätte darunter gelitten und er sei zu kurz gekommen. Jetzt habe er das große Glück gefunden. Glück, Mann! Meine schwachsinnige Tochter soll den glücklich machen? Ich hoffe mit Inbrunst, jawohl, mit Inbrunst, daß sie ihn kreuzunglücklich macht. Also, inzwischen hat er sich scheiden lassen, meine Tochter geheiratet, das Baby ist da, und seiner Frau wollte er auch noch den Sohn wegnehmen und Glück im Winkel spielen.»

«Halt!» unterbrach ihn Stephan. «Ich habe ganz dringend etwas Wichtiges zu erklären.»

«Brauchen Sie nicht. Ich weiß es. Sie würden Ihre einzige Tochter auch nicht einem so gewissenlosen Schubiack geben!»

«Himmel! Nun halten Sie mal den Mund! Ich bin mit Professor Altenberg und seiner Frau befreundet. Ich kenne Peter und Katharina Reiners. Ich weiß mehr als genau, wie unglücklich Ihr neuer Schwiegersohn sie gemacht hat. Ich kann nicht mit Ihnen über Ihre Tochter und Ihre Familie reden, weil ich im anderen Lager bin.»

«Sag ich doch die ganze Zeit, Fendel. Ich doch auch. Ich möchte nichts lieber, als den Mann wieder loswerden und an Katharina Altenberg zurückgeben. Aber ihr wollt mich ja nicht anhören. Ich war beim Professor, Fendel, bin nach Canossa gegangen, habe ihn angefleht. So ein netter Mensch! Aber er hat mich rausgeworfen. Bei Katharina Reiners war ich auch, hab den Fuß in die Tür gestellt; sie hat eiskalt und böse gesagt, sie will kein Wort mit mir reden. Dann hat sie mir einen Schubs gegeben und mir die Tür vor der Nase zugeschlagen.»

«Amen», sagte Stephan.

Plötzlich stand Veronika Wismar bei ihnen. «Laß es jetzt mal, Valentin. Mir ist es gerade gelungen, die anderen Gäste hinauszukomplimentieren, ohne daß sie dein bierseliges Geschrei ganz genau mitbekommen haben. Für einen Abend ist das Skandal genug. Ich koche jetzt Kaffee. – Pfändler, bitte, machen Sie irgend etwas, damit er wieder zu sich kommt. Ich kann Männer, die mal weinen müssen, gut ertragen, aber weinende Betrunkene überschreiten die Schmerzgrenze. Führen Sie ihn im Garten auf und ab. Vielleicht hilft das.»

«Wie einen Hund, der eine Wurmkur machen muß», sagte Friedrichs und wischte sich mit einem großen Taschentuch über das Gesicht.

Stephan lachte und lachte, bis er nach Luft schnappen mußte, hustete und ihm die Augen tränten.

«Nicht weinen», sagte Friedrichs. «Das mag sie nicht. Kommen Sie, wir verziehen uns jetzt in den Garten.»

Sie gingen zwar in den Garten, aber Pfändler parkte Friedrichs auf einem Stuhl und räumte die Tische ab, trug das Geschirr und die Gläser in die Küche, sammelte die Gartenkissen ein und packte sie in die große Holzkiste unter dem Vordach der Terrasse. Im Vorbeigehen mischte er sich gelegentlich in den Monolog des anderen ein, der um nichts anderes ging als die Enttäuschung des Vaters über seine Tochter Jutta.

«So etwas tut man einfach nicht», murrte er. «Sie hat gewußt, daß der Mann verheiratet war. Es ist ungehörig, in eine Ehe einzubrechen.»

«Sie ist noch sehr jung», sagte Stephan.

Die dumpfe Stimme verfolgte ihn zum übernächsten Gartentisch. «Ich höre immer, daß Frauen so sichere Instinkte haben. Warum glaubt dann meine Tochter einem Mann, wenn er ihr die uralte Litanei vorbetet, daß seine Frau ihn nie verstanden hat, daß im Bett nichts los ist, daß sie aneinander vorbeileben? Keine vernünftige Frau kauft einem das heute noch ab. Haben Sie es damit noch nie versucht? Die emanzipierten Damen von heute lachen einem doch nur noch ins Gesicht. Jutta hat dieser Katharina eiskalt den Mann ausgespannt. Wahrscheinlich hat sie es absichtlich darauf angelegt, ein Kind zu bekommen. Ich traue ihr das glatt zu, aber das wird sie nie zugeben, nie!»

«Von ihrem Standpunkt aus wäre das auch sehr dumm.»

«Kennen Sie meine Tochter etwa auch?»

«Nein.»

Stephan trug einen Stapel Kissen auf den Armen und mußte den Kopf in den Nacken legen, um Friedrichs antworten zu können, ohne Kapok einzuatmen. «Nein, ich kenne sie nicht und will sie auch gar nicht kennenlernen. Mir genügt vollauf, daß ich Katharina kenne, die mir sehr leid tut.» Sofort dachte er: Tut sie mir eigentlich leid? Die ganze Geschichte hat einen Zug von Tragikomik bekommen. Ich finde diesen neuen Schwiegervater ihres Mannes sehr sympathisch. Schon wieder einer, den ich gern besser kennen würde. Aber das geht nicht, weil er zu Tochter und Enkelkind wird halten müssen und wir an verschiedenen Fronten dieses Krieges stehen. Ich gehöre zu den Altenbergs, zu Peter und Katharina, obwohl ich es mir nie ausgesucht habe. Veronika von Wismar könnte die Unterhändlerin spielen, die die weiße Fahne schwenkt. Und Valentin Friedrichs? Ach ja, der ist der Verräter im feindlichen Lager.

Er wurde von dem Betrunkenen unterbrochen, der einen neuen Anlauf nahm. «Wenn ich nicht schon eine Frau hätte, die von mir keinen Gebrauch macht, wenn ich nicht so lange und eng mit Veronika liiert wäre, würde ich gerne Ihre Katharina trösten. Das lohnte sich wenigstens. Soll ich Ihnen mal verraten, was ich glaube?»

Stephan ließ sich neben ihm auf einen Stuhl sinken, der ohne dickes Kissen sehr hart war. «Verraten Sie es mir!»

«Daß sie immer schon für ihren Mann eine Nummer zu groß war. Sie hat es nur nie gemerkt. Meine Jutta mit ihrem Einser-Abitur ist zu dumm und unerfahren, das zu durchschauen. Sie glaubt, weil sie zwanzig Jahre jünger ist, käme sie spielend gegen Katharina an. Es wird ein böses Erwachen geben, darauf können Sie mein Wort haben. Das böse Erwachen wird kommen. Meine törichte Tochter hat nicht erkannt, daß sie ihr sogenanntes Glück einer überlegenen und grundanständigen Frau verdankt.»

Veronika stand im nächtlichen Garten und hatte den letzten Teil des Gesprächs mitgehört. «Nun harfe nicht immer auf der Anständigkeit der ersten Frau Reiners herum, Valentin. Meines Wissens sind hintergangene Frauen nie besonders anständig. Was weißt du, was sie in petto hat? Vielleicht ist sie eben damit befaßt, sich eine wunderschöne Rache auszudenken. Pfändler, Sie kennen sie vermutlich besser als Valentin. Was glauben Sie? Habe ich recht?»

«Ich glaube gar nichts», sagte Stephan. Er war dankbar für die Dunkelheit, die sein Mienenspiel verbarg. Weil er das Gefühl hatte, daß eine so karge Antwort Argwohn erwecken könnte, fügte er hinzu: «So gut kenne ich sie gar nicht. Ich kann nicht beurteilen, ob sie nachtragend ist, und ich weiß auch nicht, wie schwer ihr Mann sie verletzt hat. Es wäre doch möglich, daß sie ihn abgeschrieben hat. – Frau von Wismar, haben Sie nicht etwas von Kaffee gesagt?»

«Aber ja. Zu dem wollte ich Sie beide gerade ins Haus holen. Hier draußen ist es zu feucht und zu dunkel.»

Beim Kaffee sprach der plötzlich wieder viel nüchterner gewordene Friedrichs das aus, was Stephan nur gedacht hatte.

«Pfändler, ist es nicht ein Jammer, daß Sie und ich wegen dieser blöden Verfilzung meiner Tochter und Ihrer Freunde nicht zusammenkommen können? Wir müssen das auf später vertagen. Vielleicht klärt sich ja alles mal. Ich fände es schön.»

«Das ist ganz großer Quatsch, Valentin!» Veronika Wismar sah ihn wütend an. «Bei mir habt ihr eine Freistatt. Mich geht diese Affäre nichts an. Ich habe es gern, wenn meine Freunde sich untereinander mögen. Ihr mögt euch, und bei mir könnt und werdet ihr euch treffen.»

8

Diesmal war Katharinas Brief keine so große Überraschung. Stephan betrachtete die bunten Marken, bevor er ihn aufriß. Sie schrieb aus Singapur.

«Lieber Nebelmann,
ich habe mir zwei Tage Urlaub genommen, einen Umweg gebucht und bin nun in einer eleganten Karawanserei von Luxushotel. Oben auf dem Dach ist ein Schwimmbad und eine Bar. Über mir ist samtblauer Nachthimmel mit lauter fremden Sternen. Ich weiß nicht, ob man soeben über dem Äquator schon das Kreuz des Südens sehen kann. Es ist niemand da, den ich fragen könnte. Ich mache es mir leicht, suche mir auffällig schöne Sterne aus und phantasiere, daß man aus ihnen ein Kreuz bilden kann. Also, im Anblick des Kreuz des Südens:
Ich bin so viel in dieser Stadt herumgelaufen, daß ich sicher schon um einige Zentimeter geschrumpft bin. Es ist eine moderne Wolkenkratzerstadt, blitzsauber und mit Ampeln, bei denen man bei Grün über die Straße gehen kann, ohne um sein Leben rennen zu müssen. Das Chinesenviertel mußte ich suchen; es ist klein, kaum auffindbar und liegt zwischen Wohnblocks, aber eben

gerade noch so, wie man es sich vorstellt. Marktstände, schreiende Verkäufer, Gedränge, Farbenpracht, Gestank und dann wieder geheimnisvolle Düfte fremder Gewürze oder Blumen. Es gibt einen buntbemalten Hindutempel, und in einem Hauseingang hockte ein alter Mann, der auf Zeitungspapier Teigfladen mit den Händen plattdrückte. Möchten Sie das essen?

Gleich bei der Ankunft im Hotel habe ich übrigens dazugelernt. Ich kam in mein Zimmer, hatte gerade dem Boy, der den Koffer trug, ein Trinkgeld gegeben, war noch keine Minute allein, als das Telefon klingelte. Es war ein Mann dran, der mit mir eine Besichtigungstour verabreden wollte. Er pries an, was er mir alles zeigen würde. Es klang gar nicht so schlecht. Während ich den Hörer in der Hand hielt, fiel mein Blick auf ein auf dem Schreibtisch aufgestelltes Schild. *Beware of touts* stand darauf. Ich wußte nicht, wer oder was *touts* sind, und las den kleingedruckten Text. Es sind Schlepper. Stadtrundfahrten und ähnliches solle man nur bei der Rezeption buchen und nicht auf fremde Anrufer reagieren. Gut, ich habe dem Mann gedankt und gesagt, ich sei mit Freunden verabredet. Was mich wundert, ist nur, wie er so schnell herausgefunden hat, daß ich soeben angekommen war und welches Zimmer ich hatte. An der Rezeption stand ich allein. Niemand war in der Nähe, der mir über die Schulter hätte schauen können. Er muß seine Freunde im Hotel haben.

Heute sitze ich bei Mokka in der Bar unter dem Sternenhimmel und schreibe Ihnen, weil ich keinen habe, dem ich meine Touristenabenteuer erzählen kann. Nach dem Frühstück nahm ich mir ein Taxi und zeigte dem Fahrer auf dem Stadtplan, wohin er mich bringen sollte. Ich wollte in eine der großen Einkaufsstraßen, herumbummeln und Geschäfte ansehen. Er setzte mich auch dort ab, allerdings unmittelbar vor einem Laden mit Schmuck, vor allem Perlen. Der Taxifahrer erklärte auf englisch, daß der Besitzer ein Freund wäre, der seinen Kunden hohe Prozente einräume. Gleich darauf wurde die Tür aufgerissen, und ein wie Ali Baba aufgemachter brauner Mann zeigte mit einer tiefen Verbeugung, wie wohlwillkommen ich war. Der Besitzer, ein Chinese in einem weißen Seidenanzug, übernahm mich im Laden. Es war gar nicht leicht, ungeschoren und ohne Perlen zu entkommen, aber ich habe es geschafft.

Das Völkergemisch ist interessant. Es scheint eine Hackordnung zu geben. Erst die Chinesen, dann die Malaien und zuletzt die Inder, denn die sieht man als Straßenarbeiter, vor allem Frauen, die Bauschutt in flachen Körben auf dem Kopf tragen. Bei den vielen Weißen kann ich nicht unterscheiden, ob sie Ansässige oder Touristen sind. Danach bin ich auf historischen Pfaden gewandelt, war auf einem alten Seemannsfriedhof und habe anhand des Plans Raffles Hotel gesucht. Dort hat Kipling gewohnt und geschrieben. Ich stand davor und malte mir aus, daß er dort vielleicht ‹Kim› oder das ‹Dschungelbuch› geschrieben hat. Ein hübscher Gedanke! Das Raffles ist ein weißer Holzbau, geräumig, langgestreckt und einladend. Zwischen den vielen Hochhäusern ein Relikt, das einen mit Wehmut erfüllt.

Dann muß ich Ihnen vom Tiger Balm Garden erzählen. Mündlich geht das sicher besser, aber der Garten ist so eigenartig, daß ich es jetzt schon mit Stichworten versuchen will. Zwei chinesische Brüder sind mit ihrem Tiger-Balsam reich geworden. Er hilft bei allem: Gliederschmerzen, Kopfweh, Wunden, und man soll ihn sogar essen können, aber das möchte ich nicht probieren. Die Brüder haben hier und in Hongkong gleiche Gärten angelegt. Zwischen herrlichen Bäumen stehen Phantasietiere aus angemaltem Beton herum. Wenn man über die Wege spaziert, kommt man zu großen Halbreliefs, auf denen schauerliche Dinge passieren. Eins, das ich kapiert habe, handelte von lauter Lastern, vom Glücksspiel, von Raub und Diebstahl und der Rücksichtslosigkeit. Oben war einfaches, fleißiges Landleben, darunter sah man Kartenspieler, deren Häuser gepfändet wurden, und weinende Frauen und Kinder. Danach, etwas tiefer, kam der rücksichtslose Autofahrer, der ein Gipskind mit plattgedrücktem Kopf in einer Blutlache liegen ließ. An der Seite sah man Diebe auf der Flucht vor der Polizei und einen Polizisten, der einem Schurken die Sonnenbrille herunterriß. Von einer betrogenen Ehefrau war nichts zu sehen. Andere dieser Reliefs zeigten historische Ereignisse mit Helden, Buddhas und seltsamen Tiergöttern. Meine Zeit reicht leider nicht aus, nachzulesen, was das alles bedeutet. Beim letzten Bild, das ich besichtigt habe, fand eine Schlacht statt, zwischen Ratten und Tieren, die wie Meerschweinchen aussahen. Überall lagen Tote herum, aber es gab auch einen Krankenwagen, auf den Rattensanitäter verwundete Ratten luden. Das Blut floß reichlich, und eine arme Ratte lag mit vier abgetrennten Pfoten blutend auf dem Rücken. Es ist rätselvoll und nicht zu verstehen.

Ich bin sehr einsam, lieber Nebelmann. Darum müssen Sie mir diesen endlosen Brief verzeihen. Ich laufe allein durch diese Stadt, habe niemand, mit dem ich über die vielen Eindrücke sprechen kann, und bin ungeübt darin, alles in mir aufzustauen. Ich möchte mit meinem Unglück hausieren gehen. Unser Kameramann, ein dikker, gutverheirateter, zum Kümmerer geborener Uraltfreund, der mit mir bis Bangkok geflogen ist, hat sich mein Klagelied angehört und gesagt: ‹Zieh einen Strich, Kathi, und sei froh, daß du ihn los bist. Er war nie der Richtige für dich. Wir haben uns alle nur mit ihm abgefunden, weil du so vernarrt in ihn warst.›
Übrigens: Jürgen hat mir zwei Bücher geschickt, die mir gehörten, was im Grunde nett war, aber er hat am Porto gespart, sie als Büchersendung frankiert und nicht einmal einen Zettel mit freundlichen Grüßen hineingelegt. Solche Lieblosigkeiten schüren meine Wut und meine Rachegelüste. Ich habe ihm barocke Gedichte von Arno Holz geschickt. Ganz schön erotisch. Er hat sich nie was aus Lyrik gemacht, aus dem anderen auch nicht viel, aber die Gedichte wird er schon lesen und – vielleicht – lernen.
Sie sind selber schuld, Nebelmann. Sie haben meinem Apparat gesagt, daß ich jammern darf.
Der Mokka ist ausgetrunken. Ich bin der letzte Gast. Der niedliche kleine Kellner gähnt und wird mich zum Teufel wünschen. Zum Teufel brauche ich nicht zu gehen, denn ich bin schon in der Hölle.
Gute Nacht und danke fürs Zuhören.

Katharina.»

Stephan legte den Brief in den Schreibtisch, holte ihn aber noch einmal heraus, las ihn wieder und überlegte, ob er den Altenbergs davon erzählen sollte. Für Peter wäre die Beschreibung des seltsamen Parks sicher interessant gewesen. Aber wenn er ihn erwähnte, kam es ihm wie ein Vertrauensbruch Katharina gegenüber vor. Wenn sie ihren Eltern oder ihrem Sohn schreiben wollte, würde sie es sicher tun. Dies war sein Brief, nur für ihn bestimmt. Es stand auch wieder zuviel über ihren Ex-Mann darin. Mit Verwunderung stellte er fest, daß ihn das Mitteilungsbedürfnis dieser ihm doch fast fremden Frau selbst dazu animierte, sich anderen mitzuteilen. Er hatte das Verlangen, Veronika Wismar von Katharinas zwei Besuchen und ihren Briefen zu erzählen. Um was zu bekommen? Ratschläge über den Umgang mit ihr oder Deutungen ihres merkwürdigen Verhaltens? Nein, das konnte es nicht sein. Er hatte keine Ratschläge oder Deutungen nötig; er war ein geduldiger, abwartender Mensch, der sich auf sich selbst verlassen konnte. Er hatte zu lange um Barbara getrauert, trauerte immer noch und wußte aber auch, daß sich Leid in Erinnerung verwandelte, die blieb und nicht mehr so schmerzte.

Sogar diese verbitterte, zornige und hintergangene Katharina Reiners würde sich einmal wieder fangen. Ihre Rachepläne störten ihn sehr, und er hoffte, sie würde sie aufgeben. Zur Briefschreiberin, die ihm gefiel und an die er öfter zu denken begann, als ihm lieb war, paßte Rache nicht. Vor allem wollte er nicht in fremde Schicksale gezogen werden; er gefiel sich in der Rolle des wohlmeinenden Freundes, der nicht eingriff. Leider kümmerten sich die fremden Schicksale nicht darum, was er wollte oder nicht wollte. Sogar das eigene hatte ihn aus der Einsamkeit in den Tumult Altenbergscher Probleme gestürzt, ihm die Begegnung mit Veronika von Wismar geliefert, und durch sie war er an Valentin Friedrichs geraten.

Stephan lachte ärgerlich auf, als er sich ausmalte, wie naheliegend der nächste Schritt sein würde. Irgendwann konnte er Jürgen Reiners und seiner Frau Jutta begegnen. Dann kannte er sie alle, und mit dem unbeteiligten Zusehen war es aus und vorbei. Würde er wohl Mitleid mit dieser törichten jungen Frau haben, die von der überlegenen Katharina keine Gnade erwarten durfte? Mußte Katharina sich so schlecht benehmen? Merkte sie denn nicht, wie wenig ihr das Kriegsgeschrei stand? Plötzlich fiel ihm ihr Brief wieder ein. Er hatte nur vage Vorstellungen von Arno Holz, wußte nicht, um welche Gedichte es ging. Ach, sie hatte ihn ganz schön fest an der Angel. Er war neugierig geworden und würde in der Bibliothek nachforschen.

Die Altenbergs und Peter kamen am Freitag gegen acht Uhr abends bei ihm an. Auch Peter hatte von seiner Mutter Post aus Singapur bekommen. Einen dicken Umschlag mit vielen Postkarten, worunter zwei Bilder von dem eigenartigen Garten waren. Hohe fremde Bäume und in ihrem Schatten angemalte Gipstiere; ein Hirsch, der nicht wie ein Hirsch aussah, und eine Giraffe, die keine war. Auf der anderen Karte war das große Tableau, auf dem die Laster bestraft wurden. Die Glücksspieler, der Dieb, der Schurke mit der Sonnenbrille und das kleine Mädchen mit dem zerquetschten Kopf, das auf der Straße lag, während der rücksichtslose Autofahrer in einer Qualmwolke davonfuhr.

«Hat sie dir auch geschrieben, Nebelmann?»

«Nein», sagte Stephan und schämte sich der faustdicken Lüge, fand es aber besser so, weil auch die Altenbergs fragende Blicke auf ihn richteten. Wozu ihn diese grünäugige Person zwang! Jetzt log er schon, um sie zu decken. Sicher wollte sie nicht, daß ihre Eltern erfuhren, wie ungehemmt sie ihm ihr Herz ausschüttete. Woher wußte er, daß Marianne nicht eifersüchtig sein würde? Aber was war, wenn es herauskam? Dann stand er als unaufrichtig da, als Geheimniskrämer, als nicht vertrauenswürdig, und das vor den Altenbergs, zu denen er sich hingezogen fühlte und die er nicht enttäuschen wollte.

Er überspielte die leisen Gewissensbisse, indem er geschäftig wurde, seinen Gästen zeigte, wo sie schlafen sollten, und dann nach Getränkewünschen für das Abendessen fragte.

«Wie im Luxushotel», sagte Marianne lachend. «Als Gastgeber bekommen Sie eine Eins.»

Damit waren sie weit fort von allen Peinlichkeiten. Peter fragte nach allen Plänen für die nächsten zwei Tage und maulte leise, als seine Großmutter den Vormittag für die dringend nötigen Einkäufe beanspruchte. «Aber nur, wenn der Nebelmann mitkommt!»

«Ich komme gern mit», sagte Stephan. «Für mich ist das neu, denn ich war noch nie bei einer so großen Einkaufstour. Darf ich sagen, welche Hemden, Hosen oder Schuhe mir gefallen, oder ist das verboten?»

«Sagen darfst du das. Aber Großmutter hat versprochen, daß sie nur kauft, was mir gefällt.»

Beim Abendessen gestand Lebrecht Altenberg, daß er unter nichts so sehr litte wie unter Einkaufsorgien und sich darum am Morgen absentieren wolle. Er habe schon eine lose Verabredung mit einem alten Freund getroffen, und was denn für den Nachmittag anstünde...

Auch Marianne gab zu, schon für den Nachmittag geplant zu haben, so daß Stephan und Peter sich selbst überlassen sein würden. Stephan machte Vorschläge, aber Peter ging nicht darauf ein. Er müsse im Bett noch darüber nachdenken, aber bis morgen würde er sich etwas ausgedacht haben. Er machte ein geheimnisvolles Gesicht, auf das Stephan leicht beunruhigt reagierte. Aber als er den Altenbergs nichts ansehen konnte, keinen verstohlenen oder sorgenvollen Blickwechsel entdeckte und auch nach dem Essen, als der Junge schon im Gästezimmer schlief, die Großeltern nicht auf seine Nachmittagspläne zurückkamen, schob er die Vorahnungen erleichtert fort.

Bisher hatte er überlegt, ob er von Veronika Wismars Einladung und seiner Begegnung mit Valentin Friedrichs sprechen sollte, aber jetzt waren die Bedenken fortgewischt. Altenbergs hatten ein Recht darauf, von ihm auf dem laufenden gehalten zu werden.

«Sie mochten ihn also auch?» fragte der Professor. «Ich weiß nicht mehr, was ich Ihnen neulich im ersten Ärger gesagt habe, aber mir hat der Mann gut gefallen. Schade, daß man manchmal angenehmen Menschen begegnet, bei denen es keine Möglichkeit zur Fortsetzung der Bekanntschaft gibt.»

«Aber das gilt doch für Herrn Pfändler nicht», wandte seine Frau ein. «Er hat nichts mit unserer Familienfehde zu tun. Wenn seine Schriftstellerfreundin mit diesem Herrn Friedrichs so eng befreundet ist, können sie sich ja auf, sagen wir mal, neutralem Boden begegnen. Oder wollen Sie das etwa unseretwegen vermeiden?»

Die runden Augen richteten sich auf ihn. Es war schwer, diesem Blick zu entkommen. Marianne Altenberg konnte er nichts vormachen. Sie durchschaute jedes Täuschungsmanöver und nahm den zögernden Stephan Pfändler auseinander. Jetzt lächelte sie verschmitzt.

«Sie würden schon gern, nicht wahr? Sie sollten keine Hemmungen haben. Lebrecht hat ja eben auch gesagt, daß es ihm leid tut, diesen Herrn nicht näher kennenlernen zu können. Bei ihm ist das verständlich. Bei Ihnen nicht. Katharina hat Ihnen Szenen gemacht und sich schlecht benommen. Leider tut sie das nicht nur bei einem so langmütigen Menschen wie Ihnen. Alle Freunde sagen ihr, Rache stünde ihr nicht, sie sei nicht ihr Stil und sie mache sich damit klein und niedrig. Aber sie ist wie ein Maulesel. Aus welchem Grund sollten da ausgerechnet Sie auf Katharina Rücksicht nehmen?» Sie nahm aus der Handtasche ein Päckchen Zigaretten und zündete sich eine an. «Was ich jetzt sage, ist auch nicht fein, aber vielleicht schadet es nichts, wenn Sie unser Spion im feindlichen Lager sind.»

Stephan unterbrach sie. «Komisch, wie sich die Wortwahl gleicht, Herr Friedrichs hat ähnliche Ausdrücke verwendet. Ich übrigens auch. Unwillkürlich wird durch die Kriegserklärung Ihrer Tochter die Sprache der Beteiligten martialisch.» Er schnippte mit den Fingern. «Lager, Front, Spion, Feldgeschrei, Fehde. Wir sollten uns schämen!»

«Wieso denn?» Altenberg lachte. «Haben wir den Krieg angefangen? Hätte unser feiner Schwiegersohn einen Funken Anstand gehabt, wäre es nie zu diesem Debakel gekommen.»

«Er war eben feige. Fast alle Männer sind feige.» Marianne hob die Hand. «Die Anwesenden nehme ich aus. Jürgen hat sich in das Mädchen verliebt, und statt sofort mit Katharina zu reden, hat er alles schleifen lassen. Wahrscheinlich in der Hoffnung, daß eine höhere Macht ein Einsehen hat und ihn ungerupft aus dem Schlamassel herausholt. Jetzt sitzt er tief drin und wird wenig Freude an der neuen Ehe haben, weil Katharina eine beachtliche Feindin ist.»

«Ach, das sagst du so. Warum ist unsere Tochter nicht klug genug, Bilanz zu machen und einen dicken Strich unter die Angelegenheit Jürgen Reiners zu ziehen? Sie wird doch sonst mit dem Leben ganz gut fertig.»

«Ich habe da nur eine Theorie», sagte Marianne bekümmert. «Sie wollte ihn unbedingt lieben und hat, seit sie ihn kennt, nicht erst, seit sie mit ihm verheiratet war, alles beiseite geschoben, was ihr an ihm nicht gefiel. Sie hat ihn aufgepumpt und für sich einen neuen Jürgen erfunden, dem der wirkliche nicht nachleben konnte. Er durfte nicht langweilig sein, obwohl er es war. Er durfte kein Haustyrann sein, ihr ihren beruflichen Erfolg nicht neiden, er mußte bedeutend sein, wo er es ganz bestimmt nicht war. Sie hat ihrem Mann so viel von sich selbst abgegeben, daß für sie kaum etwas übriggeblieben ist. Das eben scheint mir ihr Problem zu sein: Sie hat zu wenig, um sich selbst wieder aufzubauen. Dafür will sie sich nun rächen.»

«Und er?» fragte Stephan. «Hat er vielleicht gemerkt, daß er von ihr zu jemandem gemacht wurde, den er nicht darstellen konnte? Hat er sich darum in das junge Mädchen verliebt, das ihn bewunderte und anhimmelte, wie er war?»

«Ich will keine Mohrenwäsche für Jürgen Reiners», erklärte der Professor heftig. «Ihr mögt mit all euerer Psychologie und Philosophie recht haben, aber ich interessiere mich nicht mehr für ihn, sondern für meine lebenstüchtige und fröhliche Tochter Katharina, die still, geduckt und böse geworden ist.»

«Aber das bleibt sie doch nicht», sagte Stephan überzeugt. «Lassen Sie ihr Zeit. Als meine Frau starb, habe ich auch geglaubt, die Welt bricht über mir zusammen. Leider tut sie das nicht; es bleibt einem selbst überlassen, sich wieder mit ihr auszusöhnen. Ihre Tochter wird das merken.»

An diesem Abend wurden sie mit dem Thema Katharina nicht fertig. Es war wie eine Schlange, die sich in den Schwanz biß. Womit sie auch anfingen, alles endete bei Katharina, die sich selbst zerstörte, während sie zum Zusehen verurteilt waren und nicht helfen konnten.

Nach dem Frühstück verabschiedete sich der Professor für die Zeit bis zum Abendessen, und Marianne Altenberg, Peter und Stephan begannen die Einkaufstour. Zwischendurch bummelten sie durch die Geschäftsstraßen, aßen Eis, kauften für Peter ein und endeten in einer Buchhandlung, in der Marianne herumstöberte und Stephan für Peter ein Buch über Waldtiere und Pflanzen fand, für das ein Achtjähriger zu jung war. Aber es erweckte bei Peter so große Begeisterung, daß er es ihm schenkte. Mittags, bei Bratwürstchen und Sauerkraut, fragte Stephan nun doch ziemlich energisch, was Peter sich für den Nachmittag überlegt habe.

«Das ist ein Geheimnis», sagte der Junge verschwörerisch und bedachte seine Großmutter mit einem umwerfend charmanten Lächeln. «Sei nicht böse, Großmutter. Ich sage es dir bestimmt heute abend, wenn wir zurück sind.»

Marianne lachte. «Na, dann habe ich was, worauf ich gespannt sein kann. – Bleibt es dabei, daß wir uns um sechs Uhr bei Ihnen treffen, Herr Pfändler?»

«Ja. Haben Sie den Schlüssel eingesteckt? Finden Sie von der U-Bahn zu mir? Sind Sie sicher?»

«Wie schön! Ich komme mir wie ein Landkind in der großen Stadt vor. Der gute Onkel macht sich Sorgen.» Sie stand auf, legte ihm die Hand auf die Schulter, um ihn zu hindern aufzustehen, winkte Peter zu und war mit ein paar Schritten aus dem kleinen Lokal und auf der Straße.

«So, pack aus!» Stephan nickte Peter zu. «Was hast du dir Spannendes ausgedacht?»

«Fährst du mit mir nach Nymphenburg, Nebelmann?»

«Um was zu tun? Willst du in den Park? Nur zum Spazierengehen? Die Porzellanmanufaktur wird man nämlich am Samstagnachmittag nicht besichtigen können.»

Peter sah ziemlich verlegen aus. «Spazierengehen und in den Botanischen Garten. Ich war da mal mit Mama. Wir haben die Enten gefüttert...» Er war rot geworden und druckste herum.

Stephan, der ihn nicht noch mehr in Verlegenheit bringen wollte, verbarg seine Verwunderung und sagte freundlich: «Warum nicht? Nymphenburg ist schön. Ich war schon lange nicht mehr im Park. Gut. Machen wir gemeinsam eine Entdeckungsreise.»

Sie holten das Auto aus dem Parkhaus, fuhren gemächlich durch die Stadt, stellten das Auto ab und mischten sich unter den Strom der Spaziergänger. Peter hatte beim Mittagessen ein Brötchen eingesteckt, das er nun in kleine Stücke zerbrach, die er an eine Entenfamilie verfütterte; den Rest hob er für den nächsten Teich auf. Stephan bemerkte seine Unruhe. Der Junge sah oft auf seine Uhr und strebte hierhin und dorthin, wollte nie über einen der Wege gehen, die von Bäumen beschattet oder von Sträuchern umrahmt waren. Er suchte immer wieder die Wege an den Rändern der Rasenflächen, folgte Stephans Aufforderung, zum Botanischen Garten zu gehen, nur widerstrebend, betrachtete dort die Pflanzen und Bäume gleichgültig und war nicht zu bewegen, im neuen Buch nachzusuchen, ob sie aufgeführt und beschrieben wurden.

Stephan hatte sich vorgenommen, Peter alle Entscheidungen allein treffen zu lassen. Er sollte über diesen Nachmittag bestimmen können, ohne daß ein Erwachsener eingriff oder Ratschläge gab. Das war viel weniger leicht, als er es sich vorgestellt hatte. Mehrmals war er so weit, daß er fragen wollte: «Was soll dieses Herumgerenne, Peter?» Dann sah er den Jungen an, der schwitzte, ein heißes Gesicht bekommen hatte und gar nicht mehr fröhlich aussah. Nach einer weiteren Viertelstunde des Auf und Ab und Hin und Her setzte sich Stephan auf die erste freie Bank am Weg, streckte die Bein lang aus und lehnte sich zurück. «Ich hab jetzt eine Pause nötig.»

Peter blieb vor ihm stehen, senkte den Blick und murmelte kleinlaut: «Ich weiß. Es hat nicht so geklappt, wie ich es mir ausgedacht habe.» Er kaute auf der Unterlippe und sah so aus, als würde er gleich in Tränen ausbrechen.

«Komm, setz dich neben mich und erzähle, was du dir ausgedacht hast.»

Doch dazu kam es nicht, denn plötzlich glitt ein Leuchten über das Kindergesicht. Peter wirbelte herum und rannte schräg über die Wiese zum nächsten Weg, auf dem Stephan ein Paar mit einem Kinderwagen sah. Die Entfernung war zu groß. Er konnte nicht hören, ob Peter etwas rief, sah nur, daß der Mann herumfuhr, den Jungen erblickte, einen Augenblick den Schritt verhielt und ihm dann entgegenlief. Er sah die Umarmung, die nicht aufhören wollte, begriff endlich, was mit ihm gespielt worden war, und sagte in ohnmächtigem Zorn: «O verdammt!»

Das also war es. Der Vater mußte mit Peter oft im Nymphenburger Park gewesen sein. Und Peter mußte geschlossen haben, daß er die Spaziergänge vom Samstagnachmittag mit der neuen Frau und dem neuen Kind fortsetzen würde, und hatte nur deswegen vor den Großeltern so ein Geheimnis um seinen Plan gemacht. Stephan warf sich vor, versäumt zu haben, nach der Wohnung der Familie Reiners in München zu fragen. Er wußte nur von Katharinas Apartment in Schwabing. Darum also das Herumirren im Park, das nichts anderes war als die hektische Suche nach dem vermißten Vater.

Er setzte sich ebenfalls über die Wiese in Bewegung, allerdings sehr viel langsamer, weil er sich nicht klar war, was er tun sollte. Dieses raffinierte Bürschchen! Ihn so hereinzulegen! Ein Kind von acht Jahren.

Vor ihm hielt sich Peter weiter am Vater fest, beugte

sich über den Kinderwagen, sagte offenbar etwas Komisches, denn Stephan sah, daß Vater und Sohn lachten. Die neue Frau Reiners, die er nun genauer sehen konnte, war schlank und blond, hatte einen Lockenkopf und trug ein sehr kurzes buntes Kleid. Peter hielt von ihr Abstand, irgendwie brachte er es zustande, daß der Kinderwagen oder der Vater zwischen ihr und ihm stets ein Hindernis bildeten. Stephan erreichte die kleine Gruppe schneller, als ihm lieb war, und er wußte immer noch nicht, was er sagen oder wie er sich benehmen sollte.

Die Gesichter wandten sich ihm erwartungsvoll zu.

«Pfändler», stellte er sich vor. «Ich bin ein Freund der Familie Altenberg.»

«Jürgen Reiners, Peters Vater», sagte der Mann mit den angegrauten Haaren und dem jungen Gesicht. Er hatte warme, freundliche Augen, einen schwachen Mund und ein kurzes rundes Kinn. «Das wissen Sie aber sicher.» Dann ging es ganz konventionell weiter. «Darf ich dich mit Herrn Pfändler bekannt machen? – Meine Frau» und eine Geste zum Kinderwagen, «unsere Tochter Irene.»

«Was für ein Zufall!» Die junge Frau war wirklich sehr hübsch. Stephan verzieh ihr den Zufall, der nie einer gewesen war. Was hätte sie auch sagen können? Fast empfand er Mitleid, aber das hielt nicht lange vor, denn er brauchte nur an Katharina zu denken. Er vermied es, Peter anzusehen, der mit einer Hand den Vater festhielt und die andere auf Stephans Arm legte.

«Nebelmann, das ist meine kleine Schwester. Ist sie nicht niedlich?»

Konversation machst du auch schon, dachte Stephan voller Groll. Man sollte dich übers Knie legen. Ich hätte gute Lust dazu. Aber das weißt du ganz genau und deswegen hältst du dich an deinem Vater fest.

«Viel ist von ihr nicht zu sehen», antwortete er kurz angebunden und löste damit das aus, was er am allerwenigsten gewollt hatte. Die junge Frau klappte das Verdeck zurück, rückte dem Baby das Mützchen aus der Stirn, so daß er ein paar helle Härchen, ein blasses Gesicht und geschlossene Augen mit bläulichen Lidern und langen hellen Wimpern sah.

«Weck sie bloß nicht auf, Jutta!» Der Vater wandte sich an Pfändler und Peter und fügte hinzu: «Sie kann fabelhaft laut schreien.»

Stephan mußte plötzlich an Katharinas Gebrauchsanweisung denken und fragte sich, ob die Tochter seines Leider-nicht-Freundes Valentin möglicherweise auch daran dachte, obwohl ihr Vater ihr mehrfach ein Spatzenhirn attestiert hatte. Bei diesen Überlegungen fand er seinen Humor wieder. Sollte doch diese Sippschaft Reiners zusehen, wie sie sich auseinanderdividierte. Er war hier wirklich nur der Zuschauer.

Allerdings wurde er auch der Zuhörer. Peter redete wie ein Wasserfall. Er erzählte von Eisenstein, von den Großeltern, von Theo und Chopin, von der Mama, die oft kam und bunte Postkarten schrieb, wenn sie verreisen mußte, von ihrem Plan, mit ihm wieder in München zu wohnen, und daß der Papa dann oft kommen müsse, um sie beide zu besuchen.

Jutta Reiners wurde von dem Jungen übergangen, als existiere sie überhaupt nicht. Sie machte gute Miene zu dem sehr bösen Spiel, schob den Kinderwagen ein Stück weiter und befaßte sich mit dem winzigen Mädchen, das nach Stephans Rechnung ungefähr drei Monate alt sein mußte.

Als Jürgen Reiners den Redefluß seines Sohns unterbrach und Stephan fragte, ob sie nicht zusammen im Schloß-Café einkehren wollten, stimmte Peter begeistert zu, Stephan ließ es mit einem leichten Kopfneigen bewenden, und Jutta griff auf ihre Art ein und unterband alles.

Sie mußte das kleine Mädchen heimlich gekniffen haben, anders war das plötzlich einsetzende schrille, verzweifelte Schreien nicht zu erklären. Die Mutter nahm das Kind aus dem Wagen, sprach mit ihm, wiegte es, gab kosende und schnalzende Laute von sich und benahm sich ganz so, wie es einer liebevollen Babymutter anstand. Reiners war keineswegs gottergeben. Er murrte leicht verärgert und zog die Schultern hoch.

«Irene möchte nicht ins Café. Lassen Sie uns noch ein Stück durch den Park gehen. Ich habe Peter so lange nicht gesehen.»

Vater und Sohn gingen vorweg und vergrößerten den Abstand zur Nachhut absichtlich, denn es entging Stephan nicht, daß beide hin und wieder über die Schulter blickten und ihr Tempo den Gegebenheiten anpaßten. Stephan gab den höflichen Versuch, neben Jutta Reiners und ihrer unwirschen Tochter zu bleiben, sehr bald auf. Die junge Frau machte einen Schmollmund und ruckelte energisch am Kinderwagen, in den sie das schreiende Baby ziemlich unsanft gepackt hatte, strafte ihn mit Mißachtung und gab deutlich zu erkennen, daß ihr der Nachmittag gründlich verdorben war.

Stephan wanderte hinterher. Er registrierte im Telegrammstil: Junge Frau keineswegs ein sanftes Lamm. Wetten, daß sie das arme Wurm absichtlich aufgeweckt und zum Schreien gebracht hat? Hier irrt Valentin Friedrichs gewaltig. Kein Spatzenhirn. Die Dame funktioniert bestens. Wenn sie nicht will, gehen Vater und Sohn nicht ins Café. Basta! Jürgen Reiners liebt den Sohn. Er wirkt glücklich. Peter liebt ihn auch, sehr sogar. Er sieht dem Vater ein bißchen ähnlich, hat auch so warme Augen, aber nicht den schwachen Mund. Dafür dann wieder das runde Kinn. Aber warte, mein Freundchen, wenn ich dich erst wieder im Auto habe! Was soll ich bloß den Altenbergs sagen? Mich so von einem Kind reinlegen zu lassen...

«Nebelmann», sagte Peter mitten in seine Gedanken hinein ganz leise. «Fahren wir bald nach Hause zu dir? Das Kind schreit immer noch so laut. Papa sagt, er muß mit der anderen Frau und Irene gehen. Er kann mich nicht mitnehmen.»

Stephan senkte den Blick, sah das zu ihm aufgewandte Kindergesicht, wollte Zorniges sagen und brachte kein Wort über die Lippen. Der Junge war blaß und wirkte sehr erschöpft. Er hatte blaue Schatten unter den Augen, sein Kinn zuckte und die Lippen zitterten.

«Gut, dann fahren wir gleich. Verabschiede dich von deinem Vater, Peter, und, hörst du, auch von seiner Frau. Höflich und freundlich und mit einer Verbeugung. Ist das klar?» Stephan hörte hinter seiner barschen Stimme her. Er kam sich selbst gemein vor, dachte aber, die Strenge könnte Tränenfluten verhindern.

Peter trottete mit hängendem Kopf und hängenden Schultern zu Jutta Reiners und sagte linkisch auf Wiedersehen, dann rannte er zu seinem Vater, der ihn hochhob und ihm mit seinem Taschentuch die Tränen abwischte.

Stephan hielt sich im Hintergrund, deutete in Richtung Jutta eine Verbeugung an, die mit einem matten Nicken erwidert wurde, hob verabschiedend die Hand in Richtung Jürgen Reiners und ging dann vor Peter her zum Ausgang des Parks. Erst hinter dem Portal wartete er auf den Jungen, ging wortlos mit ihm zum Auto, schob ihn auf die Rückbank, schnallte ihn fest und fuhr dann rasch los.

Er überlegte lange, was er sagen sollte, und erklärte endlich schräg über die Schulter nach hinten: «Ich muß deinen Großeltern erzählen, daß wir deinen Vater getroffen haben, Peter. Das kann ich nicht verheimlichen. Du weißt, daß es zwischen deinen Eltern Verabredungen gibt.»

«Ja», sagte hinter ihm eine gepreßte kleine Stimme.

Schon wieder überschwemmte ihn Mitleid. «Ich brauche aber nicht unbedingt zu verraten, daß du mich nach Nymphenburg geschleppt hast, weil du deinem Vater begegnen wolltest. Das war ja auch mehr oder minder Glück.»

«Bist du sehr böse mit mir?»

«Ich war böse, Peter. Jetzt bin ich es nicht mehr.»

9

Inzwischen war es Juni geworden, und Katharina mußte längst aus Japan zurückgekommen sein, aber Stephan hatte nichts von ihr und auch nichts von den Altenbergs und Peter gehört. Nach dem Besuch im Mai hatten sie noch einmal lange telefoniert. Lebrecht Altenberg berichtete bei dem Gespräch, daß ihm Jürgen Reiners geschrieben und sich ausführlich für das Treffen mit Peter im Park entschuldigt habe, obwohl er dafür nichts konnte. Er freue sich aber, daß Katharina plane, mit Peter wieder nach München zu ziehen, denn dann gäbe es sicher für ihn die Möglichkeit, seinen Sohn unter normaleren Umständen zu sehen.

Als Stephan etwas vage nach Katharina fragte, bekam er eine ebenso vage Antwort. Sie tauche auf, verschwinde wieder, schreibe, rufe an und hetze herum und gehe ihren Eltern mit ihren Haßtiraden auf die Nerven. Er und seine Frau könnten sich nicht vorstellen, daß einer ihrer Freunde dem noch gewachsen sei.

In der Agentur geschah eines Tages für Stephan etwas Erfreuliches. Valentin Friedrichs rief diesmal völlig korrekt Herrn Doktor Pfändler an und begann ein Fachgespräch über die werbegraphische Betreuung seiner Firma.

«Ich habe keinen großen Etat zu vergeben, lieber Fendel» – Stephan hörte ihn leise lachen – «aber vielleicht kommen wir doch ins Geschäft. Können wir uns mal zum Mittagessen treffen und ganz unverbindlich reden? Nicht in meiner und nicht in Ihrer Kantine, sondern auf neutralem Boden, wo uns keiner kennt.»

«Außerordentlich gern», sagte Stephan. «Wen kennen Sie im Bayerischen Hof?»

«Fast alle. Aber das macht nichts, denn die, die ich nicht kenne, werden Sie kennen. Montag oder Dienstag um ein Uhr?»

«Montag. Bis dahin, Herr Valentin.»

Noch als er schon längst aufgelegt hatte, behielt er das knurrige Lachen im Ohr.

Veronika von Wismar lachte auch, als er ihr von dem Treffen erzählte, das stattgefunden hatte und zu beider größter Zufriedenheit verlaufen war. «Eigentlich müßten Sie eine Provision von Thompson und Masters bekommen», erklärte er abschließend. «Ohne Sie hätte ich diesen Kunden wahrscheinlich nie an Land ziehen können.»

«Warten Sie ab, wie sich das Geschäft entwickelt. Valentin ist mit allen Wassern gewaschen, wenn es um Geld geht. Sie werden sehr viel arbeiten und um jede Mark feilschen müssen. Wenn dann immer noch was übrigbleibt, möchte ich einen Satz Stahlkochtöpfe als Provision.»

«Wie kommen Sie denn darauf?»

«Ich habe gelesen, daß man sich die wünschen kann, wenn man jemand dazu herumkriegt, sich eine Kreditkarte anzuschaffen. Ich habe keine und kenne keinen, der eine will, aber die Kochtöpfe hätte ich gern.»

«Sie bekommen sie.»

Stephans Balkon war groß genug für zwei bequeme Gartensessel und einen kleinen Tisch. Sie genossen die letzten Sonnenstrahlen des Abends, die zwischen zwei hohen Dächern noch ein wenig länger auf den Balkon fallen würden. Den Mokka hatten sie schon am Eßtisch getrunken, jetzt probierten sie den griechischen Rotwein, den er eigens für diesen Abend gekauft hatte.

«Er schmeckt gut», sagte Veronika, «aber es ist kein Ferienwein. Geht Ihnen das auch so, Pfändler, daß der Wein in den Ferien immer besser schmeckt, selbst wenn man sich ein paar Flaschen mit nach Hause genommen hat?»

Er nickte. «Dagegen gibt es nur ein Heilmittel; man muß einfach mehr davon trinken. Das hebt die Stimmung, und bei der zweiten Flasche könnte man wieder in Spanien, Italien oder sonstwo im Süden sein. Trotzdem finde ich es heute auf meinem Balkon ganz besonders schön. Prost, Helena! Ich habe mich daran gewöhnt, daß Sie ‹Pfändler› sagen, aber einfach Wismar gefällt mir nicht. Helena ist Ihr Künstlername, und er paßt so gut zu Griechenland und unserem Kennenlernen. Darf ich so sagen?»

«Prost! Klar dürfen Sie. Wissen Sie, daß man, wenn man uns reden hörte, sehr leicht zu dem Schluß kommen könnte, daß wir Alkoholiker sind?»

«Hick», machte Stephan und lachte.

Sie seufzte. «Sie sind ein albernes Mannsbild. Ich wollte doch bloß feierlich erklären, daß ich gar nicht viel trinke. Aber unsere Freundschaft besteht bisher aus Begegnungen in den Ferien oder bei Einladungen.»

«Wie wollen denn gnä' Frau Ihre Romane schreiben, wenn gnädige Frau nicht beflügelt sind?»

«Mit Ausdauer, Zähigkeit und Fleiß. Auch meine Schreiberei, Pfändler, die unter dem schönen Namen Trivialliteratur läuft, funktioniert nur, wenn sie in Arbeit ausartet.» Sie war ganz plötzlich ernst geworden.

Stephan, der registrierte und Stimmungen aufnahm, sah sie forschend an und fand sofort den richtigen Tonfall. «Das weiß ich ganz genau, Frau von Wismar. Jeder von uns, der ernsthaft arbeiten muß, um in dieser Welt überleben zu können, kann das nur, wenn er seine fünf Sinne beieinander hat. Aber Sie flößen mir oft den Verdacht ein, daß Sie sich für das, was Sie schreiben, schämen. Warum?»

«Wenn ich das so genau wüßte. Es liegt wohl daran, daß ich den Qualitätsunterschied zwischen meinen Heften und den wirklichen Dichtern genau kenne. Ich habe sehr jung angefangen, die Kitschromane zu schreiben. Ich brauchte Geld, um in der Nachkriegszeit meinen Vater, die kleinen Geschwister und mich durchzubringen. Für hundert Seiten Liebesroman kam per Postanweisung dringend benötigtes Geld. Als es uns dann besser ging und ich heiratete und die Kinder bekam, konnte ich das Handwerk ohne jede Reue aufgeben. Manchmal träumte ich davon, bald mit dem ernsthaften Schreiben anzufangen, aber das Leben hatte es anders vorgesehen. Mein Mann starb früh, ich mußte dazuverdienen und hatte letztlich einen Beruf, den ich wieder aufgreifen konnte. Inzwischen kommt das Geld aufs Konto, sonst jedoch hat sich wenig geändert.»

«Könnten Sie denn jetzt auskommen, wenn Sie nicht mehr schrieben?»

«Ja. Allerdings ohne Griechenland und andere Reisen,

ohne ein eigenes Haus. Ich müßte zurückstecken, was ich nicht will. Solange es geht, mache ich weiter.»

«Ihre Kinder sind in guten Positionen. Sie könnten einspringen.»

«Pfändler! Man merkt, daß Sie keine Kinder haben. Wissen Sie, mit erwachsenen Kindern kommt man am besten aus, wenn man möglichst wenig von ihnen will. Haben Sie noch nie das Gestöhne von Leuten gehört, die für einen alten Vater oder eine Mutter sorgen müssen? Sie lamentieren einem vor, wie viele Weltreisen oder Luxusautos sie sich hätten leisten können, gäbe es nicht die alten Nimmersatts, die ihnen auf der Tasche liegen.»

«Warum sind Sie so böse, Helena?»

Sie sah ihn überrascht an und lachte dann. «Weil mich meine Selbständigkeit oder Emanzipation oder wie Sie es nennen mögen, so entsetzlich viel gekostet hat. Es hat allein mit mir zu tun, nicht mit meinen armen Kindern, die dafür wirklich nichts können. Unser Thema von eben, daß ich mich eigentlich meines Berufs wegen schäme, hängt auch damit zusammen.»

Auf ihrem Gesicht mit den Lachfalten um die Augen und den geraden, eher nach oben als nach unten gebogenen Mundwinkeln, entdeckte Stephan zum erstenmal die kleinen Blessuren, die ihr ein sicher nicht leichtes Leben beigebracht hatte. Hinter der zur Schau getragenen Fröhlichkeit und ihrem lebhaften Temperament verbarg sich ein verletzlicher Mensch. «Warum möchte ich Ihnen immerzu Liebeserklärungen machen?» fragte er rhetorisch. «Das paßt gar nicht zu mir, aber Sie lösen den Reflex in mir aus. Wie machen Sie das?»

«Das ist leicht. Ich bin nicht alt genug, für Sie eine

Mutterfigur darzustellen, und nicht jung genug, aus Ihren Liebeserklärungen Folgerungen zu ziehen. Wir beide, lieber Pfändler, halten uns am liebsten in neutralen Gewässern auf. – Und nun lassen Sie mich nicht länger vor einem leeren Glas sitzen.»

«Sofort.» Er blickte zum Himmel auf, der seine Spätabendfarbe angenommen hatte. Die Sonne war längst untergegangen, und es wurde auf einmal feucht. «Aber vorher ziehen wir ins Wohnzimmer um. Gehen Sie schon hinein, ich bringe die Gläser mit.»

Sie setzten sich in die beiden Sessel an den Schmalseiten des langen Tischs vor dem Sofa.

«Das erinnert mich an Filme. Wissen Sie noch, wie das war, Pfändler, wenn die blutjunge Dame von Adel plötzlich die Dame des Hauses spielen muß, weil die Eltern verreist sind und unerwartet ein Herr aus fürstlichem Hause zu Besuch kommt? Mir fallen auf Anhieb zwei oder drei Filme ein, in denen ich diese Szene gesehen habe.»

«Doch, das weiß ich auch noch. Aber in den Filmen steht in der Mitte des Tischs ein gewaltiges Blumenarrangement, so daß sich die beiden nicht sehen können und zudem schreien müssen, weil die Tafel so lang ist. Wir können uns sehen, brauchen nicht zu schreien und sitzen in den Sesseln sehr viel bequemer.»

Als es plötzlich mehrmals klingelte, zog Veronika von Wismar die Brauen hoch. «Ich fürchte, Sie werden nicht bequem sitzen bleiben können. Da will jemand unbedingt zu Ihnen.»

Stephan sah auf die Uhr. «Viertel vor elf! Es gibt nur einen Menschen, der zu solchen Uhrzeiten unangemeldet zu mir kommt.»

«Wer?» fragte sie neugierig.

«Katharina Reiners, um auf ihren Ex-Mann zu schimpfen.»

«So, so. Aber wenn Sie nicht bald aufmachen, wird sie sich den Finger am Klingelknopf plattdrücken.»

«Ach, sie findet immer einen, der ihr die Haustür aufmacht», sagte er ungerührt. «Das nächste Mal wird es schon die Klingel an der Wohnungstür sein. Sie geht nicht so schnell unverrichteter Dinge fort. Ich nehme an, daß sie gesehen hat, daß hier oben Licht brennt.»

«Sie schäumen über vor Begeisterung!»

«Ich bin altmodisch. Ich weiß lieber im voraus, wann jemand kommt. Ich könnte doch gerade die Füße in einer Schüssel mit warmem Wasser haben oder auch schon im Bett sein.»

«Vielleicht nicht allein im Bett sein ...»

«Helena, jetzt geht Ihre Phantasie mit Ihnen durch. In dem Fall würde ich wohl kaum aufmachen. – Hören Sie? Jetzt ist sie schon vor der Wohnungstür. Ich habe es vorausgesagt. Entschuldigen Sie mich einen Moment.»

Katharina stand vor ihm. Sie trug ein Kleid in der Farbe ihrer Augen. Als er nicht zurücktrat, um sie einzulassen, hob sie den Blick. «Komme ich ungelegen?»

«Ja, sehr.»

«Haben Sie Besuch?»

«Ja.»

«Soll ich wieder gehen?»

«Das wäre mir am liebsten.»

«Ach was», sagte Veronika, die mit einem Mal neben ihm stand. «Ich bin kein solcher Besuch. Wenn Herr

Pfändler Sie nur meinetwegen fortschicken wollte, können Sie hereinkommen. Wollten Sie das, Pfändler?»

Stephan mußte lachen. «Also gut. Treten Sie näher. Frau Reiners – Frau von Wismar. – Ist es unhöflich, wenn ich frage, was Sie zu mir führt?»

«Das übliche. Auskünfte. Sie haben sich von meinem mißratenen Sohn austricksen lassen. Ich weiß nur, was meine Eltern und Peter mir erzählt haben. Sie waren der Augenzeuge. Sie haben das Heimchen am Herd gesehen.»

«Es war nicht am Herd, sondern mit seinem Mann und dem kleinen Mädchen im Kinderwagen im Park von Nymphenburg.»

«Seit wann sind Sie so rechthaberisch, Herr Pfändler?»

«Seit ich eine starke Freundin an meiner Seite habe.»

«Das hört sich alles sehr vielversprechend an», stellte Veronika Wismar spöttisch fest. «Aber muß es zwischen Tür und Angel stattfinden?»

Sie gingen hintereinanderher ins Wohnzimmer. Stephan war ärgerlich und brachte nicht die Höflichkeit auf, Katharina seinen Sessel zu räumen. Er deutete auf das Sofa, holte ihr ein Glas und fragte, was er bei den beiden früheren Besuchen auch schon gefragt hatte: «Haben Sie gegessen?»

«Nicht sehr viel.» Die grünen Augen konnten nicht nur Blitze schießen, sie konnten auch sanft und sehr ergeben jedweden Ärger lahmlegen. «Wenn Sie noch Reste hätten? Ich weiß ja, wo die Küche ist. Darf ich nachsehen?»

«Bitte. Wenn Sie Hilfe brauchen, rufen Sie.»

«Ich brauche bestimmt keine. Danke.»

«Meine Zeit!» sagte Veronika Wismar, als Katharina in der Küche mit Besteck und Tellern klapperte und sie nicht hören konnte. «Die haut ja den stärksten Mann um.»

«Bergroman oder Liebesroman?» fragte Stephan, der am liebsten laut gelacht hätte. «Mich hat sie bisher noch nicht umgehauen, obwohl ich nicht besonders stark bin.»

«Das war Originalton Veronika Wismar. Helena von Auerbachs Bergler würden ‹Jetzt legst di nieder!› sagen, und in den Liebesromanen ginge es sehr viel seelenvoller zu.»

Katharina kam mit einem Teller wieder, auf den sie Wurst, Brot, Käse und Reste von den Salaten gehäuft hatte. Sie breitete eine Serviette auf dem Schoß aus und begann heißhungrig zu essen, während die beiden anderen zu reden vergaßen und nur fasziniert zusahen, in welchem Tempo sie den Teller leerte.

«Sie wirken ausgehungert», stellte Veronika endlich fest.

«War ich auch.» Sie schluckte, trank Wein und sagte zu Stephan: «Haben Sie ihr erklärt, wer ich bin?»

«Das brauchte er nicht. Sie sind die Frau, die meinem guten Freund Valentin Friedrichs einen Schubs gegeben hat, um ihn von der Schwelle zu bekommen, und ihm dann die Tür vor der Nase zugeschlagen hat. Ich weiß ebenfalls, daß Ihr früherer Mann Valentins Tochter nur deswegen heiraten konnte, weil Sie sich sehr anständig benommen haben.» Veronika deutete auf Stephan. «Herr Pfändler hat damit nichts zu tun. Er hat mir erst von Ihnen erzählt, als er erfuhr, daß ich zum Kreis der Eingeweihten gehöre.»

«Ich fand diesen Herrn Friedrichs nicht uneben. Wir waren uns früher schon mal bei einer Einladung begegnet, aber Verbrüderung mit dem neuen Schwiegervater meines alten Mannes ist bei mir nicht drin.»

Stephan hörte aufmerksam zu. Mit ihm redete Katharina anders und drückte sich auch in den Briefen anders aus. Mit Veronika sprach sie wurstiger, verwendete ein ihm ungewohntes Vokabular und gab sich vor allem auch viel burschikoser. Er hatte Muße, sie genauer anzusehen, weil die beiden Frauen sich lebhaft unterhielten. Offenbar kam sie von einer Gesellschaft. Das grüne Kleid war aus Wildseide. Sie trug dazu passende Schuhe mit flachen Absätzen und eine weiße Handtasche, die teuer aussah. Er hatte sie noch nie geschminkt gesehen und entdeckte, daß sie meisterhaft verstand, sich zur Geltung zu bringen. Halbmondförmige goldene Ohrringe waren ihr einziger Schmuck.

«Bestehe ich die Prüfung?» fragte sie spöttisch mitten in seine Gedanken hinein. Offenbar entging ihr nichts. «Ich komme von einer Vernissage.»

«Zu Mahlzeiten haben Sie anscheinend immer noch ein gestörtes Verhältnis. Gab es in Japan nichts zu essen?»

«Mengen. Ich habe schon wieder zwei Kilo zugenommen. – Herr Pfändler», sagte sie in einer Nebenbemerkung zu Veronika, «hat mich in meiner schlechtesten Zeit kennengelernt. Das muß sich bei ihm festgesetzt haben. Für ihn bestehe ich immer noch aus Haut und Knochen.»

«Wollten Sie Ihrem Mann damit Eindruck machen, daß Sie seinetwegen fast verhungert wären?» Veronika Wismar schüttelte den Kopf. «Es verblüfft mich immer von neuem, wozu Frauen fähig sind.»

«Sind Sie keine Frau?» fragte Katharina aufgebracht.

«Oh, ich schließe mich nicht aus. Ich weiß, wie weh es

tut, wenn einen der eigene Mann mit einer Jüngeren und Hübscheren betrügt, oder wenn die dem Freund ausgerückte Frau auf einmal wieder Annäherungsversuche an ihren Mann macht. Die mit dem Trauschein siegt fast immer. Vielleicht hätten Sie nicht so schnell in die Scheidung einwilligen sollen.»

«Im nachhinein kommt mir das auch so vor. Aber die Rache ist mein.»

Veronika lächelte erheitert. «Sind Sie sicher, Frau Reiners, daß Sie die Bibel richtig zitieren?»

Katharina brachte ein zähnefletschendes Lachen zustande. «Es gibt verschiedene Auslegungsmöglichkeiten. Aber erzählen Sie mir lieber, was Sie gemacht haben, wenn Sie das so genau kennen. Sie sehen nicht so aus, als hätten Sie kampflos aufgegeben.»

«Bei der schönen Jungen habe ich durchgehalten, mich geweigert, in eine Scheidung einzuwilligen, und sie am Ende aus dem Feld geschlagen. Da hatte ich den Trauschein. Bei meinem Freund konnte ich nichts oder nur sehr wenig tun. Es gab nur die Möglichkeit, besonders liebenswürdig, verständnisvoll und geduldig zu sein. Fragen Sie nicht, was mich das gekostet hat. Aber es war das Richtige, denn wenn der Mann, um den es ging, Vergleiche zog, schnitt ich besser ab. Ich hatte Glück, und ohne das geht gar nichts.»

Stephan kam sich abgemeldet vor. Die beiden Frauen, die sich eben zum erstenmal getroffen hatten, sprachen nach kurzer Zeit schon, als wären sie seit Jahren befreundet. Beide gaben preis, was ein Mann so gut wie nie erzählen würde. Sie setzten voraus, daß jede die Seelenqualen der anderen ermessen konnte, verständigten sich darüber in Stichworten und ließen ganz schnell keine Bemerkungen über die Männer mehr fallen. Nicht einmal von Katharina kamen böse Vorwürfe, und auch die Verbitterung wurde nicht laut. Veronika enthielt sich aller Klischees, die auf der Hand lagen. Sie sagte nicht, die Zeit heile alles, oder, wenn man älter würde, sei man nicht mehr so leicht verwundbar. Im Gegenteil, jetzt neigte sie den Kopf und sagte leise, gleichsam zu sich selbst: «Als ich jung war, habe ich mir nicht vorstellen können, daß man als älterer Mensch noch Liebeskummer haben könnte. Seit ich selbst ein älterer Mensch bin, fürchte ich, daß man sich noch mit achtzig verlieben und unglücklich sein kann. Das scheint nie aufzuhören.»

Katharina, die ihn mit keinem Blick gestreift hatte, seit Veronika und sie so intensiv miteinander redeten, drehte sich plötzlich zu ihm um.

«Nebelmann, pardon, Herr Pfändler, warum schweigen Sie sich aus? Sagen Sie uns, wie es Männern geht. Leiden die auch so sehr wie Frauen?»

«Ich denke schon. Ich kann mir nicht vorstellen, daß Gefühle, tiefe Gefühle wie Liebe oder Trauer, bei Frauen und Männern verschieden sein sollen. Allerdings könnte es einen Unterschied geben, und den hat vor gar nicht langer Zeit Ihre Mutter erwähnt. Sie sagte, Männer wären feige. Weil ich ein Mann bin, habe ich das nicht gern gehört und hinterher darüber nachgedacht. Meine Erklärung ist, daß Männer Schwierigkeiten aus dem Weg gehen. Wenn sie eine Entscheidung getroffen haben, wollen sie sie nicht mehr in Frage stellen oder darüber reden. Sie haben sich bitter darüber beklagt, daß Ihr Mann Sie nicht anruft oder Ihnen Briefe schreibt. Sie möchten hören, daß er an Sie denkt, daß Sie ihm fehlen, daß er Ihnen gegenüber schuldbewußt ist. Ihr Mann, vermute ich, weiß das ganz genau. Wahrscheinlich denkt er an Sie, fehlen Sie ihm und er ist sich sehr bewußt, wie mies er sich benommen hat. Aber Ihnen das zu sagen, würde viele Komplikationen heraufbeschwören, sein Leben schwierig machen, und solchen Problemen gehen Männer eben aus dem Weg.»

Katharina sah ihn stumm an. Veronika von Wismar nickte und ging dann sofort zum Angriff über. «Und Sie, Pfändler? Sie haben es sich in Ihrer Loge im Theater bequem gemacht. Wir agieren, verspritzen Herzblut, breiten unser Innenleben vor Ihnen aus und wollen Sie in unser Stück einbauen und auf die Bühne ziehen. Dem widersetzen Sie sich geschickt. Der Name, den Ihr Sohn ihm gegeben hat, Frau Reiners, paßt gut auf ihn. Sie tauchen plötzlich aus dem Nebel auf, Pfändler, halten sich schön am Rand und sind der unbeteiligte Beobachter, der, wenn es unbequem wird, wieder in den Nebel zurückkehrt. Gab es denn in Ihrer Ehe nie Anfechtungen, waren Sie immer treu?»

«Ich war treu.»

«O Gott! Jetzt habe ich Sie verletzt, Pfändler. Das wollte ich nicht. Es tut mir leid.»

«Ich bin schuld», sagte Katharina. «Ich hätte nicht wieder mit dem Thema anfangen dürfen. Ich weiß, daß ich besessen bin. Bleiben Sie in Ihrer Loge, Herr Pfändler. Es ist besser so.»

Sie sind beide so gutartig, und ich bin ein Esel, der Lapidares von sich gibt, dachte Stephan. Barbara war so lange krank, und wenn man in Gedanken betrügt, ist das kaum anders, als wenn man es wirklich tut.

Er blickte in die ihm zugewandten Gesichter und wehrte

ab. «Ich bin nicht verletzt, ganz bestimmt nicht. Ich bin auch kein unbeteiligter Zuschauer. Ich nehme teil, weil ich Sie beide gern habe, wie ich auch Ihre Eltern und Peter sehr gern habe, Frau Reiners. Aber was soll ich denn anderes als ein Zuschauer sein? Sie wollen auch von mir keinen Rat, weil Sie genau wissen, wie er ausfallen würde. Haben Sie etwa vor, mich als Postillon d'amour zu Ihrem Ex-Mann zu schicken, um ihm was zu sagen? Daß er das Heimchen, das übrigens alles andere als ein Heimchen ist, vor die Tür setzen und zu Ihnen zurückkehren soll? Halten Sie diese Wendung wirklich noch für möglich? Ich nicht, denn sie würde nicht zu Ihnen passen. Bei Peter haben Sie mich bereits gezwungen, aktiv einzugreifen. Dabei ist nichts Gutes herausgekommen.»

«O doch! Er hat in Ihnen einen Freund gefunden, den er bewundern kann. Neben seinem Großvater sind Sie der einzige Mann in seiner Umgebung. Aber das wissen Sie doch alles. – Und warum ist das Heimchen kein Heimchen?»

Veronika Wismar kam Stephan zuvor. «Das erzähle ich Ihnen auf dem Heimweg. Ich kenne Jutta sehr viel länger und besser als der arme Pfändler, der sogar an ihr ein gutes Haar lassen wird. Im übrigen ist er für heute genug strapaziert.»

Sie stand resolut auf, und Katharina blieb nichts anderes übrig, als ihr zu folgen. Schon auf dem Weg zur Wohnungstür, drehte sie sich zur Jüngeren um. «Jutta sieht niedlich aus, aber sie ist ein verwöhntes kleines Biest, und ich habe sie nie besonders gut leiden können.»

«Das merkt man», sagte Stephan, und behielt damit das letzte Wort.

10

Am darauffolgenden Abend war Stephan Pfändler nicht zu Hause. Er hatte im Büro eine lange Besprechung mit Kollegen, ging anschließend mit ihnen zum Essen und kam erst gegen Mitternacht in seine Wohnung zurück. Es war ein angenehmer Abend gewesen, und es paßte ihm sehr gut, daß es so spät geworden war, denn die fälligen Anrufe von Helena und – eventuell – Katharina konnten ruhig ein, zwei Tage warten. Sein Mitteilungsbedürfnis war erschöpft; das Gespräch von Helena und Katharina über Jutta Reiners konnte er sich ausmalen und fand es unnötig, alles Wort für Wort von Helena wiederholt zu bekommen oder von Katharina mit den ewig gleichen Enttäuschungen bombardiert zu werden.

Trotzdem gelang es ihm nicht ganz, sich von den Erlebnissen des Abends mit den beiden Frauen freizumachen. Er dachte darüber nach, was Katharina wohl gewollt haben könnte. Seine flüchtige Begegnung mit der jungen Frau ihres Ex-Mannes füllte keinen Abend aus. Was er den Altenbergs darüber berichtet hatte, mußte bei ihr angekommen sein. Die Familienpost funktionierte einwandfrei. Bisher hatte sie ihm in ihren Briefen mehr über sich mitgeteilt als bei ihren Besuchen. Er begriff nicht, warum sie immer noch ihre Rachepläne mit sich herumschleppte.

Wie lange war sie nun schon von ihrem Mann getrennt? Der Bruch mußte im vorigen Sommer gewesen sein, jetzt war Juni, also fast ein Jahr. Zu lange, um sich noch so aufzuführen. Rache war spontan, nichts, was ein normaler Mensch auf Eis legte. Fragte sich, wer ein normaler Mensch war. Katharina etwa?

Er sah sie in den drei Phasen, in denen er sie kennengelernt hatte, hier in seinem Wohnzimmer vor sich. Knochig, hysterisch und unsympathisch beim ersten Besuch, bei dem sie dann plötzlich Gefühle bei ihm erweckte, weil sie in der Küche aufgeräumt hatte. Beim zweiten Besuch war alles leichter gegangen; er hatte über ihre Beschreibung der Fotomodelle gelacht, hatte sich ihre Pläne für ihre und Peters Zukunft angehört und vernünftig gefunden. Zuletzt dann vorgestern, als sie so gepflegt und elegant gewesen war und sich so schön zurecht gemacht hatte. Was wollte sie wohl, falls seine Vermutung stimmte und Jutta nur ein Vorwand gewesen war? Wie hatte sie gesagt? «Ich weiß, daß ich besessen bin.» Er wich vor Menschen zurück, die sich interessant machten. Im Beruf begegnete er zu vielen von ihnen. Er hatte einen Namen für sie: Brieftaschenzücker. Sie trugen Dokumente, Fotos oder Briefe mit sich herum, die sie einem zeigten, gleichgültig, ob die Situation passend war oder nicht. Fotos von Berühmtheiten mit persönlichen Widmungen, Dokumente, die besagten, daß der Mensch eine Sportkanone war und Medaillen gewonnen hatte. Das wurde dann von der Erklärung untermalt, daß die Teilnahme an einer Olympiade nur wegen eines Unfalls nicht möglich gewesen wäre. Am peinlichsten waren Briefe, in denen der Adressat gelobt und ihm wegen seiner Hochherzigkeit überströmend gedankt wurde.

Stephan sah Katharina vor sich und fand seine Überlegungen absurd. Nein, sie machte sich nicht interessant, denn sonst hätte sie ihm Titelbilder oder Mappen mit Modefotos gezeigt. Er kannte kein Bild von ihr, falls sie das Foto auf dem Schreibtisch ihres Vaters nicht mit dem Selbstauslöser gemacht hatte.

Er schrak aus seinen Gedanken auf, als das Telefon klingelte. «Hier ist Helena», sagte Veronika von Wismar, und er freute sich über die Vertrautheit. «Ich hab es schon gestern versucht, weil ich mich bedanken und entschuldigen wollte, aber da waren Sie weg oder haben sich totgestellt.»

«Ich war nicht zu Hause. Wofür wollten Sie sich entschuldigen?»

«Wenn Sie das nicht wissen, bringen Sie mich mit der Erklärung in Schwierigkeiten.»

«Das glaube ich Ihnen nicht. Aber Sie machen mich neugierig. Wofür?»

«Ich habe Ihnen einen vielleicht ganz anders geplanten Abend verdorben, indem ich Ihren schönen Gast mitgeschleift habe. Mir ist das erst aufgegangen, als wir schon auf der Straße waren. Da ließ sich nichts mehr ändern.»

Er überspielte die ihn plötzlich überfallende Verlegenheit mit einem in seinen Ohren natürlich klingenden Hustenanfall. «Entschuldigung, ich habe gerade ein Plätzchen gegessen und einen Krümel in die falsche Kehle bekommen. Was Sie sich alles ausdenken, Helena!» Er hustete zum Nachklang noch einmal. «Da war nichts geplant, schon gar nicht das, was Ihre wuchernde Phantasie Ihnen eingibt. Ich sagte doch, daß die Dame immer unangemeldet zu den merkwürdigsten Zeiten erscheint. Ich werde von ihr als Klagemauer benützt, wann immer sie es nötig hat.»

Du redest zuviel! dachte er. Du brauchst dich nicht zu entschuldigen. Laß das!

«Wenn es so ist –» Sie sprach leicht gedehnt. «Eigentlich schade. Es wäre eine ausgezeichnete Lösung aller Probleme. Sind Sie darauf noch nicht gekommen?» Dann kam ihr warmes, herzliches Lachen durch den Draht. «Pfändler, ich mache mit jedem Wort alles nur schlimmer. Vergessen Sie es, und wenn Sie es nicht vergessen, räumen Sie mir ein, daß ich von Berufs wegen Liebschaften erfinde oder fördere. Manchmal schwappt das ins wirkliche Leben über. Nichts für ungut.»

«Als ob ich Ihnen etwas übelnehmen könnte!»

«Gut, ich bedanke mich. Es war ein schöner Abend. Hoffentlich laden Sie mich wieder ein. Aber erst müssen Sie zu mir kommen. Ich brauche Sie nämlich zum Fachsimpeln. Ich bin schon beim zweiten unserer Titel.»

Sie redeten noch ein Weilchen, verabschiedeten sich, und Stephan legte auf. Es dauerte keine zwei Minuten, bis das Telefon wieder klingelte.

«Ich habe ein schlechtes Gewissen», sagte Katharina, ohne sich mit Namen zu melden. «Ich bin in Ihre Einladung geplatzt, und dann habe ich mich auch noch an Ihre Freundin gehängt. Sie ist meinetwegen aufgebrochen. Vielleicht wäre sie ja sonst geblieben. Es tut mir leid.»

Husten ging nicht schon wieder. Diesmal lachte er.

«Seien Sie beruhigt. Sie wäre nicht geblieben. Sie ist anderweitig engagiert.»

«Sie ist eine fabelhafte Frau. Wir haben noch eine halbe

Stunde vor meiner Haustür gestanden, weil wir uns noch so viel zu sagen hatten.»

Stephans Stimmung schlug um. «Ich habe Frau von Wismar sehr gern. Bitte, ziehen Sie sie nicht in Ihre Affäre hinein. Sie ist sehr eng mit dem Vater von Jutta befreundet. Aber das werden Sie wissen. Ich möchte nur nicht, daß sie in irgendeiner Weise verletzt wird.»

«Ich muß einen schrecklich schlechten Eindruck auf Sie gemacht haben. Ich lege es nicht darauf an, Menschen zu verletzen, glauben Sie mir das bitte. Ich habe eine private Rechnung mit meinem geschiedenen Mann und seiner neuen Familie zu begleichen. Er hat mich sehr unglücklich gemacht und bei mir etwas ausgelöst, womit ich nicht so leicht fertig werden kann. Durch ihn habe ich anderen Männern gegenüber die Unbefangenheit verloren. Ich kann keinen mehr so sehen, wie er ist oder mir äußerlich erscheint. Jeden Mann, den ich kennenlerne, betrachte ich voller Argwohn und lauere geradezu darauf, daß er mir weh tut. Das ist kein angenehmer Zustand. Ich verdanke ihn Jürgen. Und übrigens ist das einer der Gründe, aus dem ich ihm heimzahlen will, was er mir Böses angetan hat.»

«Darf ich fragen, warum Sie dann mir vertrauen?»

Ihr leises Lachen hörte sich traurig an. «Weil Sie nicht an mir interessiert sind, wenigstens nicht so, wie ich es meinte. Sie mögen meine Eltern und zum Glück auch Peter. Mich nehmen Sie hin, weil ich am Rande dazugehöre. Nein, Herr Pfändler, Sie sind keiner, der hintergeht und verletzt. Ich kenne Sie nicht sehr gut, aber das weiß ich. Vielleicht sind Sie von Natur aus das, was man anständig nennt. Vielleicht – und das kann ich nur vermuten –

haben Sie Abstand von allen Menschen Ihrer Umgebung genommen, weil Sie auch einer sind, dem weh getan wurde und der für die Zukunft unterbinden will, daß ihm das noch einmal widerfährt.»

Stephan dachte darüber nach, fand so schnell keine Antwort, hatte jedoch das Gefühl, daß sie nur teilweise recht hatte. Er wußte nicht, wo der Fehler lag. Um das Schweigen nicht zu lang werden zu lassen, sagte er nun: «In irgendeiner Variante haben mir das in letzter Zeit einige Menschen gesagt. Ich glaube, es trifft nicht mehr zu, aber das muß ich noch gründlich überlegen. Erlassen Sie mir einstweilen eine Antwort. Aber – und das erscheint mir im Augenblick wichtiger – wie sieht es denn bei Ihnen mit Ihren bösen Plänen aus? Finden Sie es nicht an der Zeit, sie endlich fallenzulassen?»

«Das kann ich nicht. Ich lebe von den Erinnerungen an Jürgen. Ich denke an unser Kennenlernen, an unser Glück über Peter, an gemeinsame Reisen, die wunderschön waren, an die kleinen komischen Alltagserlebnisse und an die wichtigen Dinge im Zusammenleben zweier Menschen. Dann kommt der Bruch, der mir nichts zurückgelassen und ihm alles gegeben hat.»

«Zählt Peter nichts?»

«Er zählt sehr viel, aber nicht in diesem Fall. Ein Kind ist kein Ersatz für eine verlorengegangene Liebe.»

«Wem ist sie verlorengegangen? Ihnen?»

«Eben leider nicht.»

Eine Schlange, die sich in den Schwanz beißt, dachte er. Ich sollte auflegen. Diese Gespräche finden nie ein Ende.

«Sie haben nach der Rache gefragt», sagte sie zögernd. «Ich muß gestehen, daß ich damit nicht den Erfolg habe, den ich mir erträumt hatte. Auf die Gedichte gab es kein Echo. Daß Peter damals Jürgen mit seiner neuen Familie gesehen hat, war ein schwerer Rückschlag. Nun kommt noch hinzu, daß die neue Frau anders zu sein scheint, als ich vermutet hatte. Kein Glück im Winkel und kein Heimchen, sondern eine Schlange am Herd. Ich muß meine Strategie ändern. Aber das war nicht der Grund meines Anrufs, denn ich wollte mich bei Ihnen entschuldigen, und dann wollte ich Sie fragen, ob ich Sie zum Essen einladen darf. Ich wohne leider in einem möblierten Apartment, das ein Alptraum aus Chintz und Lampenschirmen mit Troddeln ist. An den Wänden hängen Bilder mit neckischen kleinen Nackedeis mit Kußmäulchen und zum Himmel aufgeschlagenen Blauaugen. Dorthin kann ich niemand einladen, es sei denn, er sieht seine Umgebung nicht oder ich wollte ihm einen bleibenden seelischen Schaden zufügen. Wobei mir ein Gedanke kommt. Die Wohnung würde sich glänzend für ein Rendezvous mit Jürgen eignen ...»

«Lassen Sie ihn mal aus dem Spiel und erzählen Sie mir von meiner Einladung.»

«Die sieht so aus: Frühes Abendessen in einem Restaurant und danach Theater. Ich habe Beziehungen und kann an Karten kommen. Es müßte nur bald stattfinden, bevor die Theaterferien beginnen. Haben Sie Lust?»

«Ja, große Lust. Vielen Dank. Aber eine Bitte habe ich noch.»

«Und die wäre?»

«Ziehen Sie das grüne Kleid an.»

Sie lachte, dann sprachen sie noch ein, zwei Sätze und legten auf. Stephan blieb leicht verlegen zurück. Der Einfall mit dem Kleid war plötzlich gekommen und ihm herausgerutscht. Er hatte sie vor sich gesehen: die grünen Hexenaugen, das in der Farbe passende Kleid, die Halbmondohrringe. Wie war das mit dem Abstand, mit dem unbeteiligten Zuschauer? Er schüttelte verwirrt den Kopf.

Sie trafen sich früh am Abend zum Essen, weil das Ballett, für das sie Karten bekommen hatte, schon um halb acht begann. Sie trug tatsächlich das grüne Kleid, nur diesmal mit einer schmalen Goldkette an Stelle der Ohrringe.

«Das ist eine wunderschöne Farbe», sagte er bewundernd. «Sie paßt genau zu Ihren Augen.»

«Mein Hexenkleid zu den Hexenaugen», sagte sie. Ein Lächeln geisterte über ihr Gesicht und verlor sich so schnell, daß er nicht sicher war, ob er es wirklich gesehen hatte.

«Stimmt! Wie gut, daß wir nicht im Mittelalter leben und ich Angst um Sie haben muß, weil Sie verbrannt werden könnten.»

«Irgendeine Ahnfrau muß viel Glück gehabt haben, denn die grünen Augen vererben sich in der Familie. Manchmal überspringt es eine Generation, wie bei Mendel. Meine mütterliche Großmutter hatte sie auch, meine Mutter nicht. Peters Augen sind Gott sei Dank auch nicht grün.»

«Ist es denn schlecht, so schöne grüne Augen zu haben?»

Sie zog die Schultern hoch. «Ich weiß nicht recht. Als ich fünfzehn oder sechzehn war, hat eine Zigeunerin, zu der ich auf dem Jahrmarkt gegangen bin, weil ich mir aus der Hand lesen lassen wollte, nach einem Blick auf mich die Hände vor ihrem Gesicht gespreizt, um böse Geister abzuwehren, und ist davongelaufen. Das hat mir damals angst gemacht. Nicht viel später hat sich etwas Ähnliches wiederholt. Ein Vetter meines Vaters hat ein Landhaus in der Lüneburger Heide. Ich war bei ihm und seiner Familie in den Ferien. Im Dorf gab es einen alten Mann, von dem gemunkelt wurde, er sei ein Zauberer. Mein Onkel hatte eine ganz vernünftige Erklärung. Der Mann war ein Kräuterdoktor, der Hokuspokus machte und seine Patienten nachts, am liebsten bei Vollmond bestellte, um mehr Geld aus ihnen herauszuschlagen. Ich bin dem Mann am hellichten Tag über den Weg gelaufen.» Sie lachte. «Beileibe nicht, als er Kräuter sammelte, sondern im Supermarkt an der Kasse. Er hatte Tabak, Margarine und ‹Bild› gekauft. Ich weiß das genau, weil ich so erschrocken bin. Er warf einen Blick auf mich und bekreuzigte sich.»

«Das ist ja scheußlich!»

«Was? Meine Augen oder meine Erlebnisse?»

Er hob schweigend sein Glas und trank ihr zu.

«Danach», fuhr sie fort, «habe ich, sobald ich unter fremde Leute kam, zu einem Schutzmittel gegriffen, das erst viel später in Mode gekommen ist. Ich trug schwarze Mafiabrillen.»

«Heute nicht mehr?»

Sie öffnete die Handtasche, holte ein Etui heraus und setzte eine schwarze, über der Stirn durchgehend gerade Brille auf. «Ich schleppe sie mit mir herum, brauche sie aber nur noch, wenn das Licht wirklich grell ist, und nicht mehr zum Schutz.»

«Sind Sie durch die schlechten Erfahrungen abergläubisch geworden?»

«Ach, nicht über das Übliche hinaus. Wenn ich etwas berufe, fasse ich Holz an, Schafe zur Linken sind mir lieber als Schafe zur Rechten. Für Haarnadeln, die ich bei Gewitter herausziehen könnte, sind meine Haare zu kurz. Es muß wohl daran liegen, daß ich mir die richtigen Eltern ausgesucht habe. Sie sind ein gutes Bollwerk gegen jedweden Aberglauben. Und Sie? Fürchten Sie sich vor schwarzen Katzen?»

Er lachte. «Nein. Oder doch, aber vor allen Katzen. Chopin ist die erste Katze, die ich näher kennengelernt habe. Vor ihm fürchte ich mich nicht. Aber wenn man nie mit Tieren gelebt hat, sind sie einem nicht ganz geheuer.»

Sie wartete, weil der Ober gerade die Teller abräumte. Als er fort war, sagte sie: «Peter hat mir erzählt, daß Sie Ihren Vater nicht gekannt haben. Hatten Sie wenigstens eine nette Mutter?»

Stephan dachte an den Abend an Peters Bett und stellte fest, daß in diesem Kreis nichts verborgen bleiben konnte. Er sah Katharinas fragend auf ihn gerichtete Augen, nun nicht mehr von der Brille verdeckt, und mußte eine Zeitlang überlegen, wie er ihr seine Mutter beschreiben konnte.

«Sie war ganz still und leise. Sie lachte in sich hinein und nicht aus sich heraus, sie lachte überhaupt selten. Unter mehreren Menschen in einem Raum ging sie irgendwie verloren, weil sie so unscheinbar war. Als ich klein war, suchte ich nach ihr und sie nicht nach mir. Trotzdem hatte sie Angst um mich. Das hing sicher mit dem Tod meines Vaters zusammen. Ich sollte bei ihr in der Wohnung bleiben. Um mich festzuhalten, hat sie mir vorgelesen und mir alles erzählt, was sich in ihrem ganzen Leben ereignet hat.»

Er spielte gedankenverloren mit dem Dessertlöffel. «Natürlich hatte ich in der Schulzeit Freunde, und diese Freunde hatten Väter, die sich aus Mitleid um mich kümmerten und besonders nett zu mir waren. Ich rannte hinter ihnen her wie hinter dem Rattenfänger von Hameln. Damit werde ich meine Mutter verletzt haben, ohne es zu wollen. Sie hat als Näherin gearbeitet, um die Hinterbliebenenrente aufzubessern. Solange ich zu Hause war, hat sich unser Leben nie verändert, nur daß ich allmählich erwachsen und sie älter wurde. Als ich mit dem Studium anfing, blieb sie allein. Ich kam, sooft ich konnte, aber das war damals auch eine Geldfrage. Sie hatte kaum Freunde und keine Verwandten, die sich ihrer annahmen. Als ich einmal nach vier Wochen wieder zu ihr fuhr, fand ich sie krank vor. Sie hatte starke Schmerzen, war aber nicht zum Arzt gegangen. Sie kam zu spät ins Krankenhaus und ist an den Folgen einer Sepsis gestorben.»

«Armer Nebelmann.»

«Nein, so war es nicht. Als sie noch lebte, war ich oft ungeduldig mit ihr und warf ihr vor, ein reduziertes Leben zu leben. Ich wollte, daß sie aus sich herausging. Das konnte sie wohl nicht. Als junger Mensch hatte ich manchmal das Gefühl, daß sie gar nicht existierte. Erst nach ihrem Tod erkannte ich, wie sehr sie in meinen Gedanken lebte und mich beeinflußte. Später habe ich sogar eine Frau geheiratet, die ihrem Typ ähnlich war. Meine Frau Barbara war auch ein leiser, stiller Mensch, aber keineswegs unscheinbar und in ihrem Beruf äußerst erfolgreich. Ich habe sie in Amerika kennengelernt; sie war Designerin in der Werbeagentur, in der ich arbeitete.»

Katharina Reiners sah nach einer kleinen Pause auf die

Uhr. «Schade, es wird Zeit für uns, oder sollen wir hierbleiben und das Ballett sausenlassen?»

«Nein. Halten wir uns an das vorgesehene Programm. Ich rede sowieso zuviel.»

Ein forschender Blick. «Tut das weh?»

«Merkwürdigerweise nicht.»

Auf dem Weg zum Theater bummelten sie an Schaufenstern vorbei und fanden wieder in das ruhige Gefälle unpersönlicher Bemerkungen zurück. Stephan war es so sehr viel lieber. Er konnte die Scheu, sich preiszugeben, nur schwer überwinden. Lebrecht und Marianne Altenberg bezogen ihn wie selbstverständlich in ihr Leben ein, und dafür war er dankbar, weil er sich dazugehörig fühlte. Ebenso erging es ihm mit Veronika von Wismar, an die er nur zu denken brauchte, um besserer Laune zu werden. Aber er war nie menschenscheu oder ein Sonderling gewesen. Er hatte gut mit seinen Mitschülern und den Studenten gestanden, war, so glaubte er, freundlich und verträglich im Umgang mit seinen Kollegen und hatte die Menschen, mit denen er auch privat umging, bei sich stets Freunde genannt. Sein Leid um Barbaras Tod hatte er nur vor dem Arztfreund, mit dem er schon in der Schule gewesen war, laut äußern können. Wenn es danach ging, hatte er im Leben nur einen einzigen Freund gehabt. Nun war er achtundvierzig Jahre alt geworden, und auf einmal gab es um ihn herum Menschen, die ihn dazu brachten, Gedanken laut auszusprechen, ohne sich gleich zu schämen. Tauwetter. Stephan lächelte vor sich hin.

«Sind Sie wieder unter die gewöhnlichen Sterblichen zurückgekehrt?» fragte Katharina, die sein Lächeln beobachtet hatte. «Sie sind ein Grübler. Sie laufen mit offenen Augen herum, aber man merkt, daß Sie weit fort sind, und trotzdem fallen Sie nicht über lose Pflastersteine oder stolpern Stufen hinauf. Wie machen Sie das? Wenn ich geistesabwesend bin, stoße ich mit Passanten zusammen oder umarme Laternenpfähle. Haben Sie überhaupt gemerkt, daß wir schon vor dem Theater stehen?»

«Nur so nebenbei. Bitte, entschuldigen Sie! Sie müssen sich mit mir langweilen.»

«Wie wäre es, wenn Sie solche schwerwiegenden Entscheidungen mir überließen?» Sie strahlte ihn an. «Freuen Sie sich aufs Ballett? Darüber haben wir noch gar nicht gesprochen.»

«Sehr. Ich habe ‹La fille mal gardée› schon zweimal gesehen und bin gespannt, wie die Tschechen tanzen. Das andere Stück kenne ich nicht. Sie?»

Als sie aus dem Theater kamen, waren sie verzaubert. Sie nahmen die Beschwingtheit und Begeisterung mit auf die Straße, entschieden schnell, daß der Abend zu schön war, um in die U-Bahn zu steigen. Sie gingen zu Fuß weiter, Katharina griff nach seinem Arm, wandte ihm ihr Gesicht zu und sprach so vertraut und gelöst, wie er sie noch nie erlebt hatte. Sie erzählte von Tänzern, die sie kennengelernt und über die sie bei einer Generalprobe eine Fotoserie gemacht hatte. Sie begeisterte sich für die Primaballerina des Abends und stimmte ihm zu, als er die herrlichen Sprünge eines Pas de deux der beiden Solotänzer pries. «Wenn man Menschen so tanzen sieht, kommt man sich so unbeholfen und schwer vor...»

«Ja, und wird neidisch», sagte sie.

«Ist Neid das richtige Wort? Sollte es nicht Sehnsucht heißen?»

Sie blieb stehen, stellte sich auf die Zehenspitzen und küßte ihn auf die Wange. «Wie immer haben Sie recht. Zu Ihrer Nachdenklichkeit paßt Peters Nebelmann. Aber da ich das nicht sagen darf und ‹Herr Pfändler› einfach nicht mehr geht, sage ich in Zukunft Stephan. Können Sie sich zu Katharina bequemen? Einverstanden?»

«In Gedanken nenne ich Sie schon lange so. Mehr als einverstanden.» Er löste ihre Hand von seinem Arm, wollte ihr einen Handkuß geben, aber irgendwie kam es, daß daraus eine Umarmung wurde.

Als sie sich voneinander lösten, waren sie ein wenig betreten.

Katharina stand vor ihm, hatte den Blick gesenkt, hob ihn plötzlich und lachte leise. «Weißt du noch, wann du zuletzt mitten auf der Straße eine Frau geküßt hast?»

«Nein», sagte er lächelnd.

«Ich auch nicht.»

«Was für ein Glück! Es wäre mir gar nicht lieb, wenn du Frauen küßtest, egal ob auf der Straße oder sonstwo.»

Sie seufzte, hakte sich wieder bei ihm ein und zog ihn mit sich fort. «Ich entdecke an dir lauter neue Eigenschaften.»

«Nur gute, vermute ich.»

«Wenn du Rechthaberei dazu zählst...»

Von da an fiel ihnen das Reden schwer. Weder der Ernst noch fröhliches Geplänkel paßten, und alles, was dazwischen lag, war auch falsch. Das einträchtige Schweigen genügte, denn es steckte kein Zwang dahinter, unbedingt etwas sagen zu müssen. Sie gingen Hand in Hand weiter, freuten sich an der Wärme und Nähe des anderen und ließen sich treiben.

«Kommst du noch mit zu mir?» fragte Stephan endlich. «Diesmal herzlichst aufgefordert und eingeladen.»

Sie wandte ihm im Schein eines erleuchteten Schaufensters ihr ernstes Gesicht zu. «Auch wenn ich nicht in deinem Bett lande? Ich kann dir nichts versprechen, weil ich selbst nicht weiß, wie es weitergeht.»

«Auch dann.»

Aber als sie in seiner Wohnung waren, fügte sich alles von allein. Aus der Zärtlichkeit, nach der sie beide hungerten, wurde Leidenschaft, der zu widerstehen sie keinen Grund hatten. Sie zogen sich aus, ohne einander zu berühren, verzeichneten mit einem Anflug von Scheu die fremde Nacktheit und fanden sich dann auf seinem Bett mit einer Selbstverständlichkeit, die sie erstaunt hätte, wären sie noch zu so komplizierten Überlegungen fähig gewesen. Später, als sie sich in den Armen lagen und Zeit hatten, einander kennenzulernen und das auszusprechen, was bisher nicht gesagt worden war, schreckten sie vor Beteuerungen und großen Worten zurück.

Sie strich über eine lange Narbe an seinem Oberschenkel. «Woher hast du die?»

«Das ist lange her», sagte er. «Ich arbeitete in den Semesterferien in einer Gießerei. Es war ein Unfall.»

Sie schob die Hand ein wenig nach oben. «Was für ein Glück! Nur soviel höher, und diese Nacht wäre nicht möglich gewesen.»

Er lachte und glitt mit der Hand über ihre Rippen. Als genüge ihm das nicht, schob er sie mit dem Arm auf die Seite und nahm sich auch noch ihren Rücken vor.

«Was machst du da?»

«Ich betreibe anatomische Studien. Bei dir kann man abzählen, wie viele Rippen ein Mensch hat.»

«Wie viele hat er denn?»

«Ich meine mich zu erinnern, daß es neun sein müßten. Aber bei dir komme ich nur auf acht.»

«Umgekehrt», sagte sie. «Falls das mit Adam stimmt, muß ich eine mehr haben als du.»

Irgendwann beugte er sich über sie. «Du mußt noch viel mehr essen. Du bist so zerbrechlich. Man muß Angst haben, dich zu fest anzufassen.»

«Hast du deine Damen lieber orientalisch? Willst du mich mit Zuckerzeug füttern?»

«Nein. Schlank gefällt mir sehr gut, aber knochig nicht.»

«Ach, das hat sich doch schon geändert und wird sich noch ein bißchen weiter ändern.»

«Heißt das, du gibst deinen verzehrenden Rachefeldzug auf? Wirst du friedlich?»

Er ärgerte sich, daß er das gefragt hatte. Er war so ungeschickt. Statt sich seines Glücks zu freuen, setzte er sofort alles daran, es wieder zu zerstören. Er sah die strenge Falte auf ihrer Stirn steiler werden und legte ihr rasch die Hand auf die Lippen.

«Verzeih mir, Katharina. Das habe ich eben gar nicht gefragt. Es war ein Ausrutscher. Alles zwischen uns ist so schnell gegangen, daß ich überrumpelt worden bin. Ich muß mich noch daran gewöhnen, daß es keine zornige Katharina mehr gibt, sondern eine, die mich sehr glücklich macht.»

«Ist das wahr?»

«Ja.»

«Dann laß mir Zeit.»

«Ich bin geduldig.»

Sie rückte enger an ihn und lachte auf einmal leise und tief aus der Kehle. «Den Eindruck habe ich aber ganz und gar nicht.»

11

Am Morgen, nach einem kurzen Frühstück, war Katharina um acht Uhr fortgegangen.

«Ich muß nach Mailand zu einer Modemesse», hatte sie erklärt. «Ich weiß noch nicht, wie lange ich fort sein werde. Ich rufe dich an, sobald ich Zeit habe.»

«Aus Mailand?» fragte Stephan hoffnungsvoll.

Sie küßte ihn zärtlich, legte ihm die Hände auf die Schultern, schob ihn einen Schritt zurück, sah ihn groß an und schüttelte kaum merkbar den Kopf. «Nein. Noch nicht so bald, Stephan. Warte noch ein bißchen.»

Drei Tage danach war er bei Veronika zum Abendessen eingeladen. Sie nannte es «Arbeitsessen». Sie aßen Steaks und große Mengen Salat, tranken Wein – und arbeiteten nicht. «Wieso Arbeitsessen, Helena?» fragte Stephan kauend. «Was haben Sie denn mit mir vor?»

«Das geht erst nach dem Essen los. Ich brauche neue Redewendungen und Adjektive. Mein Vorrat ist erschöpft. Sie haben sich als sehr brauchbar erwiesen. Ich werde Sie ausholen, Pfändler.»

«Können Sie nicht Stephan sagen? Ich komme mir wie Ihr Butler oder Ihr Gärtner vor.»

«Dann wären Sie, schriebe ich Kriminalromane, der prädestinierte Mörder.»

«Apropos Adjektive. Prädestiniert können wir wohl kaum verwenden. Wie heißt denn einer, dem ein Mord zuzutrauen ist, in einem Berg- oder Liebesroman? Potentiell geht nämlich auch nicht.»

«Erstens heißt er nicht Mörder, sondern Mordbube, und dazu paßt wiederum verrucht, heimtückisch –»

«Hinterfotzig für den Bergroman.» Stephan grinste.

«Nicht so schnell. Nicht beim Essen. Wir vergessen sonst gleich wieder alles. Drüben auf dem Tisch liegt schon ein Block. Erst gibt es noch Eis mit heißer Schokoladensauce.»

«Dann platze ich und kann mir keine Wörter mehr ausdenken.»

«Unsinn! So was geht auch, wenn man satt ist. Ich mache uns auch einen Mokka.»

Als sie das Eis aufgegessen hatten, sah sie Stephan über den Rand ihrer halben Brille neugierig an. «Was macht Ihre schöne Freundin Katharina? Sie wollte mich anrufen, hat sich aber bisher nicht gemeldet.»

«Zur Zeit macht sie Modeaufnahmen in Italien.» Stephan hoffte, daß sein Gesicht nichts verriet und seine Stimme unbeteiligt klang. Er merkte, wie gern er Helena von Katharina erzählt hätte, brachte es aber nicht über sich. Er dachte ständig an sie, sehnte sich nach ihr und wußte trotzdem nicht, ob es bei diesem einen Abend und einer Nacht bleiben würde oder ob es in einer von ihr zu bestimmenden Art und Weise Fortsetzungen geben könnte. Wenn er sie besser gekannt hätte ... Was wußte er schon von ihr? War es nichts anderes als eine Begegnung zweier Einsamer gewesen, die ein Zufall zusammengeführt hatte? Das mußte so sein, denn ohne die freundliche

Stimmung beim Abendessen, ohne das Ballett, das sie beide begeistert und über sich hinausgehoben hatte, wäre es wohl nie zu der gemeinsamen Nacht gekommen. Katharina mußte dies schneller gespürt haben als er. Darum der kurze Abschied und ihr Bemühen um Zeitgewinn. Er hatte ihre Nummer gewählt und ihre Stimme auf dem Beantworter gehört. Aber Wiederholungen seines Versuchs, sie wenigstens drei höflich unverbindliche Sätze sprechen zu hören, gestattete er sich nicht. Wenn jemand anrief, den Text abhörte und dann wieder auflegte, würde sie sehr schnell mutmaßen, um wen es sich handelte. Damit gab er sich eine Blöße, die er sich gerade vor Katharina nicht geben durfte.

«Haben Sie vor, bald zu den Altenbergs und Peter zu fahren?» fragte Veronika und schreckte ihn aus den Gedanken auf.

«Ja. Am übernächsten Wochenende. Das wird vor Peters Schulferien der letzte Besuch sein. Die Großeltern wollen mit ihm nach Kärnten an einen der Seen. Er soll in eine Segelschule, damit er beschäftigt ist und mit Kindern zusammenkommt.»

«Wenn Ihr Altenberg emeritiert ist, muß er noch ein Ende älter sein als ich», stellte Veronika fest. «Ihre Freunde bringen schon ein großes Opfer. Ich möchte nicht mit einem Acht- oder Neunjährigen meine Ferien verbringen müssen.»

«Auch nicht mit Ihren Enkeln?»

«Nein, oder zumindest nicht, bevor sie so um die Zwölf sind.»

«Altenbergs sind an das Zusammenleben mit Peter gewöhnt. Wenn seine Mutter ihre Pläne verwirklicht und sich hier eine Wohnung und ein Atelier einrichtet, kommt er zu ihr, und Altenbergs haben wieder Zeit für sich.»

Damit war das Thema zu Ende. Sie trugen das Geschirr in die Küche, Veronika spülte und Stephan kochte Kaffee. Dann zogen sie ins Wohnzimmer um und setzten sich zusammen auf das lange Sofa.

«Was brauchen Sie eigentlich?» fragte Stephan. »Nur Adjektive? Oder auch Redewendungen?»

«Beides.»

«Schön, dann werde ich Ihnen vorbeten, was ich aus den Heftchen gelernt habe, übrigens nicht aus Ihren, sondern aus denen Ihrer Kollegen. Ich habe mir am Bahnhof eine Kollektion zusammengekauft. Die Bergromane, in denen es ja auch immer um Liebe geht, sind ergiebiger. Also: Der Held entflieht der Stadtschwüle, fährt in ein verträumtes Dorf, wandert über grüne Matten, durch die sich ein Bächlein schlängelt. Es heißt Bächlein, nicht etwa Bach. Auch wenn gesungen wird, heißt das, ein Liedchen wird geträllert. Wenn einer Durst hast, trinkt er beileibe nicht, sondern er nimmt einen kühlen Trunk. Dann geht es nicht um einen ansehnlichen Mann, sondern um eine Männergestalt oder einen Bursch mit einem hübschen Jungmännergesicht. Gut, nicht?»

Veronika verzog das Gesicht zu einer Grimasse. «Gar nicht gut, sondern ganz fürchterlich.»

«Wissen Sie was, Helena? Wir denken uns lieber eine Geschichte aus. Nur ein paar Sätze oder Stichworte, dann machen wir Ranken darum herum. Sie fangen an, weil Sie das sicher schneller können als ich. Fertig, los!»

«Gut. Junger Mann hat Geliebte im Dorf. Sein Vater vertrinkt Haus und Hof. Sohn verläßt Geliebte, um auszuwandern und schnell reich zu werden. Geliebte bekommt sein uneheliches Kind. Der Mann schreibt nicht und gilt als verschollen. – Uff! Jetzt muß ich erst mal nachdenken.»

«Jahre verstreichen», sagte Stephan und sprang in die Bresche. «Wie viele? Na, sagen wir zehn. Sie darf darüber nicht zu alt werden. Was machen wir mit ihr?»

«Sie findet Unterschlupf beim trinkenden Quasi-Schwiegervater, der in einem alten Schuppen haust, dem einzigen Besitz, der ihm noch geblieben ist. Das Kind ist übrigens eine Tochter.»

«Haben Sie was gegen Söhne, Helena?»

«Töchter sind besser für Heftchen. Man kann sie schon mit siebzehn oder achtzehn verheiraten.»

«Mir soll es recht sein. Also: Der Trinker wird durch die sanfte Mutter und ihr liebreizendes Töchterchen geheilt, trinkt nicht mehr, verdingt sich als Tagelöhner beim reichsten Bauern. Was macht der reiche Bauer mit ihm?»

«Mit ihm nichts, aber er verliebt sich in die junge Frau; er ist natürlich ein kinderloser Witwer im besten Mannesalter. Wissen Sie übrigens, Pfändler –»

«Stephan.»

«Stephan, daß das beste Mannesalter schon bei Goethe vorkommt? ‹Eduard, so nennen wir einen reichen Baron im besten Mannesalter ...›»

«Na, er wird es uns nicht übelnehmen. Weiter im Text. Kriegt der kinderlose Witwer die Junge mit dem Bankert?»

«Er begehrt sie, kann aber nicht die Schutzbefohlene des Dorfsäufers heiraten.»

«Des Ex-Dorfsäufers.»

«Wenn Sie mich andauernd unterbrechen, verliere ich den Faden.»

«Welchen Faden?»

«Stephan Pfändler!»

«Mea culpa. Ich mache jetzt weiter. Heirat ist für den kinderlosen Witwer nicht drin, aber sein Begehren ist wach, das Blut wallt in seinen Adern...»

«Das Gerüst! Nicht die Ranken.»

«Schade. Immer wenn ich im besten Zuge bin. Na gut: Er lauert der jungen Frau nächtens auf. Wieso nächtens? Ach ja, sie bedient im Dorf in der Wirtschaft und muß spät in der Nacht zur Hütte hinauf. Der reiche Mann bittet und bettelt, dann wird er brutal, ist nicht mehr Herr seiner Sinne und vergewaltigt sie.»

«Schon sehr gut. Bekommt sie etwa noch ein Kind?» Veronika feixte. «Das ist eine Idee! Wir machen die Dorfhure aus ihr.»

«Helena von Auerbach, Sie enttäuschen mich! Bei Ihnen ist noch nie eine Dorfhure vorgekommen. Sie sind eine Dame von Adel und kennen solche Wörter gar nicht.»

«Sie würden staunen, wenn Sie wüßten, was Damen von Adel alles kennen.»

«Lenken Sie nicht ab. Das ist ein anderes Sujet. Wir müssen jetzt entscheiden, ob es ein Kind gibt oder nicht. Bleiben wir beim Kind. Wer erfährt davon?»

«Nach ein paar Monaten das ganze Dorf.»

«So habe ich es nicht gemeint. Sagt sie dem Ex-Säufer, von wem es ist? Und wie reagiert der kinderlose Witwer?»

«Sie sagt nichts. Der Witwer gibt ihr Geld. Sie soll aus dem Dorf verschwinden, aber das kann sie nicht, weil sie ja noch die Tochter vom ausgewanderten Verschollenen hat.

Sie bleibt und bekommt einen Sohn. Wir brauchen den Sohn, weil der Witwer am Ende bekehrt wird und einen Erben für den Hof haben muß. Also, sie wird verfemt. Aber sie ist tapfer und trägt ihr Los mit Würde.»

«Wie wurstelt man mit zwei Kindern würdevoll herum?»

«Das ist mein Ressort. Ich werde das sehr schön schreiben.»

«Wann kommt der Auswanderer zurück? Ist er reich geworden?»

«Stimmt, wo ist er eigentlich?»

«Warum hat er nie geschrieben?»

Veronika holte Luft. Sie strahlte, und Stephan sah ihr an, wieviel Spaß ihr die Alberei machte. Sie sah um Jahre jünger aus. «Viele Fragen auf einmal», sagte sie. «Bleiben wir dabei, daß er nach zehn Jahren zurückkehrt. Das weitaus beste wäre, wenn er aus Sibirien käme. Wenn im Titel was von Tundra oder Taiga vorkommt, verkauft sich das Heft von allein. Wie bekommen wir ihn dorthin? Er muß nicht reich sein, aber wohlhabend gefiele mir schon ganz gut.»

Stephan tippte mit dem Kugelschreiber gegen die Zähne. «Gedächtnisverlust! Darum hat er auch nicht geschrieben. Könnte der Gute nicht auf einem Schiff gewesen sein, einem russischen Schiff?»

«Warum nicht? Er ist mit einem Frachter unterwegs, will nach Australien, heuert unterwegs auf dem russischen Schiff an. Das kommt vor Wladiwostok – schöner Name, nicht? – in einen Sturm und geht unter. Er wird aufgefischt, hat keine Papiere, kann sich an nichts erinnern, und schon haben wir ihn in Sibirien.»

«Jetzt ist alles beantwortet bis auf die Wohlhabenheit. Wie kommt er an Geld? Schürft man dort vielleicht Gold oder Edelsteine?»

«Warum nicht?» fragte diesmal Helena von Auerbach und zog die Lippen zu einem breiten Lächeln. «Wenn wir's nicht wissen, woher sollen es die Leser wissen?»

«Stimmt. Beim Schürfen stürzt er in eine Grube oder in einen Fluß, und bums, hat er das Gedächtnis wieder. Für eine so dramatische Lösung haben die Russen Sinn. Sie rüsten ihn mit neuen Papieren aus, lassen ihn das Gold mitnehmen und expedieren ihn nach Hause in sein bayerisches Gebirgsdorf. Nun fehlt uns nur noch das Ende. Soll es gut ausgehen?»

«Bei mir immer. Ich darf meine Leser auf keinen Fall enttäuschen. Unser Knabe kehrt zurück, trifft auf der Suche nach dem Vater seine kleine Tochter, von der er nichts ahnt. Sie bringt ihn zur Hütte, die dank des bekehrten Säufers und der fleißigen Quasi-Schwiegertochter ansehnlich geworden ist. Es fällt dem Heimkehrer wie Schuppen von den Augen, das Glück kennt keine Grenzen, zur Hochzeit wird gerüstet –»

«Geht nicht», unterbrach sie Stephan. «Was machen wir mit dem kleinen Sohn vom reichen Witwer? Findet er sich mit dem ab?»

«Liebe Güte, den hatte ich ganz vergessen. Den müssen wir auch noch unterbringen. Warten Sie mal. Ja, so geht es. In der ersten Nacht mit dem Heimgekehrten erzählt ihm die junge Frau, wie sie an den Jungen gekommen ist. Der Heimkehrer, nicht faul, macht sich auf den Weg zum Witwer –»

«Aber wohl doch erst am Morgen?»

«Seien Sie nicht so pedantisch! – Im Angesicht der Berge wachsen die beiden Männer über sich selbst hinaus. Der Witwer, der ja nun nicht mehr kinderlos ist, gesteht seine Schandtat. Zur Sühne will er fortan für den Sohn aufkommen und ihn als Hoferben einsetzen. Der Heimgekehrte erkennt, daß man Mutter und Sohn nicht trennen darf. Er will den Buben wie sein eigenes Kind halten und ihn lieben und schätzen. Der Witwer wird Geld zuschießen, aber sein Sohn soll erst, wenn er erwachsen ist, von der Mutter erfahren, wer sein leiblicher Vater ist.»

«Ach, ist das schön», sagte Stephan voller Inbrunst. «Ich habe nur noch eine letzte Anmerkung, es darf nie ‹Junge› heißen. Er ist ein Bub oder Bursch.»

«Mist!»

Stephan sah sie überrascht an. «Wieso Mist? Eine mit Herzblut erdichtete Handlung!»

«Nein. Wir haben schon wieder das Thema verfehlt. Wir haben einen neuen Roman erfunden, statt schöne Redewendungen zu sammeln.»

«Das finde ich gar nicht. Unterwegs, beim Konstruieren, sind so unendlich viele Ausdrücke vorgekommen, daß die schon allein ausreichen. – Haben Sie die Handlung auch notiert?»

«Aber sicher. Was glauben Sie, was ich die ganze Zeit geschrieben habe?»

Stephan breitete die Arme aus und lehnte sich behaglich zurück. Er seufzte. «Das war schön. Ich hätte nie geglaubt, daß das Ausdenken von Romanen soviel Spaß machen kann. Ich fand es schon auf der Insel schön, aber da haben wir es viel ernster genommen. Dort war es noch wie Arbeit. Wie kommt es, daß es jetzt ein Spiel ist?»

Jetzt war sie wieder Veronika. Sie schob den Block ein Stück zurück, legte den Stift genau senkrecht darauf und blickte dann in den Garten hinaus.

«Ich glaube, das liegt an Ihnen. Sie sind anders geworden. Damals hielten Sie noch Abstand. Sie wollten ein amüsierter Zuschauer sein, was Ihnen nicht so ganz gelungen ist, denn manchmal kam das Menschliche durch. Sie hatten die gute Absicht teilzunehmen, aber es gelang Ihnen nicht ganz, weil Sie aus irgendeinem Grund nicht darin geübt waren. Inzwischen ist der Abstand zwischen Ihnen und Ihren Mitmenschen kleiner geworden. Klingt es sehr hochtrabend, wenn ich sage, Ihre Menschwerdung ist in vollem Gang?»

«Nicht hochtrabend, aber so, als wollten Sie mich rügen, als wäre ich ein in sich verkapselter Sonderling gewesen. Das war ich bestimmt nicht. Nur im Privatleben, das gebe ich zu, war ich isoliert. Freiwillig. Nach dem Tod meiner Frau –»

Veronika unterbrach ihn. «Das müssen Sie nicht erzählen. Ich weiß, wie einem zumute ist. Der Verlust eines Menschen, auf den man gebaut hat, mit dem man sein Leben verbringen wollte, ist sehr bitter. Das Alleinsein muß gelernt werden. Sie haben sich verkrochen; ich habe mich in die Arbeit gestürzt und nicht rechts und links gesehen. Aber der Tod läßt nicht mit sich handeln. Wir mußten uns mit ihm abfinden. Ihre schöne Freundin Katharina hat es viel schwerer. Sie muß die Trennung von einem Lebenden verwinden, den sie geliebt hat und von dem sie mies behandelt worden ist. Sie tut mir sehr leid. Wir haben die guten Erinnerungen, sie die bösen. Ich kann verstehen, daß sie sich nicht damit abfinden kann ...»

«Muß sie sich deswegen selbst zerstören?»
«Tut sie das wirklich?»
«Ich weiß es nicht.»

Stephan wußte es auch nicht, nachdem er ihren Brief gelesen hatte.

«Lieber Stephan,
ich könnte zu Dir kommen oder Dich anrufen, weil ich wieder in München bin. Aber so einfach ist ein Wiedersehen nicht. Ich bin noch nicht reif für eine neue Liebe, und wenn ich zu Dir käme, könnte mir der kleine warme Fleck, den ich seit unserer Nacht irgendwo in mir habe, plötzlich verlorengehen. Ich möchte Dich nicht betrügen, worauf es hinausliefe, denn Du würdest immer rätseln, ob ich bei Dir nur Jürgen vergessen will. Nichts wäre schöner, als ihn zu vergessen, aber das gelingt mir nicht. Noch nicht. Die Erinnerungen sind da und quälen mich. Es könnte sein, daß sie es noch lange tun, weil sie durch Peter immer wieder wach werden. Ich weiß, er hat einen Vater, der ihn liebt und sehen möchte. Auf die Dauer darf ich das nicht verhindern. Aber wenn dann Peter zurückkommen wird und erzählt, wie schön es war, und ich mir ausmalen werde, wie wir früher gelebt haben, als wir noch eine Familie waren? Ich habe mich dabei ertappt, daß ich mich auf das Leben mit Peter freue, weil es dann Gründe gibt, mit Jürgen zu telefonieren, um wenigstens seine Stimme zu hören. Meine Bindung geht so weit, daß sie mir selbst unheimlich wird. Was willst Du mit so einer Frau anfangen? Du, der Du an einem schweren Verlust krankst und gerade erst zu

gesunden beginnst. Ich versuche, mich damit abzufinden, daß es mir nicht gegeben ist, andere glücklich zu machen. Vielleicht hätten die gespreizten Hände der Zigeunerin und das Kreuzzeichen des Kräuterdoktors mich das schon früher lehren können. Du hast die Begabung zum Glücklichmachen, darum passen wir nicht zusammen. Der warme Fleck in mir, den ich Dir verdanke, hat mich das erkennen lassen. In ‹unserer› Nacht habe ich nicht eine Sekunde an Jürgen gedacht. Er war fortgewischt.

Von Peter und meinen Eltern höre ich, daß sie Dich erwarten. Alle freuen sich auf Dich, aber ich gehe Dir aus dem Weg, weil ich mich auch freuen könnte, und das darf ich nicht. Nicht in dieser Verfassung.

Bitte, hab Geduld, und wenn es geht, sei nicht allzu böse auf mich.

Katharina.»

Stephan dachte zu oft an sie. Nicht nur, wenn er abends allein in seiner Wohnung war. Sie hatte sich in seine Gedanken eingenistet, begleitete ihn durch den Tag und kam unerwartet hervor, wenn er sie lieber verdrängt hätte. Am Schreibtisch, im Büro, wenn er allein war, ließ sich das ertragen, obwohl es Zeit kostete, das Gesicht mit den merkwürdigen Augen wieder loszuwerden, Zeit, in der er anderes hätte erledigen sollen. Auch bei Verhandlungen, wo jedes Wort wichtig war und er ganz bei der Sache sein mußte, tauchte sie auf. Er sah sie bei ihrem ersten Besuch, hohlwangig, knochig, krank und blaß, spürte noch einmal den Ärger über ihre Zudringlichkeit und zerfloß in der Erinnerung an das von ihr gespülte Geschirr. – Sein Gesprächspartner räusperte sich höflich und wartete auf eine Antwort, die Stephan, der aus seinen Gedanken aufschreckte, nicht einfiel, weil er nicht wußte, was der andere von ihm wissen wollte. Peinlich! Es war auch so ungewohnt. Er verbannte Katharina aus seinem Gedächtnis, brachte das schwierige Gespräch zu einem Ende, verspürte eine leise Befriedigung, weil er sie überwunden und sinnvoll gearbeitet hatte. Wenn es sich nur machen ließe, hätte er ihr gern bestimmte Zeiten zugeteilt. Innerlich lachte er darüber. Katharina zum Frühstück, Katharina auf dem Heimweg. Falls er abends etwas vorhatte, mußte sie sich gedulden und durfte erst am späten Abend oder in der Nacht Einzug halten. Tagsüber, wenn er arbeiten mußte, war für sie Sperrstunde. Auftauchen in der Agentur strengstens verboten!

Es war schon seltsam. Was ihm mit der vorhandenen Katharina nie gelungen war, nämlich sie zu Verabredungen zu bewegen, wollte er nun den eigenen Träumen aufzwingen. Als ob das möglich wäre!

12

Bei den Altenbergs war alles ganz einfach. Stephan war bei ihnen noch nie mit Katharina zusammengetroffen, vermißte sie darum auch nicht so sehr, tauchte dankbar in die behagliche Wärme ihrer Freundschaft und machte Bestandsaufnahme. Peter, gesund und braungebrannt, wich nicht von seiner Seite. Chopin nahm ihn wie eh und je zur Kenntnis, scheuerte sich an seinen Hosenbeinen und sollte, so sagte Peter, weiterhin Klavier spielen und Bier trinken. Theo begrüßte ihn auf Alteherrenart gemessen und mit freundlichem Wedeln und ließ sich streicheln. In seinem Zimmer stand ein bunter Strauß Wiesenblumen in einem Tonkrug. Das Fenster war weit offen, die Vorhänge bauschte der Abendwind.

«Die Blumen habe ich gepflückt», sagte Peter. «Großmutter hat sie in die Vase gestellt, aber ich habe sie dir ins Zimmer gebracht. Schön, nicht?»

«Ja, sehr schön. Das Zimmer sieht gleich ganz anders aus.»

Peter hatte die beiden Tüten mit den Mitbringseln vom Auto ins Haus getragen. Stephan trug die Reisetasche, sein einziges Gepäckstück. Während er auspackte, stand Peter verlegen herum und trat von einem Fuß auf den anderen.

Stephan wurde aufmerksam. «Was ist los? Mußt du mal? Das Gehampel sieht ganz danach aus.»

«Nein! Ich wollte nur wissen, ob du mir noch böse bist.»

«Böse weswegen? Etwa wegen deines Vaters?»

Peter nickte.

«Nein. Darüber haben wir doch damals schon gesprochen. Das ist erledigt.»

«Findest du ihn nett?»

Stephan hätte gern laut aufgeseufzt. Warum immer ich, dachte er, konnte sich die Frage aber sehr leicht beantworten. Der Junge wollte über seinen Vater reden, hatte aber keinen, bei dem er das durfte. Altenbergs würden das Thema vermeiden und Katharina bestimmt auch. Vermutlich hatte Peter noch nie gewagt, sie oder die Großeltern offen nach dem Vater zu fragen.

«Ich hab ihn nur ganz flüchtig kennengelernt, Peter. Zu mir war er höflich, wie es Fremde untereinander sein sollten. Über das Treffen mit dir hat er sich riesig gefreut. Das konnte man ihm ansehen.»

«Ich mag die Frau nicht.»

«Das ließ sich dir ansehen», sagte Stephan lachend. «Aber wenn du in München lebst und deinen Vater sehen willst, mußt du dir angewöhnen, dich höflich zu benehmen und freundlich zu sein. Immerhin ist sie die Mutter deiner kleinen Schwester.»

«Wenn die und das Kind nicht wären, könnten Mama und Papa noch zusammensein, und alles wäre wieder wie früher.» Peter sah zu ihm auf, ratsuchend, vertrauensvoll und viel zu traurig.

Diesmal brauchte Stephan nicht zu überlegen. Er zog

das Kind fest an sich und sagte über den kleinen Kopf mit den dunklen Haaren hinweg: «Darauf weiß ich keine Antwort, Peter. Es ist einfach so und läßt sich nicht ändern.»

Peter verharrte noch einen Augenblick in der Umarmung, dann löste er sich von Stephan, nickte und sagte: «Das weiß ich schon. Ich denke mir nur manchmal aus, wie es sein könnte.»

Stephan trat zum Bett, auf dem die Einkaufstaschen lagen, und suchte stumm das Päckchen für Peter heraus. Er hatte ihm ein Buch, ein neues Tim-und-Struppi-Heft und eine große Tafel Schokolade mit ganzen Haselnüssen mitgebracht. Im Buch lag ein neuer Zehnmarkschein aus der Bank.

«Mann!»

Damit war der Bann gebrochen. Peter wurde wieder lebhaft, erzählte, wollte wissen, was in den Päckchen für die Großeltern war, und sprach dann über die Ferien in Kärnten und daß er dort segeln lernen würde. Als er mitten im Zuge war, auf Stephans Bett saß und mit den Beinen baumelte, rief von unten der Großvater herauf, das Abendessen stünde auf dem Tisch und würde kalt, wenn sie nicht gleich kämen.

«Wieso kalt?»

«Nebelmann, Großmutter hat extra, weil du gekommen bist, am Abend gekocht. Soll ich dir verraten, was es gibt?»

«Nein. Nun komm schon. Bis wir unten sind, kann ich noch warten.» Aber er brauchte nicht zu raten. Es duftete nach Käse. Auf dem Eßtisch stand eine gläserne Schüssel mit einem hellbraun überbackenen Auflauf, der dampfte und noch Blasen warf. Dazu gab es Salat aus dem Garten mit vielen frischen Kräutern. Während des Essens kam es zu keiner rechten Unterhaltung. Sie waren alle hungrig und äußerten nur Laute der Begeisterung.

«Jetzt kommt meine Überraschung, Nebelmann», sagte Peter, als er der Großmutter beim Abräumen half. «Es gibt noch Nachtisch. Was Tolles!»

«Noch toller als der Auflauf?» fragte Stephan ungläubig. «Und was hast du damit zu tun?»

Aber da war Peter schon in der Küche verschwunden, um gleich darauf strahlend vor Stolz zurückzukommen. Er trug in beiden Händen eine Kristallschale, die bis zum Rand mit Walderdbeeren gefüllt war. «Die hab ich gesammelt, gestern und heute. Ich kenne geheime Stellen, von denen nicht einmal Großvater weiß, wo sie sind.»

Als sie die Schüssel leergegessen hatten, stöhnte Stephan auf. «So viele Walderdbeeren habe ich in meinem ganzen Leben noch nicht auf einmal gegessen. Das war phantastisch, Peter. Vielen Dank.»

«Bitteschön.»

Als sich auch noch die Großeltern bedankten, wurde er verlegen und gestand, die Agnes vom Nachbarhof hätte ihm geholfen; dafür müsse er in der nächsten Woche mit ihr sammeln gehen, weil da ihr Vater Geburtstag habe und sie sonst nicht wisse, was sie ihm schenken könne.

Nach dem Essen bat er den Großvater, ihm seine Spardose zu geben. Altenberg holte sie aus seinem Schreibtisch, gab Peter einen Schlüsselbund, an dem er sofort den richtigen Schlüssel heraussuchte. «Er hat einen Bart, der wie drei steile Felsen aussieht», kommentierte er. Dann leerte er die Dose vorsichtig auf dem Tisch aus, legte die wenigen Silbermünzen an die Seite und türmte die Groschen, Fünfer und Pfennige immer zu zehnt auf kleine Stapel.

Stephan stellte fest, daß nicht nur er, sondern auch die Altenbergs fasziniert zusahen und zu zählen begannen. Er fand es erheiternd, wie der Schatz eines kleinen Jungen auf sie alle wirkte. Als sich die Kupfermünzen als der Hauptbestandteil erwiesen, stellte er schmunzelnd fest: «Es sieht fast so aus, als hättest du einen Bettelmann erschlagen.»

«Nein», antwortete Peter völlig ernst, «so was würde ich nie tun! Am Wochenende darf ich mir aus Großmutters Portemonnaie alle Fünfer und Pfennige nehmen. Daher kommen die.»

Stephan verbarg sein Staunen. Eine ausführliche Antwort auf eine belanglose, leicht ironisch gemeinte Bemerkung. Aber das war es wohl, Kinder mußten noch keinen Sinn für Ironie haben. Auf der anderen Seite hatte dieser raffinierte kleine Kerl ihn wie einen Tanzbären kreuz und quer durch den Park von Nymphenburg geführt, weil er auf die Begegnung mit seinem Vater hoffte. Nein, er verstand wirklich nichts von Kindern. Soviel Naivität und soviel Schläue in einem kleinen Jungen von noch nicht einmal neun Jahren!

Erst als die Häufchen aufgereiht auf dem Tisch lagen, begann Peter zu zählen. Er schrieb auf einen Zettel, was er seit dem letzten Geburtstag im Herbst zusammengespart hatte. Nicht viel, aber für ihn ein Vermögen. Es waren achtzehn Mark zweiundfünfzig. «Damals hab ich mir den Fußball gekauft», sagte er. «Die Mama gibt mir öfter mal Geld, aber davon spare ich nichts, weil ich mir Hefte und was ich sonst für die Schule brauche kaufen soll. In der

Spardose ist nur das Extrageld.» Er holte umständlich den akkurat zweimal gefalteten Zehnmarkschein aus der Hosentasche und legte ihn zu den Silbermünzen. «Vom Nebelmann», erklärte er den Großeltern. «Jetzt sind es achtundzwanzig Mark. An einem Tag zehn mehr. Klasse!»

«Worauf sparst du denn jetzt?» fragte Stephan neugierig. Er erinnerte sich noch sehr genau, wie mühsam er in Peters Alter für die Erfüllung geheimer Träume gespart hatte und nie etwas Rechtes daraus geworden war, weil er Geschenke für den Geburtstag seiner Mutter oder für Weihnachten hatte kaufen müssen.

«Mir fällt immer was Neues ein. Eigentlich hatte ich an ein Fahrrad mit Gangschaltung gedacht, aber das dauert zu lange. Ein Transistorradio ist nicht so teuer, das könnte ich schaffen, bis wir nach München ziehen. Das Fahrrad könnte ich mir von Mama und den Großeltern auch zu Weihnachten wünschen.»

Als Peter zu Bett gegangen war und die Erwachsenen nach dem Gutenachtsagen wieder allein waren, stellte Stephan nebenbei fest, daß er es gut fände, wenn Kinder mit Geld knapp gehalten würden. Peter schiene doch sehr genau zu wissen, was im Bereich seiner Möglichkeiten läge.

«Wir achten darauf, daß er nicht zuviel bekommt», sagte Marianne. «Katharina müssen wir aber immer bremsen, daß sie ihm nicht mehr gibt, als er braucht.»

«Sie ist sonst eine recht vernünftige Person, was Peter anbelangt», ergänzte Altenberg seine Frau. «Sie weiß genau, daß man sein schlechtes Gewissen nicht mit Geld beschwichtigen kann, aber in der Praxis vergißt sie, daß der Bub noch sehr jung ist und erst lernen muß, mit Geld umzugehen. Hinzu kommt, daß die Kinder hier alle nicht viel von ihren Eltern bekommen. Es wäre schlecht, wenn Peter mehr Geld hätte als seine Schulfreunde.»

Das Telefon unterbrach das Gespräch. Altenberg nahm ab und redete eine ganze Weile angeregt und lebhaft. Er kam zurück und erklärte: «Das war ein alter Kollege und Freund, der morgen in Zwiesel ist – Karl Wunderlich, Marianne –, wir wollen uns am Nachmittag treffen, im Hotel Schirrmacher.»

«Dann müssen Sie morgen mit mir vorliebnehmen, Herr Pfändler», sagte Marianne. «Meine beiden Männer fliegen aus. Hat Ihnen Peter gestanden, daß er eine Einladung zum Geburtstag hat?»

«Nein, noch nicht. Aber da ist doch nichts zu gestehen. Geburtstag geht vor. – Darf ich Sie dann zu einer nachmittäglichen Spazierfahrt einladen?»

«Sehr gern.»

«Für Peter bleibt Ihnen der Vormittag. Er will mit Ihnen zu ‹seinem› Bach.» Altenberg schenkte die Gläser ein und rückte sich behaglich im Sessel zurecht «Sie werden staunen. Der Bach hat ein paar kleine Teiche gebildet, die nach dem vielen Regen reichlich Wasser haben. Es gab eine Invasion von kleinen Fröschen, aber die werden jetzt schon abgewandert sein. Wenn Sie Glück haben, sehen Sie noch Molche und Feuersalamander. Peter weiß genau, wo sie ihre Plätze im Moos haben. Es ist erstaunlich, wie gut er beobachtet und was er alles gelernt hat. Früher hat er mich gefragt, aber inzwischen hat sich das umgekehrt. Ich muß ihn fragen. Sind Sie bewandert, wenn es um Teichbewohner geht?»

Stephan schüttelte den Kopf. «Ich bin froh, wenn ich

einen Feuersalamander von einem Molch unterscheiden kann.» Er lachte plötzlich. «Im Dezember, als ich Peter kennenlernte, malte ich mir aus, wie schön es sein würde, mit ihm auf Entdeckungsreisen zu gehen und ihm Ameisenhaufen oder Maulwurfshügel zu erklären. Im Laufe unserer Bekanntschaft bin ich sehr kleinlaut geworden und kann dankbar sein, wenn er mir etwas erklärt und zeigt.»

Marianne Altenbergs graue Augen richteten sich auf ihn, und er sah wieder Katharinas Ähnlichkeit mit der Mutter. «Ich kenne das, Herr Pfändler. Wenn man mit Kindern zusammenkommt, möchte man ein Stück der eigenen Jugend zurückholen oder sogar nachholen. Meine Eltern lebten in der Stadt, wir hatten keinen Garten. Ich beneidete meine Freundinnen um ihre Gärten und verstand nicht, warum sie gern mit mir getauscht hätten. Erst als ich Lebrecht geheiratet hatte und wir im Sommer in den langen Ferien hier auf dem Hof lebten, lernte ich, daß Gärtnern Schwielen und Rückenschmerzen bedeutet und nicht darin besteht, dem lieben Gott zuzusehen, wie schön er alles wachsen läßt. Seit Peter nicht mehr so klein ist, macht es mir Freude, ihm zu zeigen, wie man sät, pflanzt, hackt und jätet, vor allem aber, wie man erntet, und da treffen sich unsere Neigungen.»

«Mir wäre es recht, wenn aus seiner jetzigen Liebe zur Natur später mal ein Beruf würde», sagte der Professor. «Unser alter Hof hätte schon einen Erben nötig, aber er ist nicht groß genug, um allein mit ihm den Lebensunterhalt zu verdienen. Das hat mein Vater schon erkannt und mich unter großen Opfern studieren lassen. Stellen Sie sich vor, wie schwer es ist, mit einem kleinen Hof und ein bißchen Wald einen Sohn auf die Universität zu schicken.»

«Ich weiß es genau», bestätigte ihn Stephan. «Bei mir war es die Hinterbliebenenrente und das Geld, das meine Mutter dazuverdiente. Natürlich habe ich nebenher gearbeitet, aber es war hart. Haben Ihre Eltern wenigstens noch erlebt, daß Sie Professor geworden sind?»

«Nur meine Mutter. Mein Vater wußte noch, daß ich an der Doktorarbeit saß. Darauf war er sehr stolz.»

Stephan dachte an seine Mutter, die aus Bescheidenheit und Angst zu früh gestorben war. Nur nicht auf sich aufmerksam machen. Nur nicht zum Arzt gehen, wenn es vielleicht von allein wieder gut wird. Aber es war nicht wieder gut geworden. Erst im vierten Semester, mußte er ihr beim Sterben zusehen. Aber sie hatte an ihn geglaubt, felsenfest. Dieser Glaube hatte ihn vorangetrieben.

Er kehrte in die Gegenwart zurück und sprach aus, was ihm durch den Kopf gegangen war, wieder mit dem leisen Staunen über sich selbst. Hätte er vor einem Jahr solche Gedanken auch schon vor anderen laut aussprechen können? Hatte er, außer bei Barbara, jemals ein so großes Mitteilungsbedürfnis gehabt?

«Mit den freien Entscheidungen eines freien Menschen ist es nicht weit her. Sie, lieber Professor, wollten Ihren Vater nicht enttäuschen. Hätte er Sie nicht auf die Universität geschickt, wären Sie vermutlich ein guter Landwirt geworden und hätten sich mit dem begnügt, was Ihnen vorgegeben war. Ich bin auf die höhere Schule gekommen, weil meine Mutter wollte, daß ich es im Leben einmal besser haben sollte. Nach dem Abitur war es für mich bereits selbstverständlich, daß das noch nicht genügte und ein Studium folgen mußte. Meine Mutter war viel zu sanft und unbestimmt, um mich dazu zu drängen oder es gar zu fordern, aber ich wußte genau, was sie sich von mir erhoffte.»

«Ich war ‹nur› ein Mädchen», sagte Marianne. «Ich hätte ein Sohn werden sollen. Meine Mutter konnte nach meiner Geburt keine Kinder mehr bekommen. Unser Name starb aus. Keiner hat es mir direkt gesagt, aber ich wußte von klein auf, daß ein Sohn mehr wert ist als eine Tochter. Darum mußte ich meinen Eltern und mir selbst beweisen, daß ich ebenso tüchtig war wie ein Sohn. Ich wollte im Sport die Beste sein, wollte in der Schule immer zu den Besten gehören, und ich wollte einen Männerberuf haben.»

Bevor Stephan eine Frage stellen konnte, kam ihm Altenberg zuvor: «Sie hat eine typisch weibliche Lösung gefunden; sie hat den Männerberuf, nämlich Mathematik, studiert und Karriere gemacht, indem sie ihren Lehrer heiratete.»

Der Professor lachte, aber dem Gast entging nicht, daß Marianne ärgerlich die Brauen zusammenzog. Er sprang rasch ein: «Und Ihre Eltern? Waren sie zufrieden?»

«Sie wurden nochmals enttäuscht. Sie bekamen zwar den Enkel, aber unser Sohn ist als Baby gestorben. Katharina ist unser zweites Kind. Für sie galt nicht, was für mich gegolten hatte. Meine Eltern haben sie angebetet.»

«Wenn man genauer hinsieht, gibt es in fast jeder Familie solche Verstrickungen.» Altenberg stopfte seine Pfeife. «Wir haben aus unserem Kummer gelernt und waren nur dankbar, überhaupt noch ein Kind zu haben. Katharina war kein Objekt für unseren Ehrgeiz oder unsere hohen Erwartungen.»

«Ich weiß ein Beispiel, bei dem es nicht um ein Einzelkind geht. Meine Freundin, Frau von Wismar, von der ich Ihnen schon erzählte, hat drei jüngere Geschwister. Ihr Vater hatte in Schlesien ein Gut. Beim Einmarsch der Russen ist er so fürchterlich geprügelt worden, daß er eine Gehirnverletzung erlitt und nicht mehr klar im Kopfe war. Von ihrer Mutter hat sie nie gesprochen. Ich vermute, daß sie damals schon tot war. Veronika ist mit siebzehn oder achtzehn Jahren mit dem Vater und den anderen Kindern in den Westen gezogen. Niemand erwartete von ihr, daß sie die Familie über Wasser hielt, aber sie machte es eben. Da kann man sich wiederum fragen, ob Pflichtbewußtsein etwas mit freiem Willen zu tun hat.»

«Das ist die Dame, die Romane schreibt und mit dem Vater von Jürgens Frau liiert ist?» fragte der Professor.

Stephan nickte bestätigend.

«Ich wollte eigentlich um diese Sippschaft einen großen Bogen schlagen, aber Ihre Frau von Wismar würde ich gern kennenlernen.» Marianne Altenberg zögerte, ehe sie weitersprach. «Vielleicht sind es keine lauteren Motive, sondern Neugier und ein genereller Hunger nach Menschen. Wenn Sie uns besucht haben oder alte Freunde Stippvisiten machen, sogar wenn Katharina kommt und Unrast verbreitet, wird mir klar, was uns hier fehlt. Wir beide vertragen uns gut, wir haben gute Nachbarn und freuen uns über das Zusammenleben mit Peter. Was ich vermisse, ist das Zusammensein mit geistig beweglichen Menschen. Ich möchte in meiner Sprache mit anderen reden können. Hier schraube ich bei den Nachbarn das Niveau herunter, spreche mit Peter in seiner Sprache, und wir beide sind uns so vertraut, daß wir nur Kürzel benötigen.»

«Marianne!»

Sie lachte. «Siehst du, es genügt, daß du mit Betonung Marianne sagst.»

Am nächsten Morgen brachen Stephan und Peter sofort nach dem Frühstück zum Bach mit den Teichen auf. Sie wanderten durch den Wald, gingen ein Stück steil bergauf, und erreichten den Einschnitt, durch den der Bach floß, an den Stephan sich noch aus dem frühen Frühjahr erinnerte. Diesmal prangte alles in Grün, die Sonne schien, und es duftete nach Holunder, Himbeeren und vielerlei Kräutern und Blütenpflanzen, deren Namen er nicht kannte. Der größte Teich hatte keine Verbindung mehr mit dem Bach, begann aber noch nicht einzutrocknen. Peter erklärte, daß er im Laufe des Sommers immer kleiner werden würde und im Herbst, bevor es viel regnete, zu einem modrigen Tümpel schrumpfte. «Gerade noch naß genug, daß sich die Frösche, Kröten und Salamander eingraben können.»

Stephan, der noch nie einen Gedanken daran verschwendet hatte, wie diese Tiere wohl überwinterten, staunte schon wieder. Noch mehr aber staunte er, als Peter ihm erklärte, die Salamanderweibchen brächten lebende Junge zur Welt und könnten die Tragzeit um Monate verlängern, wenn die Witterung es verlangte.

Dann zog der Junge ein kleines, in Butterbrotpapier gewickeltes Päckchen aus der Tasche. «Faschiertes», sagte er grinsend. «Ich hab es Großmutter gestern aus dem Kühlschrank gemopst.»

«Wen willst du damit füttern?»

«Mal sehen, ob sie zu Hause ist», sagte er geheimnisvoll, begann das hohe Gras am Fuß eines steinigen kurzen

Hangs auseinanderzubiegen und nahm einen Steinbrocken hoch. «Komm, Nebelmann, sie ist da.»

«Wer?» fragte er begriffsstutzig. Er beugte sich über Peter und sah nichts.

«Schau mal genauer hin. Da!» Ein schmutziger Zeigefinger deutete, und nun sah er die Kröte in ihrem Versteck.

«Sie springt nicht weg. Ich glaube, sie kennt mich schon. Ich bringe ihr immer was Gutes mit.»

Er bröckelte das Hackfleisch dicht vor ihr auf die Erde, trat zurück und zog Stephan mit sich. «Warte. Sie mag es nicht, wenn man zu dicht herankommt.»

Für Stephan war es ein kleines Wunder, der Kröte beim Fressen zuzusehen. Peter, der Experte, nahm es erfreut, aber ganz gelassen hin, strich dem häßlichen dicken Tier, als das Fleisch gefressen war, einmal über den warzenbesetzten Rücken und schob den Stein wieder über das Versteck.

«Schade, ich hab bei uns im Garten noch keine Erdkröte gefunden. Großmutter auch nicht. Der Förster hat nämlich eine, die ihn so gut kennt, daß sie kommt, wenn er pfeift. Sie muß die Zeit wissen, denn er füttert sie jeden Abend, und sie ist immer schon ganz in der Nähe.»

«Ist das wahr?»

«Klar. Ich hab es schon ein paarmal gesehen. Ehrlich.»

«Wird dir das alles nicht sehr fehlen, wenn du wieder in der Stadt lebst, Peter?»

Er machte eine Schnute. «Da bin ich mit der Mama zusammen, kann den Papa sehen, habe meine Freunde, und die Mama hat mir versprochen, daß ich ganz oft zum Wochenende mit ihr hierherkommen darf. Großvater sagt auch, daß sie mich in allen Ferien erwarten.»

Gleich darauf erforschten sie den Teich, und wieder staunte der Mann, wieviel das Kind wußte und vor allem sah. Sie zogen sich die Schuhe und Strümpfe aus, krempelten die Hosenbeine hoch und traten in den warmen Morast am Ufer, wo das Wasser schon zurückgewichen war.

Stephan bekam eine Libellenlarve gezeigt, die fast fertig zur Häutung war, verfolgte sie bei der Jagd nach Wasserläufern und entdeckte einen Taumelkäfer. Peter erklärte ihm, daß es sich um einen Rückenschwimmer handelte; danach fischte er Wasserschnecken aus dem Schlamm, zeigte sie Stephan und warf sie zurück. Sie störten Frösche auf, die plumpsend vom grasigen Ufer in den Teich sprangen und erst nach langer Zeit wieder zum Luftholen an die Oberfläche kamen. Der Zoologieunterricht nahm beide so gefangen, daß sie nicht achtgaben und erst Peter und gleich nach ihm Stephan in Schlammlöcher gerieten. Das Wasser ging ihm bis über die Knie, bei Peter sogar bis über den halben Oberschenkel. Sie retteten sich aufs Trockene, zogen braune Schwaden durch das klare Wasser, setzten sich auf sonnenbeschienene Steine zum Aufwärmen und Trocknen und sahen den schillernden Libellen und einer laut summenden dicken Hummel zu.

«Eine Waldhummel», sagte Peter. «Die Erdhummeln sind noch größer und anders gestreift.»

«Und der da?» Stephan zeigte auf einen Käfer mit langen Fühlern und rot und schwarz gemustertem Rücken, der über sein Hosenbein kletterte. «Wie heißt der?»

«Käfer kann ich noch nicht. Großvater und ich sind erst bei den Bienen, Hummeln und Wespen. Die sind verdammt schwer. Wir haben ein Buch über Insekten mit vielen Bildern.»

Sie dösten in der warmen Sonne, schwiegen und beobachteten einen kleinen Waldvogel, der zum Trinken kam. Als Stephan auf die Uhr sah, war er überrascht, wieviel Zeit sie am Teich und Bach verbracht hatten. «Wir müssen zurück», sagte er, stand auf und streckte sich. «Das war ein schöner Ausflug, Peter.»

«Juhu, und ich gehe zum Geburtstag!»

Auf dem Heimweg wurde Peter albern, hopste und sprang, redete wie ein Wasserfall, erzählte Kinderwitze aus der Schule und gab fürchterlich an. Stephan fragte sich verwundert, ob er auch so gewesen war. In einem Augenblick ernst und ganz bei der Sache, im nächsten überkandidelt und von einem wilden Bewegungsdrang.

Peter forderte ihn zum Wettlaufen auf, und er mußte alles drangeben, um wenigstens gleichzeitig mit dem Jungen das Ziel zu erreichen, das immer irgendein großer Baum war, an den Stephan sich lehnte und nach Luft schnappte. Sie kamen heiß, verschwitzt und atemlos auf dem Hof an, wo Marianne Altenberg sie lachend und kopfschüttelnd empfing.

«Wie seht ihr denn aus! Nein, so schmutzig kommt keiner ins Wohnzimmer. Umziehen und Füße waschen, Peter!»

«Der Nebelmann aber auch», rief Peter hüpfend und triumphierend.

«Ja, der auch.»

Nach dem Mittagessen verabschiedeten sich Altenberg und Peter. Der Großvater würde Peter unterwegs absetzen und am Abend wieder abholen. Stephan und Marianne Altenberg blieben zum Mokka allein.

«Haben Sie nach Ihrem anstrengenden Vormittag überhaupt noch Lust zu einer Spazierfahrt?» fragte sie, als sie das Kaffeegeschirr aufs Tablett stellte.

«Große Lust. Mit Ihnen muß ich ja nicht von einem Baum zum anderen ein Wettrennen machen. Wir können gemütlich im Auto sitzen, die Landschaft betrachten und Pause machen, wann wir wollen. Haben Sie ein Ziel?»

«Wir haben Zeit.» Sie warf einen Blick auf die Uhr. «Peter und mein Mann sind versorgt; es kommt nicht darauf an, wann wir wieder hier sind. Kennen Sie Straubing?»

Im Auto, als sie durch die sommerlich bunte Landschaft fuhren, begann sie doch wieder, über Katharina zu sprechen. Stephan war es nur angenehm, weil er sich sowieso ständig mit ihr beschäftigte, und Marianne Altenberg stellte ihm die Fragen, die sie sich wohl selbst stellte, ohne sie beantworten zu können.

«Eines begreife ich nicht», sagte sie nach einiger Zeit. «Wieso hat Katharina ein Jahr lang nicht gemerkt, daß Jürgen sie betrog? Ich meine oder vielmehr bilde mir ein, daß man das merken muß. Sie ist gar nicht so oft und auch nie sehr lange verreist gewesen. Wenn ein Mann in eine andere Frau verliebt ist und mit ihr schläft, benimmt er sich seiner Frau gegenüber dann nicht anders als sonst? Katharina muß doch auch mit ihm geschlafen haben? Warum hat sie nichts gespürt? Ich kann mir das nicht vorstellen.»

«Haben Sie sie denn nie gefragt?»

Sie sah überrascht zu ihm herüber. «Nein.» Und dann, als brauche sie dafür eine besondere Erklärung: «Ich bin eine altmodische Frau. Heute mögen Mütter und Töchter über Sex reden oder über Liebe, aber für meine Generation ziemt sich das nicht. Ich könnte das allenfalls mit Gleichaltrigen oder Außenstehenden ... Sehen Sie, Sie frage ich ja auch, und Sie sind nicht gleichaltrig, und ein Außenstehender sind Sie auch nicht mehr.» Sie überspielte die Verlegenheit, die er ihr so deutlich ansehen konnte. «In meinem Leben ist nichts vorgekommen, das mit dem von Katharina vergleichbar wäre. Ich habe meinen Mann nicht betrogen, und wenn er mich betrogen hat, habe ich es nicht gemerkt. Auf dem Gebiet bin ich antiquiert und unerfahren ...»

Ihre Verlegenheit war ansteckend. Stephan wand sich und wußte nicht, was er sagen sollte. «Ich – ich habe auch keine großen Erfahrungen. Vor meiner Heirat gab es Freundinnen, aber nicht viele und nicht auf lange Zeit. Nein, dazu weiß ich auch keine Antwort.»

Er mußte auf die Straße achten, weil ihn zwei Raser überholen wollten, dann überholte er selbst einen Traktor und war für die Ablenkung dankbar. Als er aber merkte, daß sie auf eine Fortsetzung des Gesprächs wartete, nahm er einen neuen Anlauf.

«Aus meinen wenigen Begegnungen mit Ihrer Tochter habe ich den Eindruck, daß sie ihrem Mann blindlings vertraut hat und ihr nie Zweifel gekommen sind. Sie liebte ihn, sie war ihm verbunden und konnte sich gar nicht vorstellen, daß dieser Mann sie hintergehen und betrügen könnte, während er ihr gleichzeitig seine Liebe schwor. Nach allem, was ich gehört habe, muß er das fast bis zum letzten Tag gemacht haben. Ich kann mir das als Fremder nicht vorstellen, wie sollte es Katharina können?»

«Ja», sagte Marianne Altenberg nachdenklich, «ja, so

könnte es gewesen sein. Als sie es erfahren hat und dann zu uns kam, war ihr der Boden unter den Füßen weggerutscht. Sie hatte von einem zum anderen Tag kein Ziel und keinen Ort mehr, zu dem sie ihre Liebe schicken konnte. Es war nicht der verletzte Stolz, unter dem sie so schwer litt, sondern das Leben ohne Liebe. – Sie haben Jürgen getroffen. Welchen Eindruck hat er auf Sie gemacht?»

«Ich bin nicht objektiv, weil ich mich auf Ihre Seite geschlagen habe, aber selbst wenn ich mich bemühe, objektiv zu sein, finde ich nur Einschränkendes. Er war höflich, wurde von Peter überrumpelt und war wenigstens über ihn glücklich. Sonst? Gefühlsarm, rücksichtslos, ach, eher instinktlos. Er hätte seiner jungen Frau über die schwierige Situation weghelfen müssen, hat es aber nicht getan. Er könnte egozentrisch sein...» Stephan verstummte, weil ihm klar wurde, daß er Katharinas böse Gebrauchsanweisung zitierte und nicht seine eigenen Beobachtungen. «Wie soll man in so kurzer Zeit in einen Menschen hineinsehen?»

Sie nickte bestätigend. «Katharina machte eine Bemerkung, über die ich oft nachgedacht habe. Sie sagte, er habe so selten über sich gesprochen, als müsse er seine tiefsten Dinge geheimhalten.»

Auf einmal mochte Stephan nicht mehr. Er gab das offen zu, weil er bei ihr nie Angst hatte, daß sie ihn falsch verstehen oder verletzt reagieren würde.

«Wir sind gleich in Straubing», sagte sie lächelnd. «Da bummeln wir über den schönen Platz, besichtigen die Pestsäule und die Kirche, und dann gehen wir ins Café und essen Agnes-Bernauer-Torte.»

«Was essen wir?»

«Eine Spezialität. Ich finde den Namen auch nicht gelungen. Das arme Weib ist hier schließlich in der Donau ersäuft worden, aber die ihr gewidmete Torte ist zum Augenverdrehen.»

Sie bummelten, sie besichtigten, sie gingen ins Café, und Stephan verdrehte die Augen.

Marianne Altenberg sah ihn besorgt an und fragte: «Ist Ihnen nicht gut?»

«Mir ist sehr gut. Das war der erste Versuch im Augenverdrehen. Ich weiß nicht genau, wie man das macht. Die Torte ist ein Gedicht, aber erlassen Sie mir die Turnübungen mit den Augen. Wenn ich als Junge Grimassen schnitt, sagte meine Mutter, wenn die Uhr schlüge, bliebe mein Gesicht für immer so stehen.»

Sie lachten beide, und dann kam Marianne Altenberg auf ein neues Thema. Ein junges Mädchen war mit einer alten Frau am Arm ins Café gekommen. Sie suchte nach einem freien Tisch, half beim Hinsetzen und nahm den Stock ab. «Rührend nicht? Vielleicht sind es Großmutter und Enkelin.»

Stephan beobachtete die Bestellung von Kaffee und eine mit der Serviererin geführte Unterhaltung. Schließlich stand das Mädchen auf und wählte am Kuchenbuffet aus. «Ja. Die Junge muß die alte Frau lieben. Sie macht das so freundlich, daß ich mir nicht vorstellen kann, strenge Eltern steckten dahinter, die gesagt haben, die Oma müsse ausgeführt werden und diesmal sei sie dran.»

«Ob Peter das auch mal mit uns macht?»

Warum fragt sie das, dachte er. Sie wirkt auf mich so jung. Fürchtet sie sich vor dem Alter? Sofort stiegen eigene

Ängste auf. Der Wettlauf mit Peter, der ihn atemlos gemacht hatte. Die vielen grauen Haare. Die Lesebrille, die er nötig brauchte, deren Anschaffung er aber hinauszögerte. Er schüttelte sich.

«Das wird er ganz bestimmt tun. Aber erst in vielen Jahren. Lassen Sie sich und ihm damit Zeit.»

«Macht der alten Frau das Leben noch Spaß?»

«Heute bestimmt. Sehen Sie nicht, wie lebhaft sie spricht, lacht und das hübsche Mädchen anstrahlt?»

«Vielleicht erinnert sie sich, daß sie auch einmal so jung war und das ganze Leben noch vor sich hatte.»

«Warum sind Sie so elegisch? Fühlen Sie sich schlecht?»

«Nein, gar nicht. Aber ich bin über Sechzig. Wie viele Jahre habe ich noch vor mir, bis ich auch so verhutzelt bin?»

Er gab keine Antwort, und es dauerte auch nur einen Moment, bis sie sich gefaßt hatte und lachen konnte. «Verhutzeln ist gar nicht so schlimm; den Verstand verlieren eigentlich auch nicht, denn das merken ja nur die anderen. In Zwiesel lebt eine alte Dame, die ich gelegentlich besuche. Sie ist über Achtzig. Wir haben Kaffee getrunken und uns gut unterhalten. Auf dem Tisch lag ein Taschenbuch. Sie zeigte es mir und sagte: ‹Das ist ein so schönes Buch, das müssen Sie auch lesen!› Sie nahm es, riß es mit erstaunlich kräftigen Händen durch und gab mir die Hälfte ab.»

«Was haben Sie gemacht?» fragte Stephan lachend.

Sie zog die Schultern hoch. «Was hätte ich tun sollen? Ich habe mich bedankt und das halbe Buch mitgenommen. Ich habe es neu gekauft und ihr geschickt.»

«Na bitte! Keine Schrecken des Alters für Ihre alte Dame. Warum sollen wir uns im voraus fürchten?»

«Ach, das weiß ich auch nicht so genau. Es sind diffuse Ängste, die sich hoffentlich in ein Nichts auflösen oder unnötig sind, weil der Tod ein Einsehen hat und nicht zu lange auf sich warten läßt.»

Auf der Heimfahrt kehrten sie zu den alltäglichen Dingen zurück, unterhielten sich lebhaft und waren zu Hause, ehe sie es sich versahen. Lebrecht Altenberg und Peter waren noch nicht zurück. Sie gingen ins Wohnzimmer, ließen Theo im Garten auf seiner Steinstufe und setzten sich dann nach der vielen Sonne ins kühle Zimmer an den kleinen Tisch mit den Sesseln.

«Ach, das war heute schön!» Marianne verschränkte die Arme hinter dem Kopf und seufzte zufrieden. «Ich hab den Ausflug genossen, weil ich mal kein Familienmensch, sondern ein Einzelwesen war. Bisweilen tut das gut.»

«Na, na», mahnte Stephan. «Die Probleme haben wir für heute hinter uns. Wenn Katharina wieder in München lebt und Sie zu Besuch kommen, pflegen wir den Einzelmenschen –» Er wollte weitersprechen, aber genau diesen Augenblick nützte Chopin, der sich bisher nicht bemerkbar gemacht hatte, um auf den Flügel zu springen. Sie fuhren zusammen, als ihnen die schrillen, hohen Mißtöne in die Ohren drangen.

«Mein Gott, bin ich erschrocken», sagte Marianne schaudernd. «Dieses Mistvieh!»

Stephan stand auf, war mit ein paar langen Schritten beim Flügel, legte Chopin beide Hände fest um den Bauch, hob ihn von den Tasten, sah sich etwas ratlos um, ging dann zum offenen Fenster, beugte sich weit nach vorn und ließ den Kater in den Jasminbusch an der Hauswand plumpsen. Sie hörten ärgerliches Fauchen und Geraschel.

Marianne sah ihn fassungslos an. «Das war eine gute Idee!» sagte sie endlich. «Warum bin ich darauf noch nie gekommen? Er geht mir so oft auf die Nerven.»

Stephan schüttelte den Kopf. «So etwas habe ich noch nie gemacht. Ich habe gar nicht gewußt, daß ich dazu fähig bin.»

13

Stephan mußte beruflich verreisen, war drei Tage fort und bekam, kaum zurückgekehrt, einen der üblichen Anrufe von Veronika von Wismar. Er trug das Telefon vom Schreibtisch zum Sessel und richtete sich auf ein längeres Gespräch ein. Er liebte ihre Anrufe. Sie kam vom Hundertsten ins Tausendste, erzählte kleine Begebenheiten, berichtete von Menschen, die sie getroffen hatte, sprach über ihre Kinder und Enkel, über ihre Arbeit, klatschte mit viel Humor und nur gelinder Boshaftigkeit und bezog ihn in ihr Leben mit ein. Zwischendurch erkundigte sie sich nach seinem Besuch bei den Altenbergs, stellte Zwischenfragen und lachte mit ihm über das halbierte Buch der alten Dame aus Zwiesel. Die interessanteste Neuigkeit hob sie jedoch ganz bis zum Ende auf.

«Ihre Katharina hat mich besucht.»

«Sie ist nicht meine Katharina.»

«Das kann noch werden. Ich sagte Ihnen doch schon, daß ich gern kupple, vor allem, wenn ich so hervorragende Aussichten auf Erfolg habe.»

«Helena!»

«Ja, schon gut. Wollen Sie nicht hören, wie es war?»

Natürlich wollte er nichts lieber als das, hätte es aber nie zugegeben. Sie rechnete mit seiner Neugier, ersparte es ihm, bitten zu müssen, und legte sofort los. «Also, mir gefällt sie wirklich. Zugegeben, ein bißchen verrückt ist sie. Sie hat zwar vorher angerufen, stand jedoch schon zehn Minuten später vor meiner Haustür. Wann ißt diese Frau eigentlich? Als sie kam, war es kurz vor neun Uhr. Sie hatte anscheinend den ganzen Tag nichts gegessen.»

«Ich weiß es nicht so genau. Sie hetzt viel herum. Mag sein, daß ihr dabei der Hunger vergeht.»

«Das ist die eine Macke, die andere hat immer noch mit Jürgen und Jutta zu tun. Den halben Abend lang ging es um Rache. Ich war fast so weit, daß ich das Thema abwürgen wollte. Nach meiner Meinung hat ihr Alter damit zu tun. Wenn man jung ist, ist der Liebeskummer sozusagen einprogrammiert. Man überwindet ihn leichter, und dann taucht meistens schon ein neues Objekt auf. Das einzige Heilmittel gegen Liebeskummer ist eine neue Liebe. Katharina schätze ich ungefähr auf Vierzig. Stimmt das?»

«Es dürfte hinkommen. Ganz genau weiß ich es auch nicht.»

«Mit Vierzig ist man nicht mehr so ganz jung. Da wird der Liebeskummer zu einer schweren Krankheit. Und wer krank ist, strahlt nichts aus. Katharina zieht keinen anderen Mann an, in den sie sich verlieben könnte, und deshalb bleibt ihr nur der ohnmächtige Zorn gegen den, der sie so verletzt hat.»

«Ist ohnmächtig das richtige Wort, wenn sie an nichts anderes denkt als an Rache?» Er sah Helena durch den Telefondraht die Schultern hochziehen.

«Aber bitte, wie rächt sie sich denn? Ist sie hingegangen und hat ihn und Jutta zusammengeschrien? Hat sie die beiden in der Öffentlichkeit attackiert? Bombardiert sie ihren Ex-Mann in der Firma mit Anrufen? Offenbar doch nicht. Und das gerade wären die Dinge, die mir einfielen, wenn ich jemandem das Leben schwermachen wollte. Was tut sie denn? Wissen Sie etwas?»

Gedichte von Arno Holz, eine pampige Gebrauchsanweisung für Jürgen Reiners. Mehr wußte er nicht, und das konnte er Helena nicht erzählen. Was sich erzählen ließ, war ihr Plan, ihm irgendwo in der Öffentlichkeit den Kopf zu verdrehen und ihm vorzuführen, welche charmante, kluge und überlegene Frau er gegen die kleine Schlange eingetauscht hatte.

«Hat sie mir auch gesagt», wehrte Helena ab. «Wann soll das sein? Mit einem Treffen bei einer großen Gesellschaft ist es nicht getan; sie müßten sich schon andauernd über den Weg laufen, und das kann sie wohl nicht bewerkstelligen, denn sonst hätte sie es längst gemacht. Ich glaube, sie hat ihr Pulver verschossen. Soll ich mal orakeln?»

«Ich werde Sie kaum davon abhalten können.»

Sie lachte fröhlich. «Können Sie auch nicht. Ich prophezeie, daß es wie das Hornberger Schießen ausgeht. Sie kommt mit der Rache nicht zu Rande, plant noch eine Weile, löst sich unterdessen innerlich ab, und sobald das geschehen ist, braucht sie sich nicht mehr zu rächen. Dann könnten Sie parat stehen, lieber Pfändler, weil Sie doch auch nur darauf warten, daß eine Leere wieder ausgefüllt wird.»

«Ihr Beruf hat Sie verdorben, Helena! Katharina Reiners und ich sind keine Romanfiguren, die man hin und her schieben kann, wie es einem in den Kram paßt. Haben

Sie bei Ihrer Griechenlandbesessenheit nie gelesen, daß die Pythia sich manchmal geirrt hat?»

«Die Pythia nie, nur die Menschen, die ihre Sprüche falsch ausgelegt haben.»

Stephan seufzte. Er mochte nicht mehr reden und fand einen Grund, das Gespräch zu beenden. Als er aufgelegt hatte, stellte er fest, daß Auflegen nichts nützte. Veronika von Wismar konnte nicht wissen, wie er mit Katharina stand und wie sehr ihn die Ungewißheit quälte. Er hatte immer noch nichts von ihr gehört, wollte nicht von sich aus anrufen, obwohl es ihn dazu drängte. Wenn sie zu Helena ging, warum kam sie dann nicht zu ihm? Wenn es sein mußte, auch unangemeldet. Er haderte mit ihr und mit seiner Unsicherheit, die ihm spontane Entschlüsse verwehrte. Er war der ewige Zauderer und Zögerer, der sich überall selbst im Weg stand. Andere hätten sie längst angerufen. Er ärgerte sich, weil Veronika offenbar durchschaute, was er ihr hatte verschweigen wollen. Aber auch sie hätte ihm nicht raten können, wie es weitergehen sollte.

Der Abend dehnte sich lang vor ihm aus, und er hatte zu nichts Lust. Er wollte nicht fernsehen, keine Musik hören, auch nicht lesen, denn er wußte, daß er nur zu grübeln beginnen würde, sobald er ein Buch in die Hand nahm.

Seine Wohnung in dem großen anonymen Block, in dem er die nächsten Nachbarn nicht kannte, gefiel ihm nicht mehr. Das Haus der Altenbergs, aus dem man sofort ins Freie trat, wo man von der Küche aus über eine einzige breite Stufe im Garten war, hatte ihn für die fünfte Etage verdorben. Kein Kontakt mit der Erde. Von ihr war er durch ein langweiliges Treppenhaus getrennt. Der Lift machte den Weg nach unten nur schneller, aber dort erwartete ihn ein Rasen ohne Gänseblümchen über der Betondecke der Tiefgarage, deren Luftschächte das sterile Einerlei nur noch verstärkten. Keine hundert Meter, dann kam der nächste Block, in dem die Wohnungen denselben Grundriß hatten und er genau wußte, wie es hinter den Fenstern aussehen würde. Es gab hier keine großen Bäume, weil die dünne Erdschicht über dem Beton keine Wurzeln duldete. Keine Vögel, außer ein paar zänkischen Amseln und den Großstadttauben, dafür immer Autolärm von der Straße, der sich zwischen den hohen Hauswänden fing und Tag und Nacht nie aufhörte. Er dachte an das alte Haus im Böhmerwald und war sogar neidisch auf Veronikas kleine Villa mit der Wiese und den Bäumen, dem Vogelgezwitscher und den Blumen.

Warum hatte ihn das früher nie gestört, warum erst jetzt?

«Steril», sagte er vor sich hin und stand auf. Er verließ die Wohnung, rannte die fünf Treppen hinunter und machte sich auf den Weg zum Park. Er lief mit hastigen Schritten, als müsse er unbedingt ein Ziel erreichen; als er merkte, daß er andere Passanten überholte, kurz und laut zu atmen begann, mäßigte er das Tempo. Er las Straßenschilder und stellte erstaunt fest, daß er die Namen nie beachtet hatte, obwohl er diesen Weg Dutzende von Malen gegangen war. Wieso war er eigentlich in seinem Beruf erfolgreich, beobachtete Menschen und ihre Eigenarten, erfaßte die wichtigen Dinge und reagierte auf seine äußere Umgebung, wenn ihm das im Privatleben nicht gelang? War er immer so gewesen oder erst seit Barbaras Tod? Die lange Zeit ihrer Krankheit hatte ihn abgelenkt, weil er sich ganz auf sie konzentrierte, aber war das eine Entschuldigung, nach drei Jahren immer noch nicht nach rechts und links zu sehen?

Wäre das immer so weitergegangen, wenn er nicht in jener Dezembernacht im Nebel den Weg verloren hätte?

Stephan las wieder ein Straßenschild, erkannte den Namen, mußte aber erst überlegen, wer dort wohnte. Natürlich, Katharina! Nur hatte er sie nie mit einer Adresse, sondern immer mit einer Telefonnummer in Verbindung gebracht. Er war nie von ihr in ihre Wohnung eingeladen worden. Sie hatte von dem häßlichen möblierten Apartment gesprochen. In seinem Gedächtnis suchte er nach der Hausnummer, sah die Visitenkarte vor sich und sagte auf einmal laut: «Vierundzwanzig.» Dann stand er vor einem Haus aus den dreißiger Jahren, das früher sicher in jeder Etage eine große Wohnung gehabt hatte, jetzt aber zerstückelt sein mußte. Er blickte an der Hausfront empor, sah Lichter hinter mehreren Fenstern, ohne wissen zu können, ob hinter einem davon Katharina zwischen Chintz, Troddeln und Puffbildern den Abend verbrachte. Es war zu dunkel, um die Haustürschilder zu lesen.

Stephan ging weiter und sah an der Ecke der kleinen Straße, die in den Fußweg zum Park mündete, das Wirtshaus und die hell erleuchteten Räume.

Er ging hinein und merkte zu spät, daß keiner der kleinen Tische mehr frei war und er sich zu anderen Gästen an die lange Holztafel setzen mußte. Erst wollte er einen Stuhl zwischen sich und der kleinen Gruppe von Männern und Frauen freilassen, aber das kam ihm ungehörig vor.

Er machte eine fragende Geste, sah ein antwortendes Lächeln und setzte sich neben einen Mann, den er schon irgendwo gesehen zu haben glaubte. Als er sich Bier bestellte, fiel ihm ein, daß er nicht zu Abend gegessen hatte. Die Küche war schon zu, aber es gab noch Schinken- und Käsebrot. Die Kellnerin stellte den Teller vor ihn, die Tischnachbarn wünschten guten Appetit und überließen ihn dann sich selbst. Er aß heißhungrig und lernte aus den Gesprächen, daß der Mann neben ihm und die braunhaarige Frau schräg gegenüber in einem kleinen Theater in Schwabing aufgetreten waren, sich mit Freunden getroffen und nach der Vorstellung hier gegessen hatten. Damit war klar, woher er den Mann kannte. Beim vorsichtigen Beobachten brachte er auch seine Frau in Theater- und Fernsehrollen unter. Schon wieder kamen ihm Bedenken, zu aufdringlich gewesen zu sein. Er hätte merken müssen, daß dies eine Gruppe war...

Aber die anderen beachteten ihn nicht, und es blieb ihm Zeit, heimlich Studien zu betreiben.

Der Schauspieler wurde von zwei apart zurechtgemachten Frauen, die in Katharinas Alter sein mochten, in Gespräche verwickelt, aus denen hervorging, daß sie ihn gut kannten, bewunderten und anhimmelten. Es war ein stiller Wettkampf um seine Gunst. Die neben ihm redete und lachte, faßte nach seinem Arm, wenn sie eindringlich auf ihn einsprach, und versuchte, ihn aus dem allgemeinen in ein privates Zusammensein zu ziehen. Die andere, ihm gegenüber und mit dem Rücken zum Fenster sitzend, beugte sich weit über den Tisch, wobei ihre lange Mähne dem Bierglas gefährlich nahe kam, eine Strähne in den Schaum tauchte und Stephan überlegte, ob er sie aufmerksam machen sollte. Aber was ging es ihn an? Gleich darauf verzeichnete er, daß der Schauspieler amüsiert seiner Frau zublinzelte und sie schmunzelnd ein Auge zukniff. Insofern schien alles in Ordnung zu sein, stellte Stephan fest und fand sich komisch, weil ihn die Ehe- oder Liebesgeschichten dieser Fremden nun wirklich nichts angingen. Ganz allmählich und wahrscheinlich auf Betreiben der in ungünstiger Position sitzenden Freundin mit der ins Bier getunkten Strähne wurde er ins Gespräch gezogen. Sie hatte ihn prüfend gemustert und anscheinend für akzeptabel befunden. Ob er ein Stammgast sei. Sie frage das nur, weil sie sich nicht erinnern könne, ihn hier schon gesehen zu haben. Nein, nach einem langen Spaziergang habe er Hunger und Durst bekommen und sei einfach hereingekommen. Ach? Sie alle seien sehr oft hier, meistens nach dem Theater; sie kannten sich seit langem. Ja, sagte er, das habe er schon bemerkt. Das setzte sich fort, bis er sah, daß sich die Blicke der Gegenübersitzenden auf die Eingangstür richteten. Die mit dem Rücken zur Tür, auf Stephans Seite, wurden aufmerksam. Der Schauspieler drehte sich halb herum und hob den Arm.

«Da ist Katharina!» rief er seiner Frau zu, die sie längst gesehen haben mußte.

Stephan fuhr herum. Katharina Reiners stand einige Schritte entfernt, kniff die Augen gegen das helle Licht zusammen und sagte: «Servus. Was macht ihr denn noch so spät hier?»

Sie trat ans hintere Ende des Tischs, schüttelte Hände, lachte, begrüßte jeden mit Namen und arbeitete sich vorwärts. «Bleib sitzen», sagte sie zum Schauspieler, der im Begriff war aufzustehen. Sie legte ihm die Hände auf die Schultern und drückte ihn auf den Stuhl.

Stephan war aufgestanden. Sie sah zu ihm auf und starrte

ihn mit vor Erstaunen offenem Mund an. «Stephan! Wie kommst du denn hierher?»

«Durch Zufall.» Er hätte sie gern umarmt, wagte es aber nicht und beugte sich nur vor, um ihre Hand an die Lippen zu ziehen.

«Was, ihr kennt euch?» fragte Stephans Gesprächspartnerin neugierig, und nun wandten sich ihnen alle Gesichter zu.

«Ich kenn' eine Menge netter Leute, Gabi», erklärte Katharina und setzte sich neben Stephan. «Das ist Herr Doktor Pfändler, falls ihr euch noch nicht bekannt gemacht habt.»

«Dazu war noch gar keine Gelegenheit», sagte der Schauspieler. «Er ist hereingeschneit und hat sich zu uns an den Tisch gesetzt.»

«Er ist auch ein Freund von Veronika», sagte Katharina leichthin. «Ich kenne ihn schon länger. Komisch, daß ihr euch noch nicht über den Weg gelaufen seid. München muß größer sein, als man denkt.» Leise, so daß die anderen es nicht hören konnten, flüsterte sie Stephan zu: «So ist es am besten. Warum sollen wir lange erklären?»

Der Schauspieler schob die Hand seiner Nachbarin vom Arm, beugte sich an Stephan vorbei zu Katharina hinüber und fragte: «Geht's denn wieder? Ist alles in Ordnung, Katharina?»

«Es muß eben.»

Er hatte freundliche dunkle Augen, aus denen er sie besorgt anblickte. «Du hast dich rar gemacht. Besser ausgesehen hast du auch schon mal. Bist du noch auf Wohnungssuche? Neulich hab ich was gehört, was sich für dich eignen könnte. Eine große Wohnung, in der Platz für ein

Atelier wäre. Aber sie wird erst im Winter frei. Die Leute haben gebaut und wissen noch nicht genau, wann sie einziehen können. Wäre das was? Soll ich nachforschen?»

«Wo?»

«Irgendwo in der Stadt am Isarufer.»

«Bitte, tu das! Das hört sich gut an.»

Sie redeten noch ein paar Sätze hin und her, und dann kam Stephan endlich dazu, von den anderen unbeachtet mit ihr zu sprechen. «Ich war einsam, bin spazierengegangen, wollte in den Park, und dann hab ich plötzlich gemerkt, daß ich Hunger hatte. Darum bin ich hier hereingeplatzt. Wie du siehst, stecken deine chaotischen Eßgewohnheiten sogar so ordentliche Menschen wie mich an.»

Sie lächelte. «Ich hätte dich längst anrufen sollen, aber es kam immer was dazwischen. Ich hab eine Serie gemacht und im Labor von Freunden jeden Abend bis spät entwickelt.»

«Machst du das immer selbst?»

Er stellte fest, daß er so gut wie nichts über ihren Beruf wußte. Sie auch nichts von seinem. Zwischen ihr und ihm ging es seit dem Januar nur um ihre verkorkste Ehe, um Peter und ihre Eltern. Von ihren Reisen wußte er nur aus ihren Briefen.

«Das hängt von den Terminen ab», antwortete sie in seine Gedanken hinein. «Wenn es schnell gehen muß, schicke ich nur die Filme, und die Zeitungen entwickeln selbst und suchen sich heraus, was sie haben wollen. Wenn mehr Zeit bleibt, schicke ich die Bilder. Bei mir werden sie besser. Ich sagte schon mal, daß ich altmodisch bin. Dazu gehört auch, daß ich gern retouchiere.»

«Du warst bei Veronika?» Er konnte hören, wie vorwurfsvoll seine Stimme klang.

Der Schauspieler schnappte den Namen auf und fragte dazwischen: «Was macht sie denn? Wenn Inge und ich zusammen aufgetreten sind, ist sie immer ins Theater gekommen und hat uns hinterher in der Garderobe besucht. Bisher war sie nicht da, und lange spielen wir nicht mehr.»

«Ihr kennt sie länger und besser als ich. Geht doch zu ihr. Sie freut sich bestimmt. Stephan kann euch mehr von ihr erzählen.»

«Ich weiß nur, daß sie einen Roman nach dem anderen produziert. Sie arbeitet sehr viel.»

«Kommt sie noch mit dem Friedrichs zusammen? Oder hat es da wegen Jürgen auch einen Bruch gegeben?»

«Ich hab damit nichts zu tun», wehrte Katharina schroff ab. Sie bekam einen bösen Mund.

«Nun sei doch nicht gleich so kratzbürstig! Ich hab's wirklich nicht böse gemeint.»

«Entschuldige.» Sie stand auf, ging um den Tisch herum, bat einen der bärtigen Männer, einen Platz weiterzurücken, weil sie noch ein bißchen mit Inge reden wolle. Stephan sah hinter ihr her und war nun wirklich verärgert. Unglück war kein Freibrief, sich schlecht zu benehmen. Sie tat es nicht nur ihm gegenüber, sondern auch gegen alte Freunde. Er winkte der Kellnerin.

«Reicht's Ihnen?» fragte der Schauspieler, der ihm so gut gefiel, und ahmte Katharinas Gesicht nach. «Die Scheidung von diesem gemeinen Kerl hat ihr schwer zugesetzt, aber allmählich sollte sie darüber wegkommen. Was man auch zu ihr sagt, es ist immer falsch, und sie schlägt sofort zurück.»

«Ich gewöhne mich dran», sagte Stephan, weil doch irgend etwas gesagt werden mußte. «Nehmen Sie es mir nicht übel, wenn ich ohne großes Verabschieden verschwinde. Ich bin müde und muß morgen sehr früh aufstehen. Empfehlen Sie mich Ihrer Frau – und hoffentlich auf Wiedersehen.»

«Das würde mich auch freuen.»

Stephan nickte einmal in die Runde, stand auf, bezahlte an der Theke und winkte beim Hinausgehen Katharina zu, die ein betretenes Gesicht machte, aber nichts sagte und sich auch nicht anschickte, ihm zu folgen.

Auf der Straße steckte er die geballten Fäuste in die Taschen, machte lange Schritte und murrte leise vor sich hin. Hatte er es nötig, hinter dieser egozentrischen Person herzulaufen? Es gab andere Frauen, die freundlicher, netter und ausgeglichener waren. Sie dachte nur an sich. Nicht ein einziges Mal, seit er sie kannte, hatte sie ihn gefragt, wie es ihm ging. Das interessierte sie überhaupt nicht. Er war der Kümmerer, der Blitzableiter, der dasein mußte, wann sie ihn brauchte. Der Schauspieler hatte recht: Es reichte ihm. Sie mußte sehr gut zu ihrem Mann gepaßt haben. Rücksichtslos und auf den eigenen Vorteil bedacht! Er hatte die Junge gewollt und sie sich genommen. Katharina war stinkbeleidigt, weil er sie hatte sitzenlassen. Ihr ganzes Gerede über die Liebe war hohl, in Wirklichkeit ging es nur darum, daß sie sich nicht vorstellen konnte, daß einer es fertigbrachte, eine andere ihr vorzuziehen. Heute würde sie gemerkt haben, daß er, Stephan, keine Lust mehr hatte. Das aber konnte sie nicht zulassen. Er hatte für sie dazusein, zuzuhören, eventuell sogar mit ihr zu schlafen, weil sie sich beweisen mußte, daß sie für andere Männer noch anziehend war. Sie schrieb und telefonierte und lenkte nur ein, sobald sie merkte, daß er drauf und dran war abzuspringen. Na gut. Sollte sie kommen und klingeln, anrufen oder schreiben. Egal, ob sie sich hinter Veronika Wismar, die Altenbergs oder Peter steckte, um wieder gut Wetter bei ihm zu machen. Damit hatte es sich. Er bestimmte, mit wem er befreundet war, und den Trennstrich zwischen ihr und ihm zog er.

Stephan ging blindlings durch die Straßen und achtete auf nichts. Erst als sich eine Hand auf seine Schulter legte, zuckte er erschrocken zusammen.

Katharina umrundete ihn und stellte sich ihm in den Weg. Sie atmete heftig und brachte keinen Ton hervor. Sie standen sich gegenüber; sie sah ihm ins Gesicht und hob schützend die Hand.

«Bitte nicht, Stephan!»

«Was nicht?»

«Du sollst mich nicht schlagen.»

Bei aller Wut empfand er ein großes, tiefes Erstaunen.

«Ich schlage nicht, niemand, schon gar nicht eine Frau.»

«Sind wir schon so weit, daß ich für dich ‹eine Frau› bin?»

«Ja. Das ist deine Wahl. Du wolltest es nicht anders haben.»

«Nein. Ich wollte nur Zeit.»

«Zeit wofür? Um dir zu überlegen, ob es sich noch lohnt, hinter deinem Mann herzujagen, oder ob du irgendwo einen anderen Anwärter auf deine Gunst finden kannst, der dir mehr bietet als ich?»

«Stephan!»

«Stephan», machte er sie zornig nach. «Es ist zu Ende, Katharina. Mich stellt man nicht in eine Ecke und holt mich heraus, wenn gerade kein anderer da ist, hätschelt mich ein wenig und läßt mich wieder in der Versenkung verschwinden, sobald man mich nicht mehr braucht.»

Sie standen sich zwischen zwei Straßenlaternen unter einem großen Baum gegenüber. Es war so dunkel, daß er ihr Gesicht nicht sehen konnte. Sie blieb jedoch regungslos stehen, den Kopf in den Nacken gelegt, stumm. Er konnte nicht erkennen, ob sie weinte oder nur wütend war. Sofort setzten die alten Zweifel ein. Er bekam Angst, zu ausfallend gewesen zu sein. Vielleicht hatte sie ihm nicht absichtlich weh tun wollen, und dann war das für ihn kein Anlaß, wiederum sie zu verletzen. Konnte es nicht sein, daß er mehr in diese Beziehung hineingedacht hatte, als drin war? Er war ausgehungert nach Liebe und Zärtlichkeit gewesen. Sie, verbittert und entsetzlich enttäuscht, hatte nach Trost gesucht und Stephan gefunden, Peters Nebelmann, der sich nicht fassen ließ. Alle hatten ihm vorgeworfen, nur ein Zuschauer zu sein. Liebte man denn einen Zuschauer, der nie in begeisterten Applaus ausbrach?

Das Schweigen hatte schon zu lange gedauert. Stephan wußte nicht, was er sagen sollte. Nach seinem wütenden Ausbruch gab es nichts Verbindliches mehr. Wenn sie nicht einlenkte, konnte er es auch nicht. Er wartete und spürte schon wieder, daß der Zorn in ihm hochstieg und von einer ganz merkwürdigen Verdrossenheit begleitet wurde. Beides paßte nicht zusammen.

«Ich bringe dich noch zu deinem Haus», sagte er endlich. «Es ist zu spät, daß du noch allein durch die dunklen Straßen gehen kannst.»

Sie trat zur Seite und ging wortlos neben ihm her. Es war nicht weit, und sie kamen viel zu schnell in ihre Straße. Er wünschte sich, sie hätten eine halbe Stunde Zeit gehabt...

Vor dem Haus fiel ihm ein, daß in Romanen die Männer den Frauen die Haustür aufschlossen. Mit einem kleinen Sicherheitsschlüssel? Es mußte doch wohl eher ein großer Schlüsselbund mit einem schweren Hausschlüssel gewesen sein. Wahrscheinlich würde Katharina eine solche Geste nur komisch finden. Aber auch sie mußte ähnliche Gedanken gehabt haben. Im Schein der Hauslampe sah sie zu ihm auf, verzog spöttisch den Mund und sprach zum erstenmal wieder.

«Wenn ich dich jetzt aufforderte, noch auf einen Kaffee heraufzukommen, würdest du sicher prüde abwehren. Also sage ich lieber nichts. Gute Nacht, Stephan.»

Sie machte keine Anstalten, ihm die Hand zu geben, und verwehrte ihm damit jede Annäherung. Keine noch so lockere Umarmung, keine Freundlichkeit war mehr möglich. Sei's drum!

«Gute Nacht, Katharina.»

Er ging wie ein Nachtwandler bis zu seinem Haus, fuhr mit dem Lift nach oben und betrat seine Wohnung wie Neuland. Warum hatte er noch vor ein paar Stunden mit diesem Haus gehadert? Er war ein Großstädter geworden, der sehr wohl in einem Betonblock im fünften Stock leben und sich wohl fühlen konnte. Diese Wohnung hatten Barbara und er zusammen eingerichtet. Es war schön geworden, an jedem Bild, jedem Möbelstück oder Teppich hingen gute Erinnerungen. Lag es an Katharina, daß er unzufrieden geworden war? Unzufriedenheit und Unrast steckten an. Auch war er es nicht gewöhnt, angelogen zu werden. Was konnte er ihr noch glauben und was nicht? Zum Beispiel die Beschreibung ihrer Wohnung. Er hatte es für bare Münze genommen, daß sie in Plüsch und mit geschmacklosen Bildern wohnte. Heute war die Bemerkung über den Kaffee extra so angelegt gewesen, daß er nicht darauf reagieren konnte. Er sollte nicht in diese Wohnung. Seine verdammte Leichtgläubigkeit! Wer sagte denn, daß die traurige Ehegeschichte so stimmte, wie sie sie erzählte? Vielleicht war in Wirklichkeit alles ganz anders.

Als das Telefon klingelte, lehnte er am Pfosten der Balkontür und starrte in die Nacht hinaus. Er rührte sich nicht und ließ es klingeln. Er wollte keine Entschuldigungen oder Beteuerungen mehr hören. Aus und vorbei.

In der Küche machte er den Kühlschrank auf und betrachtete den Inhalt. Bier, nein, das wollte er jetzt nicht. Aber allein eine Flasche Sekt? Warum denn nicht? Als wäre Sekt nur zum Feiern da. Es ließ sich auch Böses damit fortspülen.

Er saß in seinem Sessel und hatte schon die Flasche halb geleert, als das Telefon wieder zu klingeln begann. Er blieb wie angewurzelt sitzen und zählte zwölf Klingelzeichen, bis sie auflegte. Das fand er komisch und lachte vor sich hin.

Um zwei Uhr war die Flasche leer. Beim Zubettgehen begleitete ihn das angenehme Gefühl, siegreich eine Schlacht geschlagen zu haben. Wer hatte davon geredet, daß im Umkreis von Katharina die Wortwahl martialisch wurde? War er das gewesen oder Marianne Altenberg? Sie mußte es gesagt haben. Eine kluge Frau! Seine Freundin.

Stephan stellte den Wecker und nahm sich vor, gleich morgen früh seiner Sekretärin zu sagen, daß sie ihn bei allen privaten Anrufen verleugnen müsse. Es dürften nur Geschäftsgespräche durchgestellt werden. Und am Wochenende würde er nach Nürnberg zu seinem Freund Paul und dessen Frau Anna fahren und sich alles von der Seele reden. Damit schlief er ein.

14

Paul sagte, was Freunde zu sagen pflegen: «Laß die Finger davon. Die Frau ist nichts für dich. Du bist ein stiller Mensch, warst an die sanfte Barbara gewöhnt, jetzt kannst du nicht auf einmal dein Leben umkrempeln und mit einer so unberechenbaren und für dich zu temperamentvollen Frau neu anfangen. Dafür bist du denn doch zu alt. Wenn Barbara noch lebte, würdet ihr schon bald Silberhochzeit feiern.»

«In fünf Jahren», wandte Stephan ein.

«Na und? Was sind denn fünf Jahre in unserem Alter. Wie schnell sind die rum!»

Anna, die ihrem Mann in der Praxis half, drei Kinder großgezogen hatte und Stephan immer wie ein Ausbund an Tüchtigkeit vorgekommen war, wiegelte ab. «Nun fabrizier hier keine Greise, Paul! Ich finde das Älterwerden gar nicht lustig, Stephan übrigens auch nicht, wie du deutlich sehen könntest, wenn du mal die Augen aufmachtest.» Sie legte die Hand auf Stephans Arm und sagte liebevoll: «Ich habe das Gefühl, daß dir diese Katharina und all die vielen Leute, die du neu kennengelernt hast, sehr gut bekommen sind. Du hast dich verändert, bist nicht mehr so altfränkisch, gehst aus dir heraus, und irgendwie bist du auch hübscher geworden. Hast du viel abgenommen? Ist es das?»

Stephan sah an sich herunter. Die Wölbung um die Gürtellinie war verschwunden. «Ich hab mich lange nicht mehr gewogen», sagte er leicht verlegen. «Merkt man es so deutlich?»

«Nein. Du bist zu groß. Da verteilt es sich gut. Aber du hattest schon immer etwas Statisches an dir, das dich alt oder vielmehr zeitlos gemacht hat. So kannte ich dich schon in der Tanzstunde. Jetzt bist du verwandelt.»

«Das macht sein Umgang mit einer Hexe. Er zehrt.»

«Paul!» sagte seine Frau.

Zu seinem eigenen Erstaunen konnte Stephan laut und herzlich lachen. «Wenn ich deine Anspielung richtig verstehe, war leider nicht viel Umgang. Anna hat schon recht. Ich hatte mich vergraben, bin aus meinem Maulwurfsloch herausgeholt worden, habe sehen gelernt und finde mich wieder unter den Menschen zurecht. Ist dir klar, Paul, daß du an allem die Schuld hast?»

«Wieso ich?» Der Freund nahm die Hornbrille ab und sah ihn neugierig an. Dann zog er ein großes weißes Taschentuch heraus und putzte die Brillengläser.

«Weil ich auf der Nebelfahrt im Dezember, als wir uns treffen wollten, vom Weg abgekommen bin und mich hinter ein anderes Auto gehängt habe, das bis auf einen Hof fuhr. Der Mann im Auto war Professor Altenberg. Sein Enkel Peter nennt mich seitdem ‹Nebelmann›. Mir gefällt das; es ist der erste Spitzname meines Lebens.»

«Stimmt. Du hast in der Schule auch keinen gehabt.»

«Die Menschwerdung von Stephan», sagte Anna leise lächelnd. Stephan war verwundert. Veronika hatte das fast wörtlich auch schon über ihn gesagt.

«Erzähle mehr von deiner Katharina», forderte ihn

Anna auf. «Ich kann sie mir nicht vorstellen. Darum kann ich dir auch nicht raten, ob du sie loslassen oder an ihr festhalten sollst. Das ist doch anscheinend der Grund, aus dem du hier bist.»

«Na, habe ich eine kluge Frau?» fragte Paul.

Stephan brauchte eine Weile, bis er zu sprechen begann. Er versuchte, Wichtiges und Unwichtiges zu trennen, aber es gelang ihm nicht, weil sich Katharinas Gesicht mit den grünen Augen beharrlich in den Vordergrund schob und nicht verdrängen ließ. Er sah sie in den guten Situationen, beim zweiten Besuch bei ihm, dann an dem Abend mit Veronika Wismar, als sie so spät noch hereinplatzte, am Tisch im Restaurant, als sie ihn eingeladen hatte, danach beim Ballett und endlich in der Nacht, die sich so tief in sein Gedächtnis eingegraben hatte...

«Sie hat mir schöne Briefe geschrieben», setzte er nun zögernd an. «Es waren traurige Briefe, aber man merkte trotzdem, daß sie über sich lachen konnte. In den Briefen habe ich sie von ihrer besten Seite kennengelernt. Bei einigen Begegnungen war sie mir zu egozentrisch und zu sehr von ihrer Rachsucht besessen, bei anderen konnte sie funkeln und sprühen, und ich war hingerissen. Nur ihre Launenhaftigkeit ist für mich unerträglich. Sie fällt von einem Extrem ins andere, bestimmt, wann wir uns sehen oder ob ich sie anrufen oder treffen darf. Wir sind doch keine achtzehn mehr! Ich brauche eine Frau, die auch mal mir zuhört, die an meinem Leben teilnimmt und für mich da ist. Ohne Gegenseitigkeit geht es nicht. Ich kenne Katharina seit Januar und weiß von ihr nur, was sie mir mitzuteilen beliebt. Vor drei Tagen, das habe ich euch ja erzählt, in dem Gasthof mit den Schauspielern muß es ihr unangenehm gewesen sein, daß ich plötzlich dort war. Sie schien diese Leute alle gut zu kennen und sogar mit ihnen befreundet zu sein. Ich kann nicht verstehen, warum sie mir nicht sagt, wen sie kennt, wen sie gern hat und mit wem sie umgeht. Aus meinem Kreis hat sie Veronika von Wismar einfach annektiert. Sie geht zu ihr, ohne es mir zu sagen. Ich erfahre davon nur, weil meine Freundin Veronika es für selbstverständlich hält, mir das mitzuteilen ...»

Paul unterbrach ihn. «Hast du ihr das mal in aller Ausführlichkeit und Offenheit gesagt, Stephan?»

«Nein. Nicht so deutlich, nicht als Programmpunkt. Wenigstens erinnere ich mich nicht daran. Aber das müßte sie doch selbst wissen; es ist eine Selbstverständlichkeit.»

«Warum? Sie kann nur wissen, was du ihr sagst. Zugegeben, sie benimmt sich dir gegenüber hanebüchen. Offenbar ist das generell die Art, wie sie mit ihren Mitmenschen umgeht!»

Anna hieb mit ihrer runden, stämmigen Faust auf den Tisch, daß die Gläser hüpften. Stephan fuhr zusammen und sah sie aus aufgerissenen Eulenaugen an.

«Entschuldige, Stephan», sagte sie einlenkend. «Ich wollte nicht so heftig werden, aber diese Geschichte ärgert mich. Zwei erwachsene Menschen, die sich lieben und alles tun, diese Liebe kaputtzumachen. Ihr redet nicht oder aneinander vorbei. Sie nützt dich aus, und du setzt ihr nicht den Kopf zurecht, sondern grollst statt dessen in dich hinein. Ach, Stephan, eben habe ich dich noch gelobt, weil du dich so zum Guten verändert hast; aber dieser Katharina gegenüber benimmst du dich, wie du dich benommen hast, seit ich dich kenne. Du verkriechst dich, meinst, alles müsse von der anderen Seite kommen, bist beleidigt, wenn nichts kommt, und kämpfst nicht mal um dein Glück.»

«Laß ihn, Anna. Du machst es nicht besser, wenn du über ihn herfällst. Den Guten hat es ganz schön erwischt. Wenn es nur die Frau wäre, in die er verliebt ist, ginge es noch. Aber er ist in ihre Eltern, ihren Sohn, in die Schreibedame und seinen Ausflug ins wirkliche Leben verliebt. Wenn die Sache mit der schönen Katharina scheitert, stürzt das ganze Bauwerk seines neuen Lebens ein. Keine Altenbergs, kein Peter, keine ständig neuen Sensationen durch eine Frau, in die er verliebt ist, ohne so viel Ausgefallenheit gewachsen zu sein. Das weiß er, und darum fürchtet er sich. Und er weiß auch, daß er wieder in seinen Bau kriechen und sehr einsam sein wird. Einsam ist gleich langweilig. Die amüsante Dame, der er beim Romanschreiben hilft, wird ihn darum schnell ablegen ...»

«Und was soll er machen? Hast du ein Rezept, Paul?»

«Hingehen, sprechen, ihr den Kopf zurechtsetzen, ein Ultimatum stellen –»

«Habt ihr beide mich jetzt lange genug seziert?» fragte Stephan halb wütend, halb belustigt.

«Eigentlich nicht. Wir können das viel besser allein. Du störst nur. Anna und ich sind auf dem besten Wege, dir einen Schlachtplan zu liefern oder, um bei meinem Handwerk zu bleiben, dir eine Kur zu verschreiben.»

«Apropos Schlachtplan», sagte Stephan. «Das ist ein neues Wort in der Sammlung.»

Er begann, den martialischen Wortschatz aufzuzählen.

Als er von Nürnberg zurückfuhr, wußte Stephan immer noch nicht, was er tun sollte, aber es ging ihm sehr viel besser. Anna hatte ihm Sommeräpfel aus dem Garten mitgegeben, deren Duft ihn auf der Fahrt begleitete. Die Freundschaft mit Paul und seiner Anna, die er auch schon kannte, seit sie sechzehn gewesen war, hüllte ihn ein. Sie hatten ja recht, er verbaute sich alles selbst. So konnte es mit Katharina nicht weitergehen, und er würde derjenige sein müssen, der die Klärung herbeiführte. Aber wie?

Er war am Sonntag erst kurz vor zehn wieder zu Hause. Er hatte über eine Stunde in einem Stau gestanden. Ein dankbar hingenommener Wink des Schicksals. Jetzt war es zu spät, um noch anzurufen. Eine Nacht darüber zu schlafen, schadete nie. Dann war der erste Schritt, gleich morgen seiner Sekretärin zu sagen, daß sie Privatgespräche wieder durchstellen sollte. Er fand sich selbst komisch, über solchen Unfug nachzudenken. Es war auch ziemlich feige und bequem, aber er konnte ja mal Glück haben, und Katharina meldete sich zuerst.

Um Viertel vor elf, als er gerade ins Bett gehen wollte, kam ein Anruf, nicht von Katharina, sondern von Valentin Friedrichs, der alle Bonhomie abgelegt und den «Fendel» vergessen hatte und bedrückt und nicht mehr ganz nüchtern klang. «Sind Sie allein?»

«Ja.»

«Es ist was passiert.»

Im ersten Augenblick dachte Stephan an einen Unfall oder ein Unglück und rätselte, was das mit ihm zu tun haben könnte. Er ließ dem anderen Zeit, dachte besorgt an Veronika, die für sie beide der Mensch war, um den sie sich sorgten und der sie verband. Als Friedrichs immer noch nichts erklärte, fühlte er sich bemüßigt zu fragen. «Ist was mit Veronika?»

«Nein. Wie kommen Sie auf die?»

«Einfach darum, weil Sie nicht damit herausrücken, was passiert ist.»

«Es geht um meine Tochter Jutta.» Wieder kam eine lange Pause.

Stephan sah sie vor sich, wie er sie im Park gesehen hatte: hübsch, schlank, blondgelockt, mit dem bunten, viel zu kurzen Kleid und dem verdrossenen Gesicht.

«Friedrichs», sagte er ungeduldig. «Wie wäre es, wenn Sie mal den Mund aufmachten. Ich bin kein Hellseher.»

«Nein, sind Sie nicht. Das würde auch nicht mal einem Hellseher einfallen. Sie ist wieder da. Mit dem Baby.»

«Wo?»

«Na, hier bei mir im Haus. Jetzt ist sie in der Küche und schmeißt mit Tellern nach unserer alten Haushälterin. Was soll ich mit ihr machen? Meine Frau ist nicht da; sie ist mit dem Cicisbeo in der Oper. Die kleine Irene liegt in ihrer Tragetasche im Wohnzinmmer auf dem Sofa und kreischt. In der Küche kreischt Jutta. Die alte Kuh Frieda ruft den Herrgott und alle Heiligen an, und ich bin im Schlafzimmer und habe die Tür hinter mir zugeknallt.» Er holte endlich Luft und fügte hinzu: «Veronika ist auch nicht zu Hause. Die habe ich zuerst angerufen. Können Sie kommen?»

Stephan versuchte sich zu beherrschen, aber es gelang ihm nicht. Er lachte schallend. «Nein, ich komme bestimmt nicht.»

«Sie haben gut lachen.»

«Hab ich auch. Ich mache Telefonseelsorge. Gehen Sie

in die Küche, hauen Sie Ihrer hysterischen Tochter eine runter und bringen Sie sie ins Wohnzimmer, damit sie sich um das Baby kümmert. Es wird Hunger haben. Sobald es still ist, können Sie mit Ihrer Jutta reden. Und noch was: Stellen Sie die Schnapsflasche weg!» Stephan lachte immer noch.

«Ich hab ihr noch nie eine runtergehauen. Soll ich wirklich?»

«Ja, wenn sie noch kreischt.»

«Gut. Bleiben Sie dran. Sie müssen mir weiterhelfen.»

Stephan hörte, daß abgelegt wurde. Er stand neben seinem Schreibtisch, preßte die Muschel ans Ohr, aber nicht einmal ein Türenschlagen drang bis zu ihm. Wenn er jetzt auflegte und ins Bett ging, setzte er sich der Gefahr aus, daß es sofort wieder klingelte. Andererseits konnte es ewig lange dauern, bis bei Friedrichs wieder Ruhe herrschte, und ob der sich dann noch erinnerte und zum Berichterstatten ans Telefon im Schlafzimmer zurückkehrte, war mehr als fraglich. Und um ehrlich zu sein, er wollte gar nicht auflegen, weil er viel zu neugierig war, den Fortgang der Familientragödie zu erfahren. Stephan setzte sich auf den Schreibtischstuhl, zog die Schublade auf, holte eine der vertrockneten Zigaretten heraus und zündete sie an. Es mußte Monate her sein, seit er zuletzt geraucht hatte. Schon nach den ersten Zügen wurde ihm schwummrig. Er hatte keinen Aschenbecher in Greifweite und drückte die Zigarette in der Messingschale für die Stifte aus. Was mochte jetzt bei Valentin passieren? Kam Jürgen Reiners etwa an, um seine Frau heimzuholen? Wie alt war sie? Ein- oder zweiundzwanzig. Bekam man da schon hysterische Anfälle? Vermutlich war sie ein verwöhntes

Einzelkind, das sich in Szene setzen wollte. Schadete dann die empfohlene Ohrfeige? Stephan kamen Bedenken, aber er schüttelte den Kopf. Wenn sie mit Tellern warf, und das auch noch auf eine ganz unschuldige alte Frau, war eine Ohrfeige durchaus angebracht. Er ertappte sich bei einem sehr boshaften Gedanken, den er ganz ungeheuer genoß. Hoffentlich waren es wertvolle Teller, denn das würde den – laut Veronika – sehr genau rechnenden Friedrichs auf die Palme bringen. Vielleicht kam auch noch seine Frau mit dem Hausfreund aus der Oper zurück und platzte in die Familienschlacht hinein. Stephan bedauerte es, sich nie nach Frau Friedrichs erkundigt zu haben. Er wußte nicht, wie sie aussah, wie alt sie war und wie sie mit ihrer Tochter stand. Wenn er von Juttas Alter ausging, mußte sie so um Mitte Vierzig sein. Falls Jutta zu Hause bleiben und nicht zu ihrem Mann zurückkehren wollte, wie ging es dann weiter?

«Nein!» sagte er plötzlich laut. Er sank in den Schreibtischstuhl zurück. Wenn Jutta sich von ihrem Mann trennte oder sich gar scheiden ließ ... Was war dann mit Katharina?

«Pfändler, sind Sie noch da?»

Stephan schrak auf und murmelte: «Ja, leider.»

«Ich hab sie geohrfeigt. Sie schreit nicht mehr. Jetzt gibt sie Irene die Flasche. Frieda jammert auch nicht mehr. Wie geht es weiter? Was soll ich tun?»

«Ins Bett gehen und nicht noch vorher saufen.»

«Und Jutta und Irene?»

«Ihre Tochter dürfte in der Lage sein, in Ihrem Haus ein Bett zu finden. Dazu braucht sie nicht Ihre Hilfe. Können Sie den Rest nicht Ihrer Frau überlassen?»

Das schien kein guter Vorschlag gewesen zu sein. Aus dem Hörer kam unverständliches Gebrummel. Stephan glaubte etwas von Weibern, die sich immer zankten, herauszuhören und mied das Thema. Die Rolle des Telefonberaters gefiel ihm immer besser.

«Sagen Sie Ihrer Tochter einfach, daß sie schlafen gehen soll. Trösten Sie Ihre Haushälterin, und bestellen Sie ein gutes Frühstück zeitig am Morgen. Damit können Sie Ihre Tochter auch vertrösten. Beim Frühstück ist man Katastrophen besser gewachsen als beim Tellerwerfen. Es braucht auch keine Katastrophe zu sein, sondern nur ein dummer Zank. Morgen können Sie sich das alles erklären lassen und Ordnung schaffen.»

«Danke», sagte Friedrichs. «Vielen Dank. Sie sind ein vernünftiger Mann. Besser hätte mir Veronika auch nicht raten können.»

«War das ein Kompliment?» fragte Stephan erheitert, aber er sprach schon in eine tote Leitung.

Stephan, der mit einer schlaflosen Nacht gerechnet hatte, wachte erst auf, als der Wecker klingelte. Er fühlte sich wohl, und weil er sich nicht erinnern konnte, sich lange herumgewälzt und gegrübelt zu haben, schloß er, daß er sofort eingeschlafen sein mußte. Als er in der Küche frühstückte, kam ihm das Durcheinander des späten Abends wie ein verrückter Traum vor, nur daß es Wirklichkeit war und er nun handeln mußte. Friedrichs, das schien sicher, würde ihn bestimmt im Lauf des Tages anrufen. Da brauchte von ihm aus nichts zu geschehen. Bei Veronika wollte er anrufen, aber nicht um acht Uhr morgens. Sie war ein Nachtmensch, dem man vor zehn Uhr nicht mit

Problemen kommen durfte. Abgesehen davon hielt er es für richtiger abzuwarten, bis Friedrichs mit ihr gesprochen hatte. Es war sein Vorrecht, ihr alles brühwarm zu erzählen...

Als er mit den Überlegungen soweit gekommen war, ging ihm auf, daß er nicht nur neugierig, sondern geradezu sensationslüstern war. Und daß er Umwege dachte. Es war leichter, sich über Friedrichs und Veronika Gedanken zu machen, als zu entscheiden, was er Katharina sagen sollte. Sie mußte erfahren, was vor sich ging, weil es für sie bedeutsam war. Und wer sollte sie informieren, wenn nicht er? Aber eigentlich scheute er davor zurück. Wenn die Heimkehr des Heimchens samt Kind ins Elternhaus nur ein Sturm im Wasserglas gewesen war und sie schon wieder reumütig zurückgekehrt war, brauchte Katharina das gar nicht zu wissen. Es war das beste, den heutigen Tag abzuwarten. Er konnte immer noch versuchen, sie am Abend zu erreichen. Vielleicht war sie gar nicht zu Hause.

Stephan leerte die dritte Tasse Kaffee, stand auf und wählte Katharinas Nummer. Während er wartete, verstand er sich selbst nicht mehr. Erst Ausflüchte, eine Zwickmühle, und zwischen seinem Denken und Handeln ein himmelweiter Unterschied.

Als sich der Beantworter einschaltete, hörte er Katharinas Stimme, die um eine Nachricht bat. Auch diese Gnadenfrist nützte er nicht, sondern sagte: «Stephan. Bitte, rufe mich an. Es ist dringend.»

Auf dem Weg zur Agentur fiel ihm ein, daß er das Datum nicht genannt hatte. Ganz schön trottelig! Fing das jetzt schon an?

Im Büro war Hochbetrieb. Er bekam einen geschäftlichen Anruf nach dem anderen, mußte selbst telefonieren, mußte zur Postkonferenz und hinterher zu einer Besprechung mit Kollegen und einem seiner wichtigsten Kunden. Als er kurz nach zwölf wieder in sein Zimmer kam, war seine Sekretärin schon in die Kantine gegangen. Auf seinem Schreibtisch lag ein Zettel, daß Herr Friedrichs und Frau von Wismar angerufen und um seinen Rückruf gebeten hätten.

Er hatte gerade die ersten drei Zahlen von Veronikas Nummer getippt, als es laut an seiner Tür klopfte, ein Kollege hereinkam und fragte: «Gehst du mit mir essen, Stephan?»

Wieder eine Gnadenfrist, die er diesmal nützte, denn trotz aller Neugier belasteten ihn beide Gespräche jetzt doch. Sich die Dinge in Ruhe entwickeln lassen; nicht alles selber vorantreiben, abwarten! Sie würden sich schon wieder melden oder bis zum Abend warten.

«Ja, gern. Aber bitte nur zum Italiener an der Ecke. Bei mir stapelt sich alles. Ich möchte nicht zu lange fortbleiben.»

Kaum war er zurück, meldete sich Veronika. «Pfändler, wir müssen uns treffen! Ich berste vor Neuigkeiten, aber die will ich Ihnen nicht am Telefon erzählen. Können Sie so gegen acht bei mir sein? Ich mache uns was zu essen. Valentin kommt auch.»

«Ja, danke, Helena. Ich komme gern. Sie werden gehört haben, daß ich nachts telefonisch Regieanweisungen gegeben habe.»

«Habe ich. Also, bis heute abend.»

«Halt. Nicht auflegen. Friedrichs hat hier angerufen.

Muß ich mich noch bei ihm melden, wenn wir uns schon am Abend sehen?»

«Brauchen Sie nicht. Er singt Ihr Loblied in den höchsten Tönen. Sie müssen der Retter in der Not gewesen sein. Aber jetzt ist immer noch der Teufel los. Feige wie alle Männer, hat er sich in die Firma gerettet und stellt sich tot. Die beiden Megären wüten in seinem Haus.»

Stephan sagte: «Ich freue mich schon. Anderer Leute Sensationen sind immer besonders hübsch. Bis heute abend.»

«Adieu, Pfändler!»

Stephan empfand es als wohltuend, daß er an diesem Tag nicht zum Luftholen kam. Nachdem er bis halb acht durchgearbeitet hatte, machte er sich gleich zu Veronika auf den Weg und kam kurz nach acht bei ihr an. Friedrichs großer BMW stand schon vor dem Haus. Er öffnete ihm auch die Tür und zog ihn in eine rippenquetschende Umarmung.

«Ich schätze Sie auch sehr», sagte Stephan, sobald er wieder atmen konnte, «aber Sie sind ein Mensch und kein Grizzlybär.»

«Seit wann sind Sie so mimosenhaft? Ich wollte Ihnen nur meine Anerkennung ausdrücken.»

«Und wer umarmt mich?» fragte Veronika, die hinter ihnen stand.

«Habe ich doch längst», erklärte Friedrichs. «Erspare mir den Anblick einer Umarmung mit meinem Nebenbuhler.»

Stephan tat es trotzdem und sehr herzlich. «Ich erwartete Heulen und Zähneklappern und gerate in ein Volksfest», stellte er staunend fest. «Was ist denn nun los?»

«Erst essen wir. Hinterher erzählt es sich leichter.»

«Nein, das kommt nicht in Frage. Ich werde jetzt energisch, und im übrigen bin ich hungrig und durstig und mindestens zu gleichen Teilen neugierig. Ich kann nicht bis nach dem Essen warten.»

«Na gut. Dann essen wir, und Valentin erzählt. Er ist eh zu dick. Vielleicht ißt er weniger, wenn er reden muß.»

«Immer noch Volksfest», sagte Stephan am Eßtisch. «Was ist denn so erfreulich?»

«Gestern abend hätte ich das auch nicht erwartet, Pfändler. Der Rat mit der Ohrfeige war hervorragend. Jutta war so platt, daß sie mitten im Schrei verstummt ist. Aber das hab ich Ihnen noch am Telefon erzählt. Als die kleine Irene versorgt war, kam meine Frau zurück. Aber da war für mich das Drama schon fast zu Ende. Für Lotte, meine Frau, fing es erst an. Sie kommt in die Küche, sieht die Scherben – echtes Meißener Zwiebelmuster – und der nächste hysterische Anfall ist da. Ihr Freund stand daneben und rang buchstäblich die Hände. Frieda flehte wieder den Herrgott an und zeigte eine Schramme, die von den Scherben stammte. Meine Frau ging gleich auf mich los, obwohl ich damit wirklich nichts zu tun hatte. Ihr hab ich übrigens keine runtergehauen. Verdient hätte sie es schon.

Ach, wir müssen komisch ausgesehen haben. Ich im Schlafanzug, einem mit Paspeln und Streifen, meine Frau und der Freund in Opernaufmachung, Frieda im Morgenrock und Jutta in einem Kleid, das sich unter dem Popo wie ein Luftballon bauschte. Als Lotte dahinterkam, daß Jutta die Teller zerschmissen hatte, ist sie um ein Haar handgreiflich geworden. Die beiden haben um die Wette gekreischt.»

Friedrichs wischte sich die Stirn und aß hastig mehrere Gabeln voll Bauernfrühstück. «Ich hab Ihren Rat befolgt, Pfändler, und bin ins Bett gegangen. Das Geschrei konnte ich noch in meinem Zimmer hören. Der Freund hat sich ganz unrühmlich in sein Auto gesetzt und ist fortgefahren. Er muß ziemlich durcheinander gewesen sein. Er hat den Motor zweimal abgewürgt...»

Friedrichs zeigte mit der Gabel auf Stephan. «Das mit dem Frühstück war auch gut. Ich war einigermaßen ausgeschlafen, meine Frau und Jutta weniger. Das Baby wäre um fünf Uhr aufgewacht und hätte keine Ruhe gegeben, bis sie ihm ein Fläschchen gemacht hat. Jutta sah richtig schön übernächtigt aus. Meine Frau war wütend, weil ihr Freund einfach abgehauen ist. Jutta spuckte Gift und Galle über ihren Mann und über uns, weil wir kein Verständnis für sie hätten; keiner hätte gefragt, was denn vorgefallen sei. Das wäre doch wohl das mindeste, wenn sie nachts mit ihrem Kind bei uns Schutz suchte.»

«Was ist denn nun vorgefallen?» fragte Stephan ungeduldig. Aber so bald erfuhr er es nicht und mußte sogar immer von neuem versuchen, die beiden zum Thema zu bringen, weil sie ständig abschweiften und Randgeschichten auswalzten. Sie spielten sich Stichworte zu, über die sie lachten, die er aber nicht verstand. Erst nach einer Weile schien Veronika zu spüren, daß er enttäuscht war. Sie begriff, hob abwehrend die Hand, als Friedrichs zu einer neuen Anekdote über den Freund seiner Frau ansetzte, und sagte: «Stephan muß endlich erfahren, was mit Jutta und ihrem Mann los ist. Das interessiert ihn wegen Katharina Reiners mehr als alles andere.»

Sie drehte sich zu Friedrichs herum. «Laß mich erzählen. Es ist so, Stephan. Zwischen den beiden hat es seit der Heirat und vermehrt nach dem Baby Streit gegeben. Jutta hatte sich das Leben mit Jürgen wohl anders vorgestellt. Sie hat ganz handfeste Gründe angegeben. Seit sie verheiratet wären, behandle er sie wie ein Möbelstück, das da ist, bestimmten Zwecken dient, aber sonst wenig Beachtung findet. Sie soll den Haushalt führen, ihn betreuen, ihm Frühstück machen, auch wenn die Kleine sie mehrmals in der Nacht geweckt hat. Er blockiert das Bad, so daß sie das Kind zu falschen Zeiten wickeln muß. Er verlangt ein Galadiner. Er erwartet, daß sie sich hübsch anzieht, nimmt aber keine Notiz von ihr, wenn er nach Hause kommt, legt sich aufs Sofa, liest Zeitung und schläft eine Runde. – Stimmt das soweit, Valentin?»

Valentin nickte und setzte den Bericht fort. Sie sprachen in verteilten Rollen haargenau das, was Stephan in Katharinas Gebrauchsanweisung gelesen hatte. Hatte Jutta den Brief auswendig gelernt, oder hatte Katharina in ihrer Rachsucht genau die Dinge gesammelt und übertrieben, die nun auch die junge Frau zur Weißglut gebracht hatten? War der Mann mit den freundlichen Augen, den er nur flüchtig im Park mit Peter kennengelernt hatte, wirklich für Frauen so unerträglich? Er konnte es sich fast nicht vorstellen.

«... daß sie sich mit ihm langweilt», sagte Valentin soeben, als Stephan wieder zuzuhören begann. «Er sagt nichts und erwartet, daß sie ihn unterhält. Sie hätte es einmal ausprobiert und während einer langen Autofahrt kein Wort zu ihm gesagt. Sie weiß kaum etwas über ihn; er erzählt nie von Peter oder seiner Zeit mit Katharina. Jutta kennt seine Freunde nicht; er scheint nicht zu wollen, daß sie sie kennenlernt. Sie wäre nicht einmal sicher, ob er nicht weiter heimlich mit Katharina in Verbindung stünde. Sie hat es ihm auf den Kopf zugesagt, aber er stritt es heftig ab.»

Friedrichs maß Stephan mit leisem Argwohn. «Wissen Sie darüber Bescheid, Pfändler?»

«Nein», sagte Stephan, und es kam ihm wie eine Lüge vor, denn Katharina hatte ja Kontakt mit Jürgen aufgenommen, wenn auch einseitig und böse.

«Na, wie dem auch sei, Jutta kämpft und gibt nicht so schnell auf. Trotz aller Streiterei scheint sie ihn immer noch gern zu haben. Verrückt, was? Warum hat einer, der so geschildert wird, bei Frauen Erfolg? Ich verstehe das nicht. Jutta sagt, er habe nur einmal eine Erklärung abgegeben, die sie halbwegs glaubwürdig fände. Nachdem sie sich beklagte, daß er sie vernachlässige, sagte er, er sei eben älter als sie, habe keinen Spaß an Diskos oder fröhlichem Studentenleben. Daraus habe er nie ein Hehl gemacht.»

Stephan sah die beiden Blätter in Katharinas sauberer, kleiner Schrift vor sich. Er verstand auch nichts mehr. «Was war denn nun gestern?» fragte er.

«Der letzte Tropfen, der das Faß überlaufen ließ.»

Stephan sah Veronika an, die stumm erheitert vor sich hin lächelte, seinen Blick einfing, ein Auge zukniff und den Daumen hob. Helena von Auerbach in Aktion; sie registrierte, sammelte und hob zur weiteren Verwendung auf.

Friedrichs hatte das kleine Zwischenspiel nicht bemerkt, so tief war er in seine Erzählung versunken. «Jutta hat sich einen neuen Fummel gekauft, den mit dem Ballon über dem Podex, in dem sie später bei uns anrückte. Die Babysitterin war schon da. Jutta empfing Jürgen an der Tür, wollte mit ihm in einem Restaurant essen und dann mit ihm ins Kino gehen. Es sollte eine Überraschung und ihre Einladung sein, um mal alles aus der Welt zu schaffen, was zwischen ihnen spielte oder nicht spielte. Sie freute sich; er verdarb ihr den Spaß gründlich, war weder von dem Plan noch von dem Fummel begeistert. Das ist übrigens das einzige, was ich verstehen kann. Aber Jutta ist zweiundzwanzig, hat gerade ein Baby bekommen, ihre Figur behalten und ist stolz darauf und meinte, andere Männer würden Jürgen um eine so junge und attraktive Frau beneiden.

Gepfiffen. Er hatte keine Lust, weil im Fernsehen eine Sendung war, die er sehen wollte, und daß ihm das Kleid nicht gefiele, hat er gleich auch noch gesagt und hinzugefügt, in Sachen Mode hätte Katharina einen sehr viel besseren Geschmack gehabt. Mit ihr habe er sich in der Öffentlichkeit nie zu schämen brauchen. Da ist sie geplatzt. Es kam zu Geschrei und Türenschlagen. Er ist aus dem Haus gerannt; sie ist mitsamt Kind ins Elternhaus zurückgekehrt, in dem sie die kostbaren Teller ihrer Mutter als Wurfgeschosse verwendete, weil unsere alte Frieda zu ihr gesagt hat, sie solle sich nichts daraus machen, Verliebte zankten sich immer, und davon würde die Ehe nur besser.»

Er mußte eine Pause machen und Luft holen, bevor er weitersprechen konnte.

«Frieda ist eine knochige alte Jungfer, die nie einen abgekriegt hat. Friedas Ratschläge wären auch nicht nach meinem Geschmack, und das mit den Tellern ging zu weit.

Frieda hat heute morgen gekündigt, aber das macht sie öfter und geht nie.»

«Was ist denn nun mit Jürgen Reiners?» fragte Stephan ungeduldig. «Den hatten wir noch gar nicht.»

«Der kommt jetzt. Gut. Jutta schwört Stein und Bein, daß sie nie wieder zu ihm zurückkehren wird. Beim Frühstück waren meine Frau und ich uns einig, was selten vorkommt. Wir rieten zu Geduld, Nachdenken und einer Aussprache. Aber sie sagte, das ändere nichts. Sie hatte sogar schon überlegt, was sie tun wollte. Als sie das Kind erwartete, war sie bei ihrer Tante, der Schwester meiner Frau, die allein in einem Dorf wohnt und ein großes Haus hat. Ihr Mann war Arzt; sie ist verwitwet. Jutta hat sie in aller Herrgottsfrühe aus dem Bett geklingelt und ihr Kommen mit Irene angekündigt. Mein Fahrer hat sie heute nachmittag hingebracht.»

«Wie das Leben so spielt», sagte Veronika. «Alles fügt sich vortrefflich.»

Stephan schmunzelte und fügte ein tief empfundenes Amen hinzu.

«Seid ihr beide verrückt geworden? Ich begreife gar nichts.»

«Das macht dich so sympathisch», sagte Veronika und lächelte ihn an.

«Und nun komm mal langsam zum Schluß.»

«Ich bin schon ganz abgehetzt.» Er begehrte auf. «Ihr eßt euch satt, und ich soll immer nur reden. Bekomme ich wenigstens einen Kaffee?»

«Den mache ich.» Stephan stand auf. «Aber nur, wenn Sie warten, bis ich wieder aus der Küche komme. Ich möchte mir nichts entgehen lassen.»

«Ich hab was gegen Zaungäste, Fendel.»

Stephan drehte sich unter der Küchentür um. «Ich bin keiner, Herr Valentin. Ich bin sehr beteiligt, weil ich Katharina mag.» Er zog die Tür hinter sich zu und befaßte sich mit der Kaffeemaschine. Wenn das so weitergeht, dachte er, werde ich noch auf der Straße herumerzählen, daß ich unentwegt an eine Frau denke, die sich wenig aus mir zu machen scheint. Wenn sie mich in der Wohnung nicht erreicht haben sollte, kennt sie doch meine Büronummer. Sie hätte auch Veronika fragen können, wo ich bin. Er klopfte ungeduldig an die Maschine, die das kochende Wasser gemächlich in den Filter tropfen ließ. Er wartete nicht ab, bis alles Wasser durchgelaufen war, trug den Filter zum Abfalleimer, ohne die braune Tropfenspur zu bemerken, die ihn auf dem hellen Kachelboden begleitete. Er öffnete die Tür und fragte: «Herr Friedrichs, brauchen Sie Zucker?»

«Ja, und viel Milch oder Sahne.»

Stephan trug das Tablett ins Wohnzimmer. Die beiden anderen kamen aus dem Eßzimmer herüber.

Friedrichs, der sich in die Rolle des Erzählers eingelebt hatte, fuhr fort: «Reiners hat sich bei mir gleich gemeldet, als ich ins Büro kam. Er wäre erschrocken, als er in der Wohnung weder Frau noch Kind vorfand. Aber er wäre nicht mehr ganz nüchtern gewesen und hätte sich nicht getraut, in der Verfassung so spät noch bei uns anzurufen. Er wußte auch schon, daß Jutta sich mit Irene zu ihrer Tante absetzen wollte. Sie muß am frühen Morgen sehr tätig gewesen sein, denn bis zum Frühstück hatte sie alles schon organisiert. Reiners, vielmehr Jürgen, denn noch ist er mein Schwiegersohn, gab zu, viel falsch gemacht zu haben, aber Jutta hätte sich auch sehr geändert. Er habe mit ihr verabredet, daß sie sich melden würde, wenn sie zu einer Aussprache bereit sei. Er hoffe sehr auf eine Versöhnung, sähe aber ein, daß er unter diesen Umständen nicht weiter in meinem Betrieb arbeiten könne, und bäte um seine Entlassung.»

«Finde ich anständig von ihm», sagte Veronika. «Auf die Art hat er es dir leichtgemacht.»

«Leider nicht. Ich kann ihn zwar nicht besonders gut leiden, aber er hat was auf dem Kasten. Er hat den Laden umorganisiert, wie ich es nicht fertiggebracht hätte. Ich bin ein guter Techniker, aber von Organisation verstehe ich nicht viel.»

«Hast du ihn nicht entlassen?»

«Nein. Ich behalte ihn vorläufig. Noch sind die beiden nicht geschieden. Vielleicht überlegen sie es sich ja noch. Jutta will bei ihrer Germanistik bleiben, geschieden oder nicht. Sie hat sich nie für den Betrieb interessiert. Jürgen Reiners ist auf seinem Gebiet ein As. Warum ihn nicht behalten?»

«Glauben Sie denn, daß das gutgeht?» fragte Stephan voller Staunen.

«Warum nicht? So ein Gehalt wie bei mir wird er anderswo schwerlich bekommen. Jetzt hat er schon für zwei Kinder zu sorgen. Dumm ist er ja nicht...»

«Du bist und bleibst ein Halunke!» Aus Veronikas Stimme klang Erheiterung, aber auch ein gelinder Vorwurf. «Du holst aus jeder Situation das Beste für dich heraus. Du kannst den Mann nicht gut leiden, deine Tochter ist mit ihrem Kind von ihm weggegangen, er bittet um seine Entlassung – und du behältst ihn, weil er dir nützlich ist. Ich weiß nicht, irgendwie kommt mir das unmoralisch vor.»

Friedrichs hatte wenigstens soviel Anstand, stumm zu bleiben.

Stephan hörte plötzlich in der Erinnerung Lebrecht Altenbergs zornige Stimme: «Lehren Sie mich diese Wirtschaftsbosse kennen! Alles wollen sie deichseln und glauben auch, daß sie das können.» Wie merkwürdig, daß er gerade diese Bemerkung wortwörtlich im Gedächtnis bewahrt hatte. Vielleicht lag es daran, daß seine Gefühle für Friedrichs so widersprüchlich waren. Einerseits hatte er ihn sehr gern, andererseits stieß ihn eben diese Gerissenheit ab, mit der er deichselte und es auch konnte.

Er verbarg ein Gähnen und sah auf die Uhr. Es war spät geworden. Bevor er ging, wollte er noch die für ihn ganz unbegreifliche Volksfeststimmung der beiden ergründen. Als er fragte, warum dieses Chaos sie so fröhlich stimme, tauschten sie ein wissendes Lächeln.

«Es hat nur mit uns beiden zu tun», erklärte Veronika. «Valentins Frau will ausziehen und sich eine Wohnung nehmen. Sie bangt um den Hausfreund, der ziemlich deutlich gesagt haben muß, daß er Tellerschlachten und Hysterie wie die von gestern abend gar nicht ertragen kann. Der Ehe zu dritt wär er eben noch gewachsen gewesen, aber wenn nun auch noch die Tochter mit Baby ins Elternhaus zurückkehre, wäre seines Bleibens nicht länger.»

Sie strahlte Stephan an. «Na, habe ich das nicht hübsch formuliert?»

«Hat er denn etwa im Haus gewohnt?» Stephan verstand die Welt nicht mehr.

«Es hat sich manchmal so ergeben», erklärte Friedrichs nun doch mit einem Hauch von Unbehagen. «Mir hat das überhaupt nicht gepaßt, aber Lotte hat mich mit Veronika erpreßt. Wenn ich zu ihr ginge, könnte sie sich auch ihrem Freund widmen. Widmen! Ha! Aber wenn sie wirklich auszieht, müssen Veronika und ich nicht mehr ständig Rücksicht nehmen. Vielleicht bekomme ich Lotte dazu, daß wir uns endlich scheiden lassen. Finanziell kann ich es jetzt darstellen.»

«Und dann heiraten Sie Frau von Wismar?»

«Nichts da!» Veronika schüttelte den Kopf. «Ich will nicht noch mal heiraten. Aber die Dinge hätten wenigstens ihre Ordnung.»

15

Von da an flossen die Nachrichten spärlich. Von Katharina kam kein Wort, kein Anruf, kein Brief. Stephan versuchte, sie aus seinen Gedanken zu verbannen, was ihm schlecht gelang. Sie tauchte ungebeten auf, zu den falschen Zeiten – als ob es richtige Zeiten gegeben hätte! Es war inzwischen Ende August geworden. Peter und die Altenbergs hatten die Hälfte ihrer Ferien schon hinter sich, aber Stephan erschienen die fast zwei Wochen bis zu ihrer Rückkehr endlos. Veronika war für zehn Tage an die Ostsee gefahren, wo sie sich alljährlich mit ihren Geschwistern traf. Ihr Bruder lebte in Schleswig; er versammelte die drei Schwestern einmal im Jahr um sich zu einem lauten, lebhaften und schier nicht enden wollenden Familientreffen. Seit Veronikas Abreise hatte Stephan auch nichts von Friedrichs gehört und wußte nicht, was aus Juttas Ehekrise geworden war. Es wurde ihm unangenehm deutlich, wie sehr er von den neuen Freunden abhing. Seit sie ihn aus seiner Zurückgezogenheit herausgelockt hatten, brauchte er sie. Am meisten hätte er Katharina gebraucht, aber zu ihr führte kein gangbarer Weg. Er hatte angerufen, ihre Stimme auf dem Tonband gehört und ihr zudem noch einen kurzen Brief geschrieben. Einmal, auf den Verdacht hin, daß sie sich dorthin verkrochen haben könnte, wählte er die Nummer der Altenbergs in Eisenstein, aber es meldete sich niemand.

Der erste Ferienrückkehrer war Veronika, die ihn sofort anrief. Bei Friedrichs, so erzählte sie, gäbe es keine neuen Sensationen. Jutta bliebe vorerst mit der kleinen Irene bei ihrer Tante. Eine Versöhnung mit ihrem Mann stünde noch aus. Sie habe fest vor, im Herbstsemester wieder an die Universität zu gehen. Lotte Friedrichs wohne tatsächlich in einem Apartment, habe den schmollenden Freund versöhnt, sei aber – leider – auch mit Valentin nicht völlig entzweit. Ja, das Zusammensein mit den Geschwistern habe sie sehr genossen, und sie sei dankbar, daß es sie noch alle gäbe. Er täte ihr immer leid, weil er so allein wäre. Wie es ihm denn ergangen sei und was er von Katharina wisse.

Als er gestehen mußte, nichts zu wissen und auch keine Möglichkeit zu haben, sie aufzufinden, tröstete sie ihn durchs Telefon, verabredete sich mit ihm und machte ihm damit das Leben gleich ein bißchen erträglicher. «Übrigens», sagte sie abschließend, «gibt es Mitte September, wenn alle aus den Ferien zurück sind, eine Vernissage von meinem Malerfreund. Sie sind selbstverständlich eingeladen.»

«Welcher Malerfreund?» fragte er, weil er sich nicht vorstellen konnte, daß der Vierschrötige mit dem speckigen Anzug und dem roten, bohrenden Zeigefinger sich für eine Vernissage eignete.

«Den Sie bei mir getroffen haben. Max Liebherr.»

«*Wie* heißt er?»

«Ach, ob er so heißt, sei dahingestellt. Wahrscheinlicher scheint es mir, daß er als Wilhelm Müller auf die Welt gekommen ist. Er nennt sich so. Ein Künstlername, genau wie Helena von Auerbach. Was soll ich aus meinem Glashaus Steine werfen? Sie bekommen noch eine Einladung von der Galerie. Er hat mich extra nach Ihrer Adresse gefragt. Er wußte auch nicht mehr, wie Sie heißen. ‹Der von der Neuen Sachlichkeit›, sagte er und beschrieb Sie. Sie sollten unbedingt kommen, Stephan. Er lohnt sich. Oben bei mir im Haus hängen drei Bilder von ihm. Zur Zeit malt er mir zu groß und zu wild, aber das ändert sich bei ihm ständig. Interessant wird es bestimmt.»

Als Stephan vorschlug, sie könnten auch zusammen zum Essen ausgehen, damit keiner kochen müsse, war sie sehr einverstanden. Sie verbrachten einen angenehmen Abend, an dem sie vom Hundertsten ins Tausendste kamen, jedoch um die schwierigen Themen wie die Friedrichs'sche Sippschaft oder Katharina elegante Bögen schlugen. Es tat gut, das einmal hintan zu schieben und nicht durch viele nutzlose Wiederholungen ganz und gar zu zerreden.

Veronika sprach es in einer Andeutung aus, als er sich vor ihrer Haustür von ihr verabschiedete. «Ein schöner, problemloser Abend, an dem nichts weh getan hat! Wie selten das ist. Am Älterwerden habe ich neben anderem auszusetzen, daß man nicht mehr so leicht Freundschaften schließt. Wir beide, lieber Stephan, kennen uns noch gar nicht so lange und sind gute Freunde geworden. Ich empfinde das als Geschenk.»

«Ich auch», sagte er.

Katharinas Brief kam an einem Samstag, als er schon längst nicht mehr damit rechnete. Er wog den schweren Brief lange in der Hand, unschlüssig, wann er ihn öffnen sollte, aber dann siegte die Neugier. Er holte sich eine Tasse Kaffee aus der Küche, setzte sich auf den Balkon, schlitzte den Umschlag auf und sah die kleinen, fast wie gedruckt wirkenden Buchstaben, die dennoch unverwechselbar waren. Die Handschrift eines künstlerischen, aber klaren Menschen, Girlanden, keine Arkaden. Ehe Stephan zu lesen begann, gab er sich Mühe, diese Schrift mit der ihm oft so chaotisch erscheinenden Frau in Verbindung zu bringen, aber es gelang ihm nicht.

Sie schrieb:

«Lieber Nebelmann Stephan,
ich habe mich in das alte Haus in Eisenstein verkrochen, in dem jetzt keiner ist, das ich aber von Kindheit an kenne, in dem ich zu Hause bin und das mich mit einer heimeligen Wärme umhüllt. Ganz allein habe ich es nicht ausgehalten, bin zum Förster gefahren, bei dem Theo in Pension ist. Jetzt liegt der rührende Hund auf dem Teppich vor dem Flügel und träumt. Chopin ist von allein gekommen. Er war in der Wirtschaft, seinem früheren Heim, scheint aber Ausflüge gemacht zu haben, um nachzusehen, ob wieder einer zu Hause ist. Mit einem alten müden Hund und einem klavierspielenden, versoffenen Kater lebt es sich nicht schlecht. Ich habe meine Dunkelkammer, die mir mein Vater während der Studienzeit im Keller eingerichtet hatte, wieder in Besitz genommen und vergrößere alte Porträtaufnahmen, die zum Vorzeigen sind. Ich will eine Auswahl zusammenstellen, so daß sich mögliche neue Auftraggeber einen Überblick schaffen können. Es soll eine große Mappe werden. Das ist eine befriedigende Arbeit, die ablenkt.

Ich habe übrigens festgestellt, daß ich im letzten Jahr bessere Aufnahmen gemacht habe als früher. Glück und Arbeit scheinen keine guten Gefährten zu sein, weil Glück blind macht. Ich sehe jetzt einfach mehr.
Wenn meine Eltern mit Peter aus den Ferien kommen, will ich noch ein paar Tage hierbleiben. Danach kommt die Wohnungssuche. Ich habe ein vielversprechendes Angebot und einen festen Besichtigungstermin. Wenn alles nach Wunsch geht, bereite ich den Umzug vor. Ich habe große Sehnsucht nach Peter und möchte so schnell wie möglich wieder mit ihm zusammensein.
Ich habe eine Einladung zur Ausstellungseröffnung von Max Liebherr bekommen. Sie soll am 16. September sein. Er ist ein wenig appetitliches Monstrum, aber ein begabter und vielseitiger Maler. Er spekuliert darauf, daß ich Starfotos von ihm mache.
Bist Du so böse auf mich, daß Du mich nicht mehr sehen willst? Wenn nicht, möchte ich Dich bitten, mit mir zur Ausstellung zu gehen und Dir hinterher Zeit für mich zu nehmen. Es gibt viel zu erzählen und leider wenig, mein Benehmen Dir gegenüber zu rechtfertigen. Vorweg nur dieses: Jürgen ist bei mir erschienen. Am Tag, an dem wir uns in der Wirtschaft am Englischen Garten getroffen haben und Du so wütend auf mich warst. Ich war so durcheinander, daß ich es Dir nicht sagen konnte. Darum dann auch meine Flucht hierher.
Er sagte, seine Ehe mit Jutta sei zum Scheitern verurteilt. Sie zankten sich ständig. Der Altersunterschied sei zu groß. Der endgültige Bruch wäre absehbar. Sie wolle umworben werden, immerzu etwas unternehmen. Ihre Freunde behandelten ihn wie einen mitleiderregenden

alten Mann. Sie empfände das Baby als Hemmschuh. Nach einer langen Litanei dieses Tenors bequemte er sich dazu zuzugeben, daß er sich von seinen Gefühlen habe überrumpeln lassen. Erst jetzt wisse er, wie wichtig ihm unsere Ehe gewesen sei. Er habe mir unrecht getan, und ob ich nicht bereit wäre, wenn er mit Jutta scheitere...

Stephan! Ich habe ihm ins Gesicht gelacht. Noch ist er mit ihr verheiratet, und schon baut er in die Zukunft, in eine bequeme, eingefahrene Zukunft mit mir. Kein Wort von Liebe. Er schreibt zwei Jahre ab, obwohl es in ihnen eine junge Frau und eine kleine Tochter gegeben hat. Irene kann bei Jutta bleiben, deren reicher Vater spielend für die beiden aufkommt. Was er mir angetan hat, blieb unerwähnt, weil ich ihn ja zurückbekommen kann. Er hatte sogar die Chuzpe, es günstig für uns zu finden, daß ich mich fest in München etablieren will. Ich fand ihn banal und unerträglich und überlegte die ganze Zeit, wie ich es zehn Jahre mit ihm ausgehalten habe, ohne zu merken, wie er wirklich ist. Meine Rache, die ich aus Enttäuschung und in Haß umgeschlagener Liebe so gehätschelt habe, löste sich in Nichts auf. An so einem Mann rächt man sich doch nicht, den schüttelt man ab. Aber so leicht ist es eben wieder nicht, denn wir haben einen Sohn, den wir beide lieben. Eigentlich spricht nur das für Jürgen. Er liebt Peter von Herzen. Ach, Nebelmann, ich habe Reißaus genommen und mich hierher gerettet. Das Kapitel Jürgen ist abgeschlossen. Soll er sehen, wie er mit seiner Ehe zurecht oder aus ihr herauskommt. Ich könnte nicht einen Tag mehr mit ihm leben. Uns verbindet nur noch Peter, der

seinen Vater sehen darf, wann er möchte. Ich werde es schon fertigbringen, höflich mit Jürgen umzugehen. Ohne Haß scheint mir das machbar, aber es muß sich herausstellen.
Dir habe ich viel Böses und sehr wenig Gutes angetan, seit ich mich in der tiefsten Verzweiflung Dir aufgedrängt habe. Ich schäme mich für die Szenen, meine Unbeherrschtheit, mein ständiges Hin und Her, und daß ich jedesmal geflohen bin, wenn ich hätte bleiben sollen. Dieses Mal wieder und darum der Brief.
Chopin springt auf dem Flügel herum. Mutter hat mir erzählt, daß Du ihn in die Büsche gesetzt hast. Wie kommt es, daß Du das Richtige tust, während ich über die Dissonanzen kreische, damit den Lärm verstärke, unter dem ich gelitten habe, und das Biest gar nicht daran denkt aufzuhören, weil es mit Bier bestochen werden will?
Ich habe mit Peter und den Eltern telefoniert. Alle drei sind vergnügt. Mein Vater war glücklich, daß ich Theo geholt habe. Er liebt ihn und fürchtet sich davor, ohne ihn leben zu müssen. Ich bin die Garantie dafür, daß es Theo gutgeht, auch wenn sein Herr nicht zu Hause sein kann. Der alte Hund kennt mich seit seiner Kinderzeit, er wird gestreichelt und gut gefüttert, bekommt in Leberwurst verpackte Pillen gegen seine Arthritis und begleitet mich auf kleinen Spaziergängen.
In Mutters Rabatten blühen die Herbstastern, die nicht geschnitten werden dürfen, wenn sie hier ist. Aber sie ist nicht hier, und ich habe eine große gläserne Kugelvase mit ihnen gefüllt und auf den Eßtisch gestellt. Sie sind blaulila mit kleinen gelben Sternchen in der Mitte. Etwas

zum Freuen. Während ich Dir schreibe, merke ich, daß ich wieder gelernt habe, mich zu freuen. Ich freue mich über ein vorzeigbares Foto. Wenn ich Theo mitnehme, wandern wir an den Feldern entlang. Der Wald ist zu anstrengend für ihn. Noch ist der Weizen nicht geschnitten und steht hoch und gelb. Er hat an den Rändern eine hübsch gestickte Kante aus Margeriten und einigen Kornblumen. Es gibt auch Wegwarten. Sie blühen sanft hellblau am Vormittag. Ich glaube, daß sie stolz auf ihren schönen Namen sind. Mit jedem Tag in diesem Zauberhaus, in dem ich schon bei meinen Großeltern war, verliert sich ein wenig Böses. Dies ist die richtige Stelle, mich zu verabschieden und Dir zu sagen, daß ich oft an Dich denke. Laß es ein Auf-Wiedersehen sein.

Deine Katharina.»

Stephan las den Brief zweimal und hielt es plötzlich nicht mehr auf dem Balkon aus. Er mußte aufstehen und herumlaufen. Als er beim zweiten Marsch durch die Wohnung am Garderobenspiegel vorbei kam, nahm er wahr, daß er lächelte. Er kehrte zum Balkon zurück und steckte den Brief in die Tasche, weil er ihn bei sich haben wollte. Am liebsten hätte er sofort Katharina angerufen, aber die tief eingewurzelten Bedenken ließen sich nicht verdrängen. Wenn sie sich das wünschte, hätte sie es in ihrem Brief erwähnt. Sie hatte doch eine Verabredung mit ihm getroffen. Damit mußte er sich begnügen.

Nun gab es schon zwei Einladungen zu dem Maler mit dem wohlklingenden Namen. Es war nicht mehr lange, keine zwei Wochen. Wenn man verglich, wie oft und vergeblich er in den Monaten, seit er Katharina kannte, auf sie gewartet hatte, war diese Frist überschaubar und bot Hoffnung auf einen neuen Anfang. Jürgen Reiners hatte selbst dafür gesorgt, daß Katharina nicht mehr um ihn trauerte. Jutta, das Heimchen am Herd, das keines war, hatte erledigt, wovon sie in ihren Racheplänen geträumt hatte: Sie hatte ihn fallenlassen, war mit dem kleinen Mädchen fortgegangen, und es war fraglich, ob sie zu ihm zurückkehren würde.

Aber davon wußte Katharina noch nichts; während des letzten Familiendramas im Hause Friedrichs war sie schon nicht mehr zu erreichen gewesen. Wer hätte ihr davon erzählen können? Trotzdem hatte sie Jürgen aufgegeben. Das war für Stephan das erfreulichste. Keine vollendeten Tatsachen, sondern ihre Entscheidung.

Auf einmal verspürte er das Verlangen, aus der Stadt hinauszufahren und nachzusehen, ob es draußen auf dem Land wirklich so schön war, wie sie es beschrieben hatte. Er holte den Wagen aus der Garage und fuhr nach Norden, nahm immer kleinere Straßen, bis der Abstand zwischen den Dörfern größer wurde, suchte nach einem Schattenbaum, unter dem er den Wagen stehenlassen konnte, und ging zu Fuß weiter. Die Landschaft war hier hügelig, mit kleinen Gehölzen, bunten Feldern in vielfältigen Formen, alten Obstbäumen und Feldwegen durchwoben. Er ging an einem Kornfeld vorbei, wußte nicht, ob das Weizen oder Roggen war, und nahm sich beschämt vor, in Zukunft mehr über Pflanzen und Tiere zu lernen, um nicht so weit hinter den Altenbergs herzuhinken. Gut, Mohn und Kornblumen und Margeriten kannte sogar er, obwohl sie hier nicht wuchsen. Aber Wegwarte? Hellblaue Blüten, die am Vormittag blühten? Was hatte es damit auf sich? Eine dunkle Erinnerung sagte ihm, daß er sie schon gesehen hatte. Vielleicht würde er sie wiedererkennen. Einmal aufmerksam geworden, begann er sich umzusehen und zu beobachten. Vor einem Wäldchen stieß er auf eine tief eingekerbte Wagenspur, in der Wasser stand. Auf der Oberfläche tanzten Wasserläufer wie auf festem Boden und verdoppelten sich in ihrem Spiegelbild. Woher kamen sie? Es war doch nicht immer Wasser in der Furche. Er sah ihnen lange zu und rührte sich nicht, als ein Vogel kam und in zierlichen Schlückchen trank. Als er endlich weiterging, dachte er intensiv an Peter, den er hatte belehren wollen und der aus dem Lehrer einen dankbaren Schüler gemacht hatte.

Peter, den er ins Herz geschlossen hatte, das nun einen kleinen freudigen Hüpfer machte, als er sich ausmalte, wie gut die Zukunft es mit ihm meinte. Eine Freundschaft – Liebe, ach, was auch daraus werden mochte, Katharina kam mit Peter nach München, und er würde sie beide nicht nur an vereinzelten Tagen oder Wochenenden sehen können, sondern auch an irgendeinem ganz gewöhnlichen Alltag. Die Altenbergs blieben ihm; Veronika von Wismar war ebenso da wie seine Freunde und Kollegen aus der Agentur. Sein Leben würde mit Menschen bevölkert sein, die ihm wichtig waren und die ihn aus seiner selbstauferlegten, aber eigentlich gar nicht geplanten Einsamkeit herausholten.

Erst nach einer Weile merkte er, daß er abwechselnd pfiff oder sang. Leise, nur für sich, bestimmt nicht schön, aber es war wohltuend und ganz und gar ungewöhnlich. Im nächsten Monat hatte er Geburtstag, und dann dauerte es nur noch ein Jahr, bis er fünfzig wurde. Ganz schön alt, um noch so viel Neues zu entdecken, Menschen, Landschaften, Pflanzen und Tiere – und sich selbst.

Er kam auf einen großen, ausladenden Baum am Wegrand zu, unter dem eine Bank stand, auf der eine alte Frau saß. Er grüßte und fragte, ob er sich zu ihr setzen dürfe. Sie nickte freundlich. Dann saßen sie, jeder an einem Ende der Holzbank, blickten über die Wiesen und Felder, und Stephan tat schon wieder Ungewohntes; er sprach sie an. Ob hier Wegwarten wüchsen und ob sie ihm die zeigen könne.

Sie blickte ihn aus blauen verwaschenen Augen aufmerksam an. Es mußte an diesem Tag liegen, denn Stephan sah das braungegerbte Gesicht mit den vielen Falten, sah die eingesunkenen Lippen, hinter denen Zähne fehlen mußten, und sah zum erstenmal bewußt, daß auch das Alter schön sein kann.

Ja, die gäbe es schon, sagte die alte Frau, aber nicht gerade hier. Sie müsse nach dort. Sie wies mit dem Kinn auf einen Kirchturm mit grüner Zwiebelkuppel. Wenn er mitginge, könne sie ihm Wegwarten zeigen. Er trug ihren Korb, verkürzte den Schritt, um neben ihr zu bleiben, weil sie langsam ging und sich auf ihren Stock stützte. Sie sagte, die alten Knochen wollten nicht mehr so recht, sie ginge schon auf die Achtzig. Unter anderen Umständen hätte er sicher erklärt, das sähe man ihr nicht an, aber an diesem Tag paßte es nicht, und er nickte und fragte, ob sie Schmerzen habe. Manchmal, das Reißen eben. Dann blieb sie stehen und tippte mit dem Stock auf eine staubige grüne Pflanze mit halb verblühten blaßblauen Blüten. «Wegwarte», sagte sie, und er wußte, daß er sie schon oft gesehen, sich aber nie für den Namen und das genaue Aussehen interessiert hatte. «Ach ja, die kenne ich schon, aber ich wußte den Namen nicht.»

Er trug der alten Frau den Korb bis zum Hoftor, dankte ihr und kehrte zum Baum zurück, nicht ohne beim Vorbeigehen eine der blauen Blüten abzupflücken. Er legte sie zwischen die Blätter von Katharinas Brief. Wenn auch schon ziemlich vertrocknet! Er wollte sie ja auch trocknen. Zur Erinnerung an diesen Samstag, der ihm Katharinas Brief und lauter Zukunftsträume beschert hatte.

Es war schon Spätnachmittag, als er in die Stadt zurückfuhr und noch immer keine Lust hatte, nach Hause zu gehen. Er stellte den Wagen ab, bummelte durch die Einkaufsstraße in der Nähe des Wohnblocks, betrachtete in den Schaufenstern mit großer Aufmerksamkeit Gegenstände, die er nie kaufen würde, nahm die Heiterkeit und Befriedigung mit in sein Stammlokal, wo er schon um sechs Uhr zu Abend aß, freundlich begrüßt von den Wirtsleuten, die behaupteten, ihn vermißt zu haben.

Zu Hause schaltete er den Fernsehapparat ein, sah die Nachrichten und stellte dann ab, weil es den üblichen samstäglichen Blödsinn gab. Er hörte schmetternde Barockmusik vom Plattenspieler, erst Telemann, dann Händel, die Feuerwerksmusik, die ihm oft über schlechte Laune hinweghalf, an diesem Abend aber zu seiner fröhlichen Stimmung paßte, und an der er sich nicht satt hören konnte. Dabei fiel ihm ein, daß er sich aus der Bibliothek den Dafnis-Band von Arno Holz geholt hatte, der auf dem Schreibtisch lag, ohne daß er ihn auch nur einmal aufgeschlagen hätte. Barocke Musik und pseudobarocke Lyrik sollten doch passen. Er las dralle, wortstrotzende Gedichte voller Schäferidyllen, Liebeslust und Weinseligkeit.

Der Dichter mußte einen Busenkomplex gehabt haben. Stephan dachte an Katharinas kleine feste Brüste und begann zu schmunzeln. Wie war sie nur darauf gekommen, gerade diese lyrischen Wortfluten aus Rachegelüsten an ihren Ex-Mann zu schicken? Was sollte der denn daraus lernen? Auch Jutta war kein vollbusiges und mit üppigen Rundungen ausgestattetes «Mädgen» mit einer «wollenweichen» Hand. War das die dichterische Umschreibung für ein Patschhändchen? Er las noch eine Zeitlang, bekam das Gefühl, in diesem uferlosen, nachempfundenen Barocksud unterzugehen, und klappte das Buch zu.

Weil er immer noch am Schreibtisch saß und vor ihm der große Notizblock mit dem Karopapier lag, begann er zu kritzeln. Als er die Schallplatte zum zweitenmal umdrehte und die Wassermusik hörte, ging er wieder zum Schreibtisch. Auf dem Block stand sechsmal untereinander «Katharina».

Er lachte über sich selbst. Das war unerlaubt und mußte mit diesem Spätsommertag zusammenhängen. Den Namen der Geliebten durfte man mit siebzehn schreiben, aber doch nicht als Erwachsener. Oder vielleicht doch?

16

Alles ungeduldige Warten nützte gar nichts. Katharina rief erst am Tag der Ausstellungseröffnung gegen Mittag an, als er gerade wieder in seinem Büro war. Sie klang atemlos, aber so fröhlich, wie er ihre Stimme noch nie gehört hatte.

«Stephan! Ich hatte schon Angst, ich würde dich nicht erreichen. Ich war den ganzen Vormittag auf Wohnungsbesichtigungstour und habe gerade das Richtige gefunden. Eine alte Wohnung mit hohen Räumen und viel Licht. Fünf große Zimmer und eine Kammer. Zwei Zimmer eignen sich für ein Atelier. Sie liegen gleich hinter der Wohnungstür und haben einen Durchgang. Das Wohnzimmer hat einen großen Balkon, in der Küche ist Platz für den Eßtisch. Es gehört sogar noch eine Mansarde und ein großer Keller dazu. Die Wohnung ist mir fest versprochen, und nächste Woche kann ich den Mietvertrag abschließen. Ich bin ganz glücklich, obwohl ich wie ein Neger schuften muß, um die astronomische Miete zu bezahlen. Und ich freue mich auf heute abend. Schade, daß ich den lieben Herrn fotografieren muß, aber das wirst du schon geduldig durchstehen, dann rücken wir auch sofort aus. Wie findest du das: Erst Max und dann Liebherr, wo er auch Liebermann hätte wählen können?»

Stephan wurde von ihrer fröhlichen Hast mitgerissen.

«Nun hol mal erst Luft», sagte er, redete aber selbst gleich weiter. «Daran hab ich überhaupt noch nicht gedacht. Stimmt. Weißt du, daß Helena den Namen auch für frei erfunden hält? Wie zieht man sich übrigens an? Kann ich in meinen Büroklamotten kommen? Und wo treffen wir uns? Bist du in deiner Wohnung?»

«Jetzt solltest du Luft holen. Und so viele Fragen auf einmal sind schwer zu beantworten. Also: Du kannst kommen, wie du willst. Du wirst staunen, was da für Gestalten auftreten. Helena hat mir auch gesagt, daß sein richtiger Name ein gut gehütetes Geheimnis ist. Ja, wie wäre es, wenn ich dich abholte? Ich muß meinen Fotokram mitnehmen und mit dem Auto kommen. Bist du um halb sieben noch in der Agentur oder schon zu Hause?»

«In der Agentur, aber komm so früh, wie du kannst, weil wir dann unterwegs noch was essen können. Wenigstens eine Bratwurst.»

Sie lachte wieder. «Zwischen uns wird das Essen zu einem Komplex. Denkst du jetzt an meinen oder an deinen Hunger?»

«Sagen wir an unseren Hunger. Adieu, bis dann, Katharina.»

«Servus, Stephan.»

Seine Fröhlichkeit hatte im hektischen Betrieb des Nachmittags einen schweren Stand. Einer seiner Hauptkunden überging die Kreativen und wollte vom Chef-Kontakter wissen, ob er ein gutes Gefühl bei den Plänen habe, die sie für ihn ausgearbeitet hätten. Stephan, aus seiner privaten Euphorie heraus, verstreute Optimismus und Begeisterung, ohne ganz sicher zu sein, daß beide angebracht waren. Erst mal Beruhigung des aufgeregten

Kunden und eine Notiz, um was er sich am Montag kümmern mußte. Es gelang ihm, den dringend angeforderten Besuch in der Kosmetikfirma aufzuschieben, indem er den Aufschub damit begründete, daß am Freitag doch nichts mehr erledigt werden könne. Er legte den Hörer auf, dachte an das Wiedersehen mit Katharina und schreckte erst aus seinen Träumereien auf, als das Telefon schon mehrmals gesummt hatte und seine Sekretärin fragte, ob sein Apparat nicht funktioniere.

Der letzte Anruf kam kurz nach sechs. Es war der Pförtner, der meldete, daß eine Frau Reiners den Herrn Doktor abholen wolle.

Er rannte immer über zwei Stufen die Treppe hinunter, lief aus dem Haus zum Parkplatz und umarmte die vor dem Auto wartende Katharina ungeachtet aller neugierigen Zuschauer.

Sie schob ihn lachend zurück. «Übst du schon für die Vernissage? Da wird pausenlos geküßt werden, Küßchen hier und Küßchen dort, Umarmungen und lautes Freudengekreische.»

«Hat das was mit uns zu tun?»

«Nein», sagte sie.

Er saß neben ihr und wandte keinen Blick von ihr. Sie war gebräunt, sah so jung und frisch aus, wie er sie nie zuvor gesehen hatte, war ganz schlank, aber nicht mehr knochig, und trug ein hellbraunes Leinenkleid mit einem breiten Gürtel mit weißen Nähten.

«Schau mal geradeaus, Stephan. Wenn du mich so anstarrst, kann ich gar nicht mehr fahren. Du machst mich verlegen.»

Als hätte sie ihn damit mundtot gemacht, wußte er nicht

mehr, was er sagen sollte. Alles, was er gern gesagt hätte, blieb ihm im Halse stecken. Wenn man jemand wochenlang nicht gesehen und kaum von ihm gehört hat, sagt man dann: Ich liebe dich. Du bist wunderschön. Ich habe diesen Tag herbeigesehnt. Bitte, bleib bei mir, tu mir nie wieder an, daß du plötzlich böse wirst und aus meinem Leben verschwindest? Stephan blickte nach vorn auf die Straße. «Haben wir noch Zeit für die Bratwurst?»

Sie atmete hörbar auf. Die Bratwurst war der willkommene Übergang in die Normalität des Alltags. «Ja. Und ich weiß sogar, wo in der Nähe der Galerie eine Bude ist.»

Als sie mit einer Viertelstunde Verspätung in der Galerie eintrafen, war es dort schon brechend voll. Katharina hatte sich die Kamera umgehängt, aber der Maler stand eingekesselt in einer Schar seiner Bewunderer; es war nicht an ihn heranzukommen. Katharina hatte völlig recht gehabt. Es wurde umarmt und geküßt und laut geschrien. Der Lärmpegel stieg, weil jeder versuchte, sich Gehör zu verschaffen. Alle redeten, brachten sich zur Geltung, wollten auffallen, und niemand sah die Bilder an, an die auch gar nicht heranzukommen war. Stephan und Katharina suchten vergebens eine stille Ecke. Es war überall gleich voll. Junge Damen mit Getränketabletts kamen nicht durch, und die gefüllten Gläser wurden ihnen schon abgenommen, sobald sie aus der Tür eines Nebengelasses herauskamen.

«Siehst du Helena irgendwo?» brüllte Stephan, aber Katharina war ein Stück von ihm abgetrieben worden. Sie stellte sich auf die Zehenspitzen, sah ihn über fremde Köpfe hinweg an und zog die Schultern hoch. Offenbar hatte sie ihn nicht verstanden. Er gab den Versuch auf, in ihrem Kielwasser zu bleiben, ließ sich schieben, kam durch eine Doppeltür in einen anderen Raum und sah endlich zwei Werke des Künstlers oder vielmehr die Mitte und obere Hälfte von zwei riesigen Ölbildern, auf denen lauter überdimensional dicke Leute versammelt waren. Er schnappte Sätze auf. «Pastos gemalt, findest du nicht auch?» Eine dürre, sehr buntgeschminkte ältere Frau in einem dunkelblauen Kaftan und mit zahllosen Glasketten beugte sich zu ihrem kleinen, zierlichen Begleiter hinunter. Stephan schmunzelte. An der Tür zum Hauptraum glaubte er, Helena flüchtig auftauchen zu sehen, aber als er sich in diese Richtung in Bewegung setzte, war sie verschwunden. Danach schwemmte ihn der Strom der Besucher in die große Eingangshalle, in der sie dichtgedrängt standen, während sich an einer Seite ein freier Raum bildete und endlich der Maler und zwei würdige Herren in dunklen Anzügen ein kleines Podest erklommen. Es wurde merklich stiller, und dann begann ein Mutiger zu klatschen. Stephan war dankbar für seine Größe; er konnte Katharina im freien Raum vor dem Podest sehen. Sie fotografierte, bat den Maler zur Seite, um ihn allein aufzunehmen, machte Bild nach Bild, schob ihn vor eins der Ausstellungsstücke, offenbar ein Rollbild, das mehrere Meter breit war. Auf ihm war ein brennender Panzer, ein Stapel schartiger Bajonette und viele zerbrochene Gewehre; tote Strichmänner lagen herum, und im Hintergrund bauschte sich ein Atompilz über einer tropischen Insel mit kleinen Bilderbuchpalmen. Max Liebherr, den er nur von dem Abend bei Veronika von Wismar kannte, trug einen Anzug, der reichlich eng war, darunter aber ein weißes Hemd und eine Krawatte, die er selbst bemalt haben mußte. Eben jetzt neigte Katharina den Kopf, ließ die Kamera sinken und zog sich zurück. Die offizielle Eröffnung der Ausstellung begann.

Einer der Herren, vermutlich der Galerist, hielt die Laudatio, die so ausfiel, wie es zu erwarten war. Liebherr war ein Autodidakt und Einzelgänger. – Stephan überlegte, ob er schon jemals von einem Künstler gehört hatte, daß er ein Herdentier sei. – Dieser Einzelgänger ging keine Kompromisse ein, war voller Vitalität, besaß ein singuläres Talent, das sich in einer Vielgestalt dokumentierte, die ihresgleichen suchte. Liebherr sprang vom Großformatigen ins Minutiöse, war auf der Plattform der Moderne heimisch, fand im Happening seinen Standpunkt, konterkarierte jedoch, indem er dem Naturalismus eine ganz neue Ebene schuf, ging bis hin zu Performance und Action, ohne dabei das Leise und Subtile auszusparen. Dann sprach der Künstler in aller Deutlichkeit die Frage an: «Was ist Kunst?», die er mit der ihm eigenen spezifisch formalen Interpretation beantwortete. Er sage nämlich, von der Kunst allein könne er nicht leben, der Maler habe letztendlich auch Marktgelüste. Der Galerist erwähnte die schwere Vita des Künstlers, die ihn vor ein besonderes Problem gestellt habe, das sich auf einen kurzen und prägnanten Nenner bringen ließe, nämlich die Symbiose zwischen Alkohol und Kunst. Hier legte er eine Pause ein, um höflicher Heiterkeit Raum zu geben. Dann widmete er sich der Ausstellung, die dreißig Jahre des Schaffens umfaßte. Im kleinen Salon hingen die Selbstbildnisse des Malers, an denen der Betrachter sowohl den menschlichen als auch künstlerischen Werdegang in sich aufnehmen könne.

Stephan hörte nicht länger zu, sondern beobachtete fasziniert Liebherr, dem man ansah, wie geschmeichelt er war. Er reckte den Hals, wandte den Kopf zur Seite, strich sich mit unruhigen dicken Fingern die spärlichen Haare, die seitlich über den blanken Schädel gelegt waren, sorgsam zurecht und fingerte an der Krawatte, die zu eng um den Hals geschlungen war. Der Zeigefinger bohrte, der oberste Knopf ging auf oder sprang ab, es war nicht genau zu erkennen, und der Mann holte tief Luft. Danach schob er drei Finger in die Rocktasche, als wolle er dort etwas ertasten. Stephan vermutete, daß er gern geraucht hätte, dann aber davon abließ, weil es ihm auf dem Podium unpassend erschien. Merkwürdig genug, aber er bekam mit dem kompakten, in seinen Anzug eingezwängten, eitlen, lauten und selbstsicher wirkenden Mann Mitleid. Dies war nicht sein Ort. Bei Helena, wo er keineswegs von ihm angetan gewesen war, hatte er ihm besser gefallen. Helena hatte den Maler gelobt, nicht den Menschen. In diesem Getümmel kam der Maler nicht zur Geltung und war nur ein Objekt für die Eitelkeiten anderer, die sich mit ihm zeigen wollten, und er besaß nicht das Format, über die Lobhudeleien lächelnd hinwegzusehen.

Während der Redner zu keinem Ende kam, schob sich Stephan durch die vielen Menschen und gewann mühsam die Tür zu den kleineren Ausstellungsräumen, in denen es nun merklich leerer geworden war. Endlich konnte er einige Bilder betrachten; hier hingen nicht mehr die Monumentalgemälde, sondern kleine Formate, Kinderporträts, nur angedeutete Landschaften in sanften Farben, ein fein gemaltes Bild eines Wochenmarkts, auf dem man gern spazierengegangen wäre.

Plötzlich war Helena neben ihm. «Ich habe das auch nicht länger ausgehalten, Stephan», sagte sie und schob ihre Hand unter seinen Arm. «Ist Ihnen aufgefallen, daß von der ganzen Ovation nicht ein einziger Ausdruck für mich verwertbar ist?»

«Etwas habe ich doch», sagte er, «aber es geht nicht ohne Abwandlung. Bei der Vita, die natürlich nicht geht, kam die Symbiose von Alkohol und Kunst vor. Dabei habe ich sofort an Sie gedacht. In Ihren Romanen ist noch nie ein Maler vorgekommen, ein versoffener Maler, wohlgemerkt. Oder hatten Sie den früher schon mal?»

Veronika schüttelte den Kopf und kicherte. «Noch nie. Das ist eine glänzende Idee. Wir werden ihn zum Ausnüchtern in eine einsame Berghütte schicken.» Im nächsten Augenblick war sie wieder ernst. Sie zog ihn noch ein Stück tiefer in den kleinen Gang, in dem sie nun ganz allein waren. «Haben Sie Katharina gesehen? Sie fotografiert.»

«Ja. Ich bin mit ihr hergekommen. Wir sind verabredet und verschwinden, sobald sie fertig ist.»

Die Strahlenfalten an den Augenwinkeln vertieften sich. Es kam das warme, herzliche Lächeln, das er so an ihr liebte. «Stephan! Sie strahlen. Ist mit Ihnen beiden alles in Ordnung?»

«Nicht berufen! Seit ich Katharina kenne, bin ich abergläubisch geworden.»

Sie streckte die Hand aus und klopfte an einen hölzernen Türrahmen. «Ich sage nichts mehr.»

Aus dem Vorraum hörten sie lebhaftes Klatschen, dann schwoll das Stimmengewirr wieder an.

«Valentin ist auch hier. Er ist mir aber verlorengegangen. Kommen Sie mit, wir gehen auf die Suche.» Sie ging vor ihm her, blieb aber so plötzlich stehen, daß er gegen sie anrannte. Er entschuldigte sich und sah immer noch nicht, weswegen es zu dem plötzlichen Halt gekommen war. Veronika drehte sich zu ihm um. «Da ist er nicht. Wir machen kehrt.»

Aber er war größer als sie und sah, wovon sie ihn hatte ablenken wollen.

In dem Raum mit den vielen Selbstporträts standen Jürgen, Jutta und Katharina Reiners zusammen und unterhielten sich. Katharina lachte gerade, und Stephan sah auf den Gesichtern der beiden anderen ein antwortendes Lächeln. Jutta trug etwas Papageienfarbiges bis zum halben Oberschenkel, hatte darunter changierende und glitzernde Strümpfe und hochhackige Schuhe, die ebenso bunt waren wie ihr Kleid. Sie hatte beide Hände um den Oberarm ihres Mannes gelegt, lehnte sich halb an ihn und sah zärtlich zu ihm auf. Katharina schien die Wortführerin zu sein, sprach lebhaft, wurde einmal von Jürgen und einmal von Jutta unterbrochen, setzte wieder zum Reden an, wobei sie einen Schritt zurücktrat und sich zur Seite wandte. Sie erblickte nun erst Veronika und Stephan, die wortlos stehengeblieben waren. Sie hob die Hand und winkte ihnen zu. Veronika und Stephan spürten die neugierigen Blicke, die sie trafen, und merkten das Getuschel. Katharina schien weder zu sehen noch zu hören.

«Da ist Valentin!» rief Veronika erleichtert und zerrte Stephan gewaltsam mit sich. «Das müssen wir uns nicht länger ansehen», flüsterte sie beschwörend. «Das ist eine himmelschreiende Taktlosigkeit, daß diese beiden hier auftauchen! Der Mann zumindest hätte wissen müssen, daß Katharina zum Fotografieren kommt. Und was soll das Geturtel mit dem Flittchen? Sie schmachtet ihn an, und dabei weiß alle Welt, daß sie sich getrennt haben. Armer Valentin!»

Aber der war und wirkte auch nicht arm. Er küßte Veronika auf beide Wangen, klopfte Stephan auf die Schulter und sagte: «Wartet einen Moment. Ich möchte Katharina begrüßen. Mein Gott, sieht die Frau gut aus! Wie findet ihr meine Tochter? Gräßlich, nicht?»

Damit war er schon an ihnen vorbei und strebte zu der Gruppe, die er auseinanderbrach, indem er Katharinas Hand an die Lippen zog, auf sie einredete und sie vereinnahmte. Tochter und Schwiegersohn wurden mit einem angedeuteten Gruß entlassen. Sie standen noch eine Weile herum und wandten sich dann dem Ausgang zu.

Veronika und Stephan blieben in dem Raum der Selbstporträts. Max Liebherr sah sie aus allen Richtungen und allen Altersstufen durchbohrend an. Er hatte auf allen Bildern seine Augen so gemalt, daß sie immer auf den Betrachter gerichtet waren. Bei einem Bild mochte das angehen, aber bei der Fülle von zwanzig oder mehr, war die Wirkung grotesk.

«Haben Sie beobachtet, wie Jutta geht, Stephan?» fragte Veronika. «Es sind nicht die hohen Absätze. Andere Frauen mit hohen Absätzen gehen nicht so. Ich habe extra drauf geachtet. Bei ihr sieht es schlimm aus. In Filmen gehen Nutten so. Dieses Gewackel mit den Hüften und dem Hinterteil. Ich weiß nicht, wie man das macht.»

«Ich schon», sagte Katharina, die plötzlich bei ihnen war. Valentin folgte ihr in einigem Abstand. «Es ist ganz einfach. Man muß nur bei jedem Schritt die Knie übereinanderschieben. Machen Sie sich nichts draus.» Katharina drehte sich zu Valentin Friedrichs um und schlug die Hexenaugen zu ihm auf. «Sie scheint etwas durcheinander zu sein. Sie rettet sich, indem sie sich als Vamp gibt, wozu sie zu jung und, so glaube ich, auf die Dauer zu gescheit ist. – Wo haben die beiden das Kind gelassen? Ich mochte nicht danach fragen.»

«Bei meiner Frau.» Valentin stöhnte. «Die Versöhnung ist auch nicht echt. Jutta wollte zur Ausstellung, aber die Einladung hatte Jürgen bekommen. Sie hat ihn beschwatzt und gesagt, niemand würde merken, wie sie miteinander stünden. Das hat ja wohl auch keiner bemerkt, so wie sie sich an ihn geschmiegt hat. Abgeschmackt! Neulich hat sie noch zu mir gesagt, wenn sie wolle, könne sie ihm immer noch den Kopf verdrehen. Das habe sie auch vor, und dann würde sie ihn fallenlassen wie eine heiße Kartoffel.»

Stephan sah Katharina an, die eine freundliche Miene machte und die Lider über den glitzernden Augen halb gesenkt hielt.

Er griff nach ihrem Arm und sagte: «Wir haben noch eine Verabredung.» Nach einem Blick auf die Uhr erklärte er: «Es wird Zeit, Katharina.»

«Ja. Ich brauche auch nicht mehr zu Liebherr. Ich bin fertig und habe mich schon von ihm verabschiedet. Da war er noch einigermaßen nüchtern.» Sie gab Veronika die Hand, lächelte Valentin Friedrichs zu und ging neben Stephan in die Richtung der Halle.

Auf der Straße schritten sie stumm und mit langen Schritten um die Ecke des Blocks, auf dessen Rückseite sie ihren Wagen geparkt hatte.

Beim Einsteigen fragte sie: «Was nun? Gehen wir essen, fahren wir zu dir oder zu mir? Was möchtest du?»

«Zu dir», sagte er um eine Spur zu eifrig, weil er endlich mit ihr allein sein wollte, andererseits aber schon wieder Furcht empfand, weil er nie wissen konnte, wie es ausgehen würde. Er versuchte, sich vorzustellen, ob das immer so bleiben müsse, daß er sich ihrer nie sicher war. Die Verläßlichkeit des geliebten anderen Menschen, die er einmal gekannt hatte, konnte er von ihr nicht erwarten. Sie würde ihm Rätsel aufgeben, ihn ständig mit ihren Reaktionen überraschen und vielleicht auch unsicher machen.

Katharina sah geradeaus und auf die Straße und brach nicht in seine Gedanken ein. Erst als sie vor ihrem Haus ausstiegen, sah sie ihn über das Autodach hinweg an. «Du wirst die Wohnung sehen, Stephan. Ich habe nicht übertrieben. Sie ist wirklich ein Alptraum. Ich freue mich schon auf den Tag, an dem ich ausziehen kann.»

«Ist es denn so schwer, eine ordentliche möblierte Wohnung zu finden?» fragte er und fand sich selbst komisch, weil er sich schon wieder in Belanglosigkeiten flüchtete.

Sie ging nicht darauf ein, schloß die Haustür auf und stieg mit ihm in den zweiten Stock. «Hinter dem Haus ist ein Garten. Wenigstens ist die Aussicht hübsch, und nachts ist es ganz still.»

Nein, keine Übertreibung. Zu viele Quasten, Borten, Volants an den Vorhängen und eine aufdringliche Art von Gemütlichkeit. Es war ein aufgeputztes Hotelzimmer, bei dem sie sich gar nicht bemüht hatte, ihm einen persönlichen Anstrich zu geben. Im Regal fühlten sich ein paar Bücher einsam, auf dem Schreibtisch lagen Stapel mit Zeitschriften und Mappen, in denen er Fotos vermutete. Die

Kochnische sah so unbenutzt aus, als wäre sie soeben vom Laden geliefert und eingebaut worden, und selbst das kleine Bad, in das sie ihn führte, barg nur ein karges Minimum an notwendigen Dingen. Seife, Zahnputzutensilien, eine Badekappe und Handtücher.

Als er in das Zimmer zurückkam, hatte sie die Kaffeemaschine angestellt. Sie brachte ein Tablett mit zwei Tassen, Milch, Zucker und einem Teller mit Plätzchen aus der Kochnische, stellte alles auf den Tisch und sah ihn auffordernd an.

«Bist du immer so ordentlich?»

Es war wohl nicht die Frage, die sie erwartet hatte. Sie legte die Stirn in Falten, als koste die Antwort sie Überlegungen.

«Fast immer», sagte sie endlich. «Auch in meiner eigenen Wohnung mag ich es nicht, wenn überall etwas herumliegt. Natürlich stelle ich Blumen auf oder ein paar Kunstgegenstände, und wenn ich arbeite, breite ich meinen Kram überall aus. Aber dann muß es wieder freie Flächen geben, nicht nur auf den Tischen und Regalen, sondern auch an den Wänden. Wenn ich in Wohnungen komme, wo überall Bilder, Döschen, Schälchen, Väschen und kleine Decken herumstehen oder liegen, möchte ich das alles einsammeln und in einem Schrank verstauen. Jürgen brachte Steine von unseren Reisen mit. Einen hätte ich schön gefunden, aber es wurden mehr und mehr, und am Ende wußte keiner mehr, woher sie stammten.»

Sie machte eine Pause, lächelte und sah ihn an. «Bei dir hat es mir von Anfang an gefallen. Du hast Raum um dich herum. Du bist kein Sammler, nicht wahr?»

«Nein.» Aber er verbesserte sich. «Sagen wir lieber,

kein zwanghafter Sammler. Ich bewahre Dinge, wenn sie eine Geschichte haben, die mich an Erlebnisse oder ganz bestimmte Situationen erinnern. Zum Beispiel habe ich ein Holzpferdchen, das meine Frau und ich in Schweden gekauft haben, oder es gibt eine von meiner Mutter gestickte Decke, die an Festtagen auf dem Tisch lag, als ich ein kleiner Junge war. Nennst du so etwas schon sammeln?»

«Bestimmt nicht. Das hatte ich nicht gemeint. Ich kann mich auch nicht von Peters gebastelten Weihnachtsgeschenken trennen, obwohl sie weder schön noch brauchbar sind. Solche Dinge muß man haben. Daß hier nichts dergleichen herumsteht, hat damit zu tun, daß ich es für eine Beleidigung geliebter Gegenstände hielte, wenn sie in einer so trostlosen Umgebung leben müßten.»

Da war wieder das, was er an ihren Briefen so geliebt hatte. «Du sagst das schön.» Er senkte den Blick, wollte Schwieriges einfach sagen, aber das war auf einmal nicht mehr nötig. «Weil du das sagen oder schreiben kannst, liebe ich dich.»

«Nur deswegen?»

«Nicht nur deswegen, Katharina. Trotzdem gehört es dazu und ist sehr wichtig. Es heißt immer, Liebe brauche keine Gründe. Mein Herz muß leider Gründe haben. Du ängstigst mich oft, und dann glaube ich, dich nicht zu verstehen oder die Hindernisse, die du zwischen dir und mir aufbaust, nicht überwinden zu können.»

«Welche Hindernisse, Stephan?»

«Deine Verzweiflung und deinen Kummer über deine zerbrochene Ehe konnte ich verstehen, nicht aber deinen Haß und die Rache, die du so verbissen und besessen geschürt hast. Als du mir diese böse Gebrauchsanweisung für Jutta zeigtest, wollte ich davonlaufen und nie wieder mit dir zu tun haben. Aber dann kamen deine Briefe und löschten das alles wieder aus. Du machst es mir nicht leicht, Katharina.»

«Das weiß ich. Aber ich habe es mir auch nicht leicht gemacht. Versöhnt es dich ein wenig, wenn ich dir sage, daß ich diesen Brief mit der Gebrauchsanweisung nie abgeschickt habe? Ich habe auch sonst nichts Böses getan. Keine erotischen Gedichte, kein Versuch, Jürgen den Kopf zu verdrehen, ihn zurückzugewinnen und dann fallenzulassen.» Sie lachte leise auf. «Dank Jutta ist es soweit gekommen, daß er mir leid tut. Alles, was ich mir in meiner Verzweiflung ausdachte, was nicht zu mir paßte, was ich aber irgendwie loswerden mußte und womit ich dich und meine Eltern und meine Freunde gequält habe, hat sie erledigt. Ich habe mich mit dem Ausdenken getröstet und mußte unter Schmerzen lernen, daß ich nicht festhalten durfte, sondern loslassen mußte und nur weiterleben konnte, wenn ich ihn freiließ und damit auch mich. Ich weiß nicht, wie es mit Jürgen und seiner jungen Frau und dem armen kleinen Mädchen weitergehen wird. Nicht gut, fürchte ich, nur geht es mich nichts mehr an. Trotzdem ist eine Scheidung keine Trennung auf ewig, wenn man ein Kind hat. Jürgen liebt Peter, und Peter liebt ihn. Das bleibt bestehen. Es wird wegen Peter immer eine Verbindung zwischen Jürgen und mir geben. Und deswegen gibt es in mir auch irgendwo einen Ort, in dem die Erinnerung an ihn wohnt. Dieser Ort hat eine Tür mit einem Vorhängeschloß. Ich hoffe, daß ich den Schlüssel eines Tages fortwerfen werde, weiß aber noch nicht, wann. Kannst du das ertragen, Stephan?»

Sie schien mit keiner Antwort zu rechnen, schenkte Kaffee ein und schob ihm Milch, Zucker und den Plätzchenteller über den Tisch in Reichweite.

«Warum hast du mir nicht früher schon gesagt, daß die Rache nur ausgedacht war? Zwischen uns hätte alles so viel leichter sein können.»

«Ich traute mir und meinen Gefühlen nicht mehr. Ich bin sehr argwöhnisch geworden. Was mir mit Jürgen geschehen ist, konnte mir mit jedem neuen Mann passieren. Ich bin Männern gegenüber nicht mehr unbefangen. Was weiß ich denn, was du vor mir verschweigst?»

«Wenn du den Ort in dir, den du für Jürgen reserviert hast, mir für Barbara zugestehst, verschweige ich dir nichts. Und mich hast du gerade wegen deiner Traurigkeit, deiner Wut und Verzweiflung angezogen. Ich habe mich in deine Augen verliebt und in deinen Sohn.»

«Genügt das? Ich mag dich und habe mich an dich gewöhnt, aber ich weiß nicht, ob ich dich liebe. Du hast mir geholfen. Seit du damals aus dem Nebel aufgetaucht bist, ist mein Leben leichter geworden. Meine Eltern und vor allem Peter haben dich ins Herz geschlossen. Sie wünschen sich, daß wir beide uns zusammentun. Natürlich sagen sie das nicht so deutlich, weil sie Angst vor mir haben, aber es läßt sich nicht verbergen...»

Stephan unterbrach sie. «Laß mir ein wenig mehr Zeit, Katharina. Ich bin ein langsamer alter Mann. Deine Verwandlung hat mich überrumpelt. Erst war es mit der Rache nichts, dann hast du Mitleid mit deinem Ex-Mann, der es gerade von dir nun wirklich nicht verdient, und endlich willst du nicht mit ihm um Peter kämpfen. Du näherst dich mit flottem Schritt dem Heiligenschein.»

Er hob die Tasse, ohne zu trinken, und schüttelte den Kopf. «Ich liebe dich schon lange. Dagegen bin ich machtlos. Aber wenn du mich mit deinen Hexenaugen anfunkeltest, wurde ich feige und wollte davonlaufen.»

«Du machst wirklich ausgefallene Liebeserklärungen», stellte sie fest und sah ihn gar nicht funkelnd, sondern amüsiert an. «Trotzdem solltest du den Kaffee trinken oder die Tasse absetzen. Es sieht gefährlich aus. Ich möchte vor meinem Auszug nicht noch den gräßlichen Flusenteppich reinigen lassen müssen.»

Stephan hielt die Tasse stumm noch etwas schiefer, so daß tatsächlich einige braune Tropfen zwischen den weißen Wollschlingen verschwanden.

Als sie ihn fassungslos ansah, sagte er: «Da siehst du, was du aus einem ordentlichen Menschen wie mir gemacht hast.»

«Ach, Stephan!» Und sie begann zu strahlen.